Valérie Trierweiler

Die Dame in Gold

atb aufbau taschenbuch

VALÉRIE TRIERWEILER

DIE DAME IN GOLD

ROMAN

Aus dem Französischen
von Eliane Hagedorn und Barbara Reitz

aufbau taschenbuch

Die Originalausgabe unter dem Titel
Le Secret d'Adèle
erschien 2017 bei Éditions des Arènes, Paris.

MIX
Papier aus verantwortungsvollen Quellen
FSC www.fsc.org
FSC® C083411

ISBN 978-3-7466-3449-4

Aufbau Taschenbuch ist eine Marke
der Aufbau Verlag GmbH & Co. KG

1. Auflage 2018

Gesetzt aus der Sabon durch Greiner & Reichel, Köln
Druck und Binden CPI books GmbH, Leck, Germany
Printed in Germany

www.aufbau-verlag.de

Selbstverständlich für meine Söhne.
Für meine Mutter.
Für Frédéric.

»Er [der Sommer] kommt doch.
Aber er kommt nur zu den Geduldigen,
die da sind, als ob die Ewigkeit
vor ihnen läge, so sorglos still und weit.«

Rainer Maria Rilke,
Briefe an einen jungen Dichter

1.

Das Rehkitz

Es ist der vierte Oktober des Jahres 1904 und der schönste Tag ihres Lebens. Adele wacht auf, sie hat erstaunlich gut geschlafen. Die Bettwäsche verströmt einen köstlich frischen Duft, offenbar wurde sie gewechselt, ohne dass sie sich daran erinnert. Ihr Blick wandert durch das Schlafzimmer, es ist, als sähe sie es zum ersten Mal. Alles in ihr ist so anders.

Natürlich spürt sie noch die Folgen der Entbindung, nur mit Mühe kann sie sich bewegen oder zu der weißen Wiege drehen. Aufzustehen scheint ihr unmöglich. Doch all das zählt nicht, sie will ihr Kind sehen. Sie will es endlich wieder in ihren Armen halten, den kleinen warmen

Körper an ihre Brust drücken. Sie hat darum gebeten, ihn nicht zu fest zu wickeln. Der Kontakt mit seiner zerknitterten weichen Haut fehlt ihr. Genauso wie sein hübsches kleines Gesichtchen – wie sehr er Karl ähnelt, ihrem Lieblingsbruder. Sie hatte noch gar nicht genug Zeit, es zu bewundern.

Aus der Wiege ist kein Laut zu hören. Mühsam richtet sie sich auf und schaut zu dem kleinen Bettchen hinüber, aber es ist leer. Sicher hat die Hebamme den Kleinen zu sich genommen, um seine Windeln zu wechseln. Auch sie müsste man umkleiden, sie hat viel Blut verloren. Adele greift nach der Glocke und läutet, mit viel mehr Ungeduld als zuvor. Sofort erscheint ihre Kammerzofe.

»Hannah, ich möchte, dass man mir den Kleinen bringt.«

Die junge Frau senkt den Blick.

»Ich sage Bescheid, gnädige Frau, ich sage Bescheid«, erwidert sie zögernd.

Dann huscht sie mit abgewandtem Kopf aus dem Zimmer. Adele wartet. Sie kann es kaum erwarten, ihren Sohn in die Arme zu schließen. Sie will nicht mehr an das Unglück des letzten Jahres denken. Zwar wird Fritz seine kleine, totgeborene Schwester niemals ersetzen können. Aber nun ist er da, und sie ist bereit, ihm die ganze Liebe zu schenken, die sich seit damals in ihr angestaut hat. Nie wird sie den 24. Februar vergessen. Sie ist vor Kummer fast vergangen. Weder der Arzt noch die Hebamme hatten zugelassen, dass sie das tote Kind sah. Schlimmer noch, ihre Kleine erhielt weder einen Vornamen noch ein Grab. Von einer Fehlgeburt war die Rede, dabei war sie schon längst über den sechsten Monat hinaus. Stundenlang hat sie an diesem Tag zugesehen, wie der Schnee fiel, alles war eisig. Draußen ebenso wie in ihrer Seele.

Aber nun darf sie nicht in diesem Unglück verharren, sondern wird sich um ihn kümmern, schon gleich wird sie ihn wieder an sich drücken und mit Küssen überhäufen können. Ein wenig sorgt sie sich, weil er so schmächtig ist, aber er wird sicher bald an Gewicht zunehmen. Und auch Adele will sich schnell von dieser schier endlosen Geburt erholen. Stundenlang hatte ihr die Hebamme befohlen zu pressen. Sie hatte schon gedacht, sie würde es nie schaffen. Ganz so, als fühlte sich dieser kleine Schlingel so wohl in ihrem Bauch, dass er nicht herauskommen wollte. Als sei er noch nicht bereit, Bekanntschaft mit seiner Mutter zu machen.

Dabei wünscht sie sich in diesem Moment nichts sehnlicher als das. Wo bleiben sie bloß mit meinem Baby?

Ungeduldig greift sie erneut nach der Glocke und läutet.

Diesmal betritt ihre ältere Schwester Therese das Schlafzimmer.

»Meine liebste Thedy, ich freue mich, dich zu sehen, aber du bist zu früh dran. Sie haben mir meinen Sohn noch nicht gebracht. Dabei möchte ich ihn dir so gerne vorstellen.«

Es ist das erste Mal, dass sie es laut ausspricht: »mein Sohn«. In dem Moment, als ihr die Worte über die Lippen kommen, hallen sie in ihrem Inneren wider und lösen eine Welle von Glück und Stolz aus. Sie hat jetzt nicht nur ein Kind, sondern sogar einen Sohn: Fritz Bloch. Er wird einmal Großes vollbringen. Anders geht es gar nicht, sie hat ihm so viel Liebe zu schenken.

Therese tritt an ihr Bett, ihr stehen Tränen in den Augen.

»Aber Thedy, warum weinst du? Ich bin so glücklich. Du wirst sehen, wie schön Fritz ist, er ist wundervoll, und er ähnelt Karl! Sein Mund ist ebenso fein gezeichnet. Los, du kannst mir gratulieren!«

Die große Schwester schließt die kleine in die Arme. Ihr entweicht ein herzzerreißendes Schluchzen. Adele versteht Thereses Rührung. Sie war damals so traurig gewesen, als ihr kleines Mädchen sich sogleich in einen Engel verwandelt hatte.

»Ich hätte nie gedacht, dass ich noch einmal so glücklich sein könnte. Kannst du dir vorstellen, was das für eine Freude wird, wenn Fritz erst einmal mit seinen Cousins spielen kann?«

»Adele, Liebes, es ist furchtbar. Fritz, er ist von uns gegangen, er …«

Thereses Stimme bricht, vor lauter Schluchzen schafft sie es nicht, den Satz zu vollenden.

Adele erstarrt, kein Ton kommt über ihre Lippen, selbst ihr Atem scheint stillzustehen.

Therese drückt die Hand ihrer Schwester und verlässt dann wortlos den Raum.

Ferdinand hat vor der Tür gewartet, seine Augen sind geschwollen und gerötet. Auch er weiß nicht, wie er sich verhalten, welche Worte er finden soll angesichts dieses Unglücks.

»Sein Herz hat einfach aufgehört zu schlagen, es war nichts mehr zu machen, mein Liebling. Unser kleiner Fritz ist nun bei seiner Schwester«, sagt er schließlich. »Vielleicht war es eine Hirnhautentzündung, die Ärzte werden es uns bald sagen können.«

Ferdinand will seine Frau in den Arm nehmen, sie lässt es völlig apathisch über sich ergehen. Wie kann das sein? Sie hat dieses Kind doch gesehen. Hat seinen Atem an ihrer Brust gespürt, seine Haut gestreichelt, den blonden Flaum auf seinem runden Kopf geküsst und seine kleinen hübschen Füßchen. Sie hat die Finger und die Zehen gezählt, sich davon überzeugt, dass nichts fehlt. Sie hat sein Schreien gehört. Fritz war perfekt. Er war das Kind ihrer Träume.

Seit sie von Fritz' Tod erfahren hat, ist Adele verstummt. Nur ab und an kommt ein Stöhnen über ihre Lippen, wie um dem übergroßen Leid Luft zu machen. Sie hat sich in ihren Schmerz zurückgezogen, verharrt in einem Zustand des Schocks. Sie weigert sich, ihr Zimmer zu verlassen, ihr Blick ist unverwandt auf die Tür geheftet, als könnte noch ein Wunder passieren, als könnte die Kammerzofe jeden Moment mit Fritz im Arm erscheinen, um ihn ihr an die Brust zu legen.

Adele reagiert weder auf Ferdinand noch auf Therese. Auch ihrer Mutter gelingt es nicht, sie zu trösten, obwohl sie lange mit ihr gesprochen, ihr gesagt hat, dass sie diesen tiefen Kummer, der auf den Tod eines Kindes folgt, aus eigener Erfahrung kennt und wisse, dass es keine andere Wahl gäbe, als der Tatsache ins Auge zu sehen.

Es ist das erste Mal, dass Adele weint, lautlos rinnen ihr Tränen über die Wangen und vermischen sich mit denen ihrer Mutter, während ihre Gesichter eine lange Weile aneinandergeschmiegt bleiben.

Die Trauer hält Adele gefangen, sie versinkt in ihr. Warum ist nicht sie bei der Geburt gestorben? Dann wären sie gemeinsam entschwunden, anderswo oder nirgendwo hin, das ist ihr egal, Hauptsache, sie wäre diesem Schmerz entkommen. Bei diesem Gedanken breitet sich Panik in ihr aus, sie ringt nach Luft, will sterben. Es bleibt ihr kein anderer Ausweg, nur der Tod kann sie befreien.

Hannah versucht sie mit größtmöglicher Sanftheit zu überreden, ihr Bett zu verlassen – und sei es auch nur kurz, um es neu zu beziehen. Schließlich gelingt es ihr, Adele ins Bad zu begleiten. Dort setzt sie sie in einen Korbsessel, schiebt vorsichtig das ehemals weiße, fein bestickte Baumwollnachthemd hoch und beginnt, sie zu waschen.

Adele starrt teilnahmslos vor sich hin und lässt sie gewähren. Dann wird ihr mit einem Mal bewusst: Sie ist nicht in der Lage, ein Kind zu haben. Sie schenkt nicht, wie andere, Leben, sondern gebiert nur den Tod. Von Scham übermannt, lässt sie ihren Kopf auf die Rückenlehne des Sessels sinken.

Nachdem sie mit einem sauberen Nachthemd in das frisch bezogene Bett zurückkehrt, hat Adele gerade noch die Kraft, einige Schluck Tee zu trinken, bevor sie wieder in ihre Trance verfällt, den Blick starr auf das Gemälde des deutschen Meisters gerichtet, das ihr Vater dem jungen Paar kürzlich geschenkt hat und das ein trauriges Mädchengesicht zeigt. Alles ist in dunklen Tönen gehalten, und doch ist das Kind voller Licht.

Adele lässt nur drei Besucher zu – ihre Mutter, ihre Schwester und ihren Mann. Ferdinand hat Mühe, die richtigen Worte zu finden, doch er zeigt ihr immer wieder seine tiefe Zuneigung. Für seine große Liebe zu ihr ist es letztlich nicht entscheidend, ob sie ein Kind haben oder nicht. Doch sobald er darüber spricht, wird Adele von heftigen Weinkrämpfen geschüttelt, die durch nichts zu beruhigen sind. Sie wendet sich ab, vergräbt das Gesicht in ihrem Kissen, möchte verschwinden. Nichts mehr sehen, nicht mehr gesehen werden. Nicht mehr leben.

Allein in Thereses Armen findet sie Trost. Sie weiß es zu schätzen, dass Thedy nicht versucht, ihren Schmerz herunterzuspielen.

Auch zwei Tage später weigert sich Adele noch hartnäckig, aufzustehen. Sie liegt zusammengekrümmt auf der rechten Seite, dicht am Rand des Bettes. Ihr Sohn hat nicht einmal vierundzwanzig Stunden gelebt. Er ist am dritten abends auf die Welt gekommen und hat sie am Morgen des vierten dieses verdammten Monats Oktober wieder verlassen. Wie ist das möglich?

Obwohl sie kleine Kinder hat, verbringt Therese die meiste Zeit bei ihrer Schwester. Immer wieder fährt sie vom 1. Bezirk, wo sie mit ihrem Mann Gustav Bloch, Ferdinands Bruder, lebt, in die Schwindgasse im 4. Bezirk zum Haus von Adele und ihrem Gemahl. Ihr Kutscher könnte mittlerweile den Weg im Schlaf zurücklegen, genau wie die beiden Pferde, die ihr Kabriolett ziehen.

Vor ihr und Ferdinand steht die schwere Aufgabe, mit Adele über die Beerdigung zu sprechen. Sie findet am übernächsten Tag statt, man konnte sie nicht länger hinausschieben. Der kleine Körper ist ins Leichenschauhaus des Hospitals überführt worden. Ferdinand hat noch am selben Tag eine Todesanzeige aufgegeben. Vor allem, um zu verhindern, dass Glückwünsche eintreffen, dennoch haben nicht alle die furchtbare Neuigkeit erfahren. Hannah musste zwei riesige, bunte Blumensträuße verschwinden lassen, die am Vortag geliefert worden waren. Die Absender, die zu Ferdinands Kundenkreis gehören, hatten überstürzt gratuliert. Mit dem Tod des Kindes hatten sie nicht gerechnet. Niemand hätte das.

Ferdinand erwartet Therese im Vestibül.

»Wie geht es ihr heute?«

»Es gibt noch keine Fortschritte. Doktor Bruden war heute Morgen da. Sie hat ihm nur einsilbig geantwortet, und er denkt über eine Behandlung nach.«

Ferdinand scheint die Last der gesamten Welt auf seinen Schultern zu tragen. Er, der sonst so sehr mit seinen Geschäften befasst ist, hat die Wohnung seit Tagen nicht verlassen. Er will bei Adele bleiben, er befürchtet, sie könnte ihrem Leben ein Ende setzen. Im Grunde ist es ihm lieber, sie reglos in ihrem Bett zu wissen als auf den Straßen von Wien. Hunderte Male hat er sich vorgestellt, sie könne sich in den Kanal stürzen. Er, der sonst so tief und fest schläft, hat seit drei Nächten kein Auge mehr zugetan. Sobald er die mittlerweile tief geränderten Augen schließt, sieht er Fritz, Adele, den Tod vor sich. In den Morgenstunden hat ein furchtbarer Alptraum ihn aus einem kurzen Schlummer gerissen. Das Wasser des Kanals färbte sich blutrot. Alles war blutrot, überall in Wien. Selbst der in seiner Manufaktur hergestellte Zucker hatte einen karmesinroten Ton angenommen. Ferdinand klopft an die Tür von Adeles Schlafzimmer und tritt, ohne eine Antwort abzuwarten, gefolgt von Therese, ein. Sie nehmen zu beiden Seiten des Bettes Platz.

Ferdinand ergreift die Hände seiner Frau.

»Adele, wir müssen Fritz' Beisetzung planen, was stellen Sie sich vor?«

Seine Frau antwortet nicht, stattdessen lösen sich zwei dicke Tränen von ihren geschlossenen Lidern.

Nun wagt sich Therese vor:

»Wir brauchen dich. Du musst uns sagen, welche Zeremonie du dir vorstellst.«

Zum ersten Mal seit drei Tagen spricht Adele. Ihre Stimme ist tonlos, der Blick verliert sich im Nichts. Um sie herum gibt es nur schwindelerregende Leere.

»Ich will weder eine Zeremonie noch einen Trauerzug. Wir tragen ihn ohne Trauergäste zu Grabe. Nur mein Vater und meine Mutter, Gustav und du. Nur wir. Wozu sollen Gebete gut sein, jetzt, wo er tot ist?

Ich will das nicht. Ich glaube an nichts mehr. Ich will einen weißen Stein, das ist alles. Und ich will, dass er im interkonfessionellen Teil des Zentralfriedhofs begraben wird.«

Adele verbirgt ihr Gesicht hinter den Händen.

»Aber nein, mein Liebling, Fritz muss bei unserer Familie auf dem jüdischen Teil die letzte Ruhe finden.«

»Wozu, Ferdinand? Hat es ihn gerettet, dass er Jude war? Hat die Religion mir geholfen? Diese oder eine andere? Ich glaube nichts mehr, werde nie mehr glauben.«

Ihre Stimme erstirbt. »Lasst mich jetzt. Lasst mich allein.«

»Adele, ich akzeptiere, dass es keine Zeremonie und keinen Rabbiner gibt. Aber unser Kind wird auf dem jüdischen Teil beigesetzt.«

Noch nie hat Ferdinand einen solch autoritären Ton angeschlagen. Adele weiß, wie glücklich sie ihn macht, wie sehr sie sein zurückgezogenes Junggesellen-Dasein verändert hat. Ihre Fröhlichkeit war eine Bereicherung für ihn, und ihre Neugier und Phantasie haben sein Leben abwechslungsreich und glücklich gemacht. Sie weiß, dass er alles für sie tut, aber jetzt hat sie nicht die Kraft zu kämpfen und stimmt dem jüdischen Friedhof zu, dankbar, dass man ihr wenigstens die Anwesenheit der Wiener Gesellschaft erspart, der Freunde und Bekannten, die sie sonst in ihrem Salon empfängt und die sie nun auf keinen Fall sehen will.

Am nächsten Tag gibt sie Hannahs Drängen nach und legt ein Hauskleid aus bordeauxrotem Samt an. Es gibt ihr wieder etwas von der Anmut und Eleganz zurück, für die sie so berühmt ist. Doch ihr Gesicht ist traurig und erschöpft, sie wirkt beinah verloren in diesem Kleidungsstück, das ihr innerhalb weniger Tage zu groß geworden ist. In nicht einmal vierundzwanzig Stunden wird die Beisetzung stattfinden, um elf Uhr am nächsten Morgen – ihr schaudert vor diesem weiteren entsetzlichen Tag, dem sie sich stellen muss. Zumindest hat Fritz gelebt, versucht sie sich wieder und wieder zu trösten. Ein kurzes Leben, aber dennoch. Nicht wie ihre Tochter, die an einem kalten Winternachmittag, an dem in großen Flocken der Schnee fiel, tot geboren wurde. Dieser einzige Lebenstag hat Adele zur Mutter gemacht.

Adele beschließt, zum Leichenschauhaus zu gehen, sie will unbedingt noch einmal Fritz' Gesicht sehen. Ferdinand hält sie fest im Arm. Ein letztes Mal legt sie ihre Lippen auf die ihres Sohnes. Ihre Knie geben nach, ihr Mann muss sie jetzt stützen. Mit seinen geschlossenen Augen und dem perfekt gezeichneten Mund sieht Fritz aus wie ein Engel. Er trägt ein besticktes, weißes Kleid, das bis zu seinen Füßen reicht. Das hübsche Köpfchen ist von einem weißen, ebenfalls bestickten Mützchen mit einem Satinvolant bedeckt.

Warum bewegt er sich nicht? Wie sehr will sie noch einmal glauben, dass er gleich aufwacht und die Augen aufschlägt, dass sie den hungrigen Schrei eines Säuglings hören wird. Bei diesem Gedanken spürt sie, wie die einschießende Milch ihre Bluse durchnässt. Auch wenn ihre Brust gewickelt ist, übt die Natur ihr Recht aus. Sie ist Mutter.

Behutsam zieht Ferdinand seine Frau nach draußen. Sie soll nicht dem Einsargen beiwohnen. Nach einem letzten Blick legt Adele einen Teddybären neben den kleinen Leichnam. Dann bleibt ihnen nichts, als nach Hause zu fahren.

Am nächsten Tag wartet die Droschke vor dem Haus. Ferdinand hat alles vorbereitet, der Eichensarg steht schon zwischen den Sitzen. Der Trauerzug beschränkt sich auf die Droschke und drei Kutschen, Adele und Ferdinand sind in das mit weißen Blumen geschmückte Gefährt gestiegen, das auch den Sarg transportiert.

So klein, so winzig ist dieser Sarg. Adele hat darauf bestanden, dass die Pferde Schimmel und nicht, wie es sich für eine Beerdigung gehört, Rappen sind.

Franz, der Kutscher, hat sich darum gekümmert, ein Vierergespann für den Tag zu finden. So, wie er sich um vieles andere gekümmert hat, er würde ihr so gerne etwas von ihrem Schmerz abnehmen.

Die Pferde gehen im Schritt, ihre Hufe hallen auf dem Pflaster wider wie Totenglocken, der Weg bis zum Zentralfriedhof im Südosten der Stadt ist weit.

In der nächsten Kutsche hinter ihnen sitzen Adeles Eltern, dann folgen Therese und Gustav Bloch. Nach langem Zögern hatte sich Adele bereit erklärt, die Trauergemeinde auf die nächsten Verwandten auszudehnen. Und so bilden ihre vier Brüder Raphael, Leopold, Eugen und David den Abschluss des Zuges.

Sie brauchen fast eineinhalb Stunden, um den Zentralfriedhof zu erreichen. Der Kutscher war schon am Vortag da, um sich den Platz anzusehen, an dem das Kind beigesetzt werden soll. Er wollte nicht das Risiko eingehen, das Grab später suchen zu müssen.

Der Friedhof ist riesig und von sich immer wieder kreuzenden, breiten Wegen und Alleen durchzogen. Ein schöner Ort, an dem man sich fast wohl fühlen könnte. Aber bald wird es mehr Tote als Lebende in Wien geben.

Die Wagen fahren nun in diese »Totenstadt« ein, wie die Wiener ihren Friedhof nennen, und die Geschwindigkeit verlangsamt sich auf den breiten Waldwegen noch weiter. Auch andere Familien geleiten ihre Nahestehenden zu Grabe, aber sicher keiner ein so kleines Kind. Sie brauchen noch fast fünfzehn Minuten, um den Ostteil zu erreichen. Vor dem jüdischen Teil halten die Kutschen an. Der Rest des Weges wird zu Fuß zurückgelegt. Der Himmel ist blau, die goldenen Blätter der Baumkronen spielen mit den gleißenden Sonnenstrahlen.

Zwei Männer in dunklen Anzügen heben den Sarg aus der Droschke und tragen ihn mit solcher Leichtigkeit, als wäre er leer. Von ihrer Mutter und Ferdinand gestützt, gelingt es Adele kaum, die wenigen Schritte bis zu dem ausgehobenen Grab zurückzulegen.

Jeanette hatte vergeblich versucht, ihre Tochter dazu zu bewegen, einer einfachen Zeremonie zuzustimmen, bei der zumindest das Kaddisch, jenes Gebet für die Toten, gesprochen wird. Und so verläuft alles schweigend.

Alle sind nun vor der Grube versammelt, der Sarg soll jeden Moment hinabgelassen werden.

Dann ist endlich alles vorbei. Adele hat den Eindruck, sich in diesem Moment selbst in einem schwarzen Loch zu befinden. Tränenblind greift sie nach dem Korb mit den weißen Stiefmütterchen. Mit ihren violetten Gesichtlein sehen sie aus wie gemalt. Vorsichtig legt sie sie um den Sarg herum und vor den Grabstein, der bereits die Inschrift trägt: Fritz Bloch 3. Oktober 1904–4. Oktober 1904.

Ihr Blick wandert zu beiden Seiten, sie will wissen, wer die anderen hier beerdigten Kinder sind, die ebenfalls so früh ihr Leben verloren haben. Die Miniaturgrabstätten, in denen sie ruhen, ziehen sich über mehrere Reihen. Sie liest Vornamen, Namen, Daten. Sie ist also nicht allein mit ihrem Schmerz, all die Eltern, die diese unsägliche

Prüfung durchstanden haben. Wie haben sie es geschafft weiterzuleben?

Wie soll sie es schaffen? Sie hat ihr Kind verloren, ihren Engel, ihren Kleinen.

Adele sinkt auf die Knie und stützt sich mit den Händen auf dem Boden ab, ein langer Schluchzer dringt aus ihrer Brust und zerreißt die Stille an diesem Ort der ewigen Ruhe.

Therese und Ferdinand eilen zu ihr und richten sie, so schnell sie können, auf. Man lässt sich nicht gehen, nicht einmal in den schlimmsten Momenten, man muss Haltung bewahren. Therese reicht ihr ein Taschentuch, sie wischt sich das Gesicht ab und hebt den Blick. Ferdinands Arm umschlingt sie. Obwohl er kaum größer ist als sie, bilden seine Arme einen tröstlichen Schutzwall.

Langsam hebt Adele den Kopf, ihr Blick fällt auf ein Rehkitz mit hellem Fell, das hinter einem Baum auftaucht und vor einem der Gräber stehen bleibt, so dass man meinen könnte, es sei in Stein gemeißelt. Dann wendet es den Kopf und sieht Adele verwundert an, scheint zu ihr zu sprechen, ehe es im Unterholz verschwindet. Als ob dieses Kitz gekommen ist, um die Seele ihres Sohnes zu holen und ihn ins Jenseits zu führen, damit er anderswo ein neues Leben haben kann. Welch tröstliche Vorstellung.

Sie will fest daran glauben, es ist das einzige Mittel, um nicht den Boden unter den Füßen zu verlieren.

Mit leiser Stimme bittet sie darum, einen Augenblick allein an Fritz' Sarg verweilen zu dürfen, um die Zeit zu verlängern, die ihr mit ihm bleibt. Wenn ihr Sohn doch nur noch in ihr wäre, wenn sie seine Bewegungen spüren, die Form seines Fußes unter ihrer Haut erkennen könnte. Am liebsten würde sie ihn aus seinem Grab reißen und mit ihm fliehen. Ihm eine neue Chance geben, woanders geboren zu werden und zu leben. Instinktiv legt sie die Hand auf ihren Bauch. Ferdinand sieht die Geste, begreift sofort und besteht darauf, bei ihr zu bleiben. Er nimmt ihre Hand, wagt es aber nicht, ihren Blick zu suchen.

»Ich werde Sie glücklich machen, Adele, das verspreche ich. Ich verspreche Ihnen, dass ich wieder Farbe auf Ihre Wangen zaubern werde. Glauben Sie mir, denn ich liebe Sie. Sie dürfen nicht das Vertrauen ins Leben verlieren«, flüstert er ihr nach einer Weile des Schweigens zu.

Adele bringt kein Wort heraus. Doch sie drückt sanft seine Hand, um ihm zu verstehen zu geben, dass sie seine Worte gehört hat.

Schließlich gibt sie erschöpft das Zeichen zum Aufbruch. Der Zug macht sich bereit zur Abfahrt. In außergewöhnlicher Stille verschwindet die Sonne mit ihm.

Wie unendlich lang der Rückweg scheint. Auch wenn die Pferde diesmal traben, will er kein Ende nehmen. Sie müssen durch die gesamte Vorstadt fahren, um die Schwindgasse zu erreichen. Kaum zu Hause angekommen, hat Adele es eilig, sich in ihr Zimmer zurückzuziehen, allein zu sein und sich ein Laken über den Kopf zu ziehen.

Sie ist noch nicht einmal dreiundzwanzig Jahre alt und blickt auf die Trümmer ihres Lebens, so als gäbe es da nichts mehr aufzubauen.

Welche Zukunft soll aus solch einem Unglück auch erwachsen? Wer versteht sie in diesem Augenblick? Nur ihre Einsamkeit scheint ebenso groß wie ihr Kummer. Und den will sie nähren, ja sogar lieben. Etwas anderes möchte sie nicht. Sie hat am Vortag bekanntgegeben, dass es kein Mittagessen geben wird. Sie fühlt sich noch nicht imstande, die Hausherrin zu spielen. Alle sollen nach Hause fahren, auch ihre Eltern.

Die Zeit vergeht mit unglaublicher Langsamkeit. Es wird jetzt früh dunkel, aber das ist egal. Adele verlässt ihr Zimmer nur, um mit Ferdinand zu Abend zu essen, das ist ihm wichtig. Sie will kein aufwendiges Diner, und die Dienstboten verhalten sich äußerst diskret. Das Paar begnügt sich oft mit leichten Speisen, die sie rasch in dem kleinen Esszimmer zu sich nehmen, im gedämpften Schein zweier Öllampen und eines Kerzenleuchters.

Ferdinand bemerkt wohl, dass seine junge Frau sich zwingt, ein paar Bissen zu essen, aber er sieht auch, dass sie jeden Tag etwas tiefer in ihren Schmerz versinkt. Um sie abzulenken, erzählt er ihr von den Neuigkeiten, die es in der Welt gibt, spricht von seinen Geschäften oder einer neuen Oper, die sie gemeinsam anschauen könnten, wenn sie es wünsche. Adele stochert auf ihrem Teller herum, während er sie betrachtet. Seine Gedanken kreisen nur um die eine Frage: »Wann geht es Ihnen besser, Adele?«

Doch da er sie nicht drängen will, hält er diesen Satz zurück, obwohl er ihm auf den Lippen brennt. Manchmal ist er versucht, ihr ein Ultimatum zu stellen, ihr noch drei Monate zu lassen, einen Zeitpunkt zu setzen, ab dem sie sich wieder dem Leben zuwenden muss, aber er weiß, dass man das Ende des Kummers nicht festlegen kann. Also wird er sich gedulden.

Nach wie vor möchte Adele nachts alleine schlafen. Sie ist noch zu müde. Ausgelaugt und erschöpft von der Vorstellung, leben zu müssen. Sie unterdrückt ein Gähnen und entschuldigt sich, dass sie sich jetzt schon zurückzieht. Aber ihre Bücher erwarten sie.

Adele hat sich einige Werke bringen lassen, die auf ihrem Nachttisch liegen, jetzt entscheidet sie sich für *Briefe an einen jungen Dichter* von Rainer Maria Rilke. Die Worte scheinen eigens für sie geschrieben zu sein:

Ich glaube, daß fast alle unsere Traurigkeiten Momente der Spannung sind, die wir als Lähmung empfinden, weil wir unsere befremdeten Gefühle nicht mehr leben hören. Weil wir mit dem Fremden, das bei uns eingetreten ist, allein sind; weil uns alles Vertraute und Gewohnte für einen Augenblick fortgenommen ist … Sie haben viele und große Traurigkeiten gehabt, die vorübergingen. Und Sie sagen, daß auch dieses Vorübergehen schwer und verstimmend für Sie war. Aber, bitte, überlegen Sie, ob diese großen Traurigkeiten nicht vielmehr mitten durch Sie durchgegangen sind? Ob nicht vieles in Ihnen sich verwandelt hat, ob Sie nicht irgendwo, an irgendeiner Stelle Ihres Wesens sich verändert haben, während Sie traurig waren? Gefährlich und schlecht sind nur jene Traurigkeiten, die man unter die Leute trägt, um sie zu übertönen; wie Krankheiten, die oberflächlich und töricht behandelt werden, treten sie nur zurück und brechen nach einer kleinen Pause um so furchtbarer aus.

Rilkes Worte sind eine Liebkosung für ihren Schmerz. Zum ersten Mal verspürt sie den Wunsch, einen Absatz in einem Buch zu unterstreichen, mit violetter Tinte markiert sie sorgfältig die gelesene Stelle. Eigentlich ist das nicht ihre Art, normalerweise geht sie viel pfleglicher mit ihren Büchern um. Nie knickt sie eine Seite, sie verabscheut das, empfindet es als Mangel an Ehrerbietung. Als Lesezeichen benutzt sie stattdessen Blätter von Ahornbäumen, Eichen und Kastanien, die sie vorsichtig zwischen Zeitungspapier trocknet. Das hat ihr ihr Vater beigebracht, als sie noch ein Kind war. Wenn sie ein Buch aus dem Regal nimmt, fällt nicht selten ein Blatt heraus, so als würde es sich vom Baum lösen, um dann lautlos auf dem dicken Teppich zu landen.

Bisher hatte sie noch nicht gewagt, an Fritz' Grab zurückzukehren. Aber ihre Gedanken kreisen ständig um ihn. Sie bedauert, nicht direkt nach seiner Geburt einen Fotografen bestellt zu haben, um eine Porträtaufnahme machen zu lassen, von der sie später ein Gemälde hätte erstellen lassen können. Ihre größte Angst ist, dass die Zeit die Erinnerung an seine Züge auslöschen könnte. Was wäre, wenn sie sich nicht mehr auf sein kleines Gesichtchen besinnen kann, auf den zarten Mund, die feine Nase, die mandelförmigen Augen? Dann hätte sie ihn für immer verloren. Seine Geburt würde abstrakt werden.

Niedergeschlagen öffnet sie die Schublade der Kommode, in der sie sorgsam die Babywäsche für die ersten Tage verstaut hat. Hannah hat sie in Seidenpapier eingewickelt. Adele ergreift das Päckchen, löst das Band, schlägt dann vorsichtig die Kanten des Papiers auseinander und liebkost die winzigen weißen Kleidungsstücke, es ist, als könne sie so Fritz' weiche Haut spüren. Ihr steigen die Tränen in die Augen, schnell legt sie die Anziehsachen in ihr Versteck zurück. Dort, wo Ferdinand nie danach suchen würde.

Er und die anderen führen nur ein einziges Wort im Mund: die Zeit. Die Zeit, die alle Wunden heilt und alles vergessen macht. Aber sie haben keine Ahnung.

»Hannah, erzähl mir, wie Fritz war. Fandest du ihn schön?«

»Ja, gnädige Frau, er war sehr schön. Aber jetzt ist er ein Engel, und man muss ihn dort lassen, wo er nun ist. Er ist nicht allein.«

Adele insistiert nicht. Niemand kann sie verstehen.

In Wien ist es Winter geworden. Es ist so kalt, dass Adele erst recht keinen Anlass sieht, das Haus zu verlassen. Allein der Anblick der Eisblumen am Fenster lässt sie zittern. Als sie sich das letzte Mal bereit erklärt hat, Therese zu besuchen, hat sie sich während der Kutschfahrt eine Erkältung zugezogen. Sie ist noch nicht wieder genügend bei Kräften. Ferdinand hat notgedrungen seine Reisen nach Böhmen wieder aufgenommen. Er muss sich um seine Manufakturen kümmern. Der Leiter seiner Fabrik in Choprin in Mähren möchte fünfzehn neue Arbeiter einstellen. Und nun will Ferdinand sich überzeugen, dass diese Maßnahme wirklich nötig ist. Ansonsten ist auch er häufig daheim. Seit dem Unglück ist er nicht mehr zur Jagd gegangen, denn Adele hat mehrmals von dem Kitz auf dem Friedhof erzählt und von der Anmut dieses Tieres, das aus dem Jenseits zu kommen schien. Ihre Gedanken über Fritz' Seele behielt sie jedoch für sich.

Eines Abends findet Ferdinand seine junge Frau, wie so oft, in einem Hauskleid in einer Ecke der Bibliothek vor, in den Händen hält sie ein Buch. Jedoch liest sie nicht, sondern sitzt nachdenklich und mit verlorenem Blick im Halbdunkel. Ferdinand versucht, seine Verstimmung zu verbergen. Auch er trauert, seit Fritz vor drei Monaten von ihnen gegangen ist, doch Adeles Zustand treibt ihn noch mehr zur Verzweiflung. Mit aller Kraft hat er in den letzten Wochen versucht, sich gegen die Niedergeschlagenheit zu wehren und nach vorne zu sehen. Er ist niemand, der in der Vergangenheit verhaftet bleibt, und es betrübt ihn, Adele von einer solchen Woge der Schwermut niedergedrückt zu sehen.

»Guten Abend, mein Liebling, was haben Sie heute gemacht?«

»Ich bin ein wenig im Park von Belvedere spazieren gegangen. Aber der Wind war eisig.«

Ferdinand weiß, dass sie ihn anlügt. Hannah hat ihm bei seiner Rückkehr erzählt, dass sie das Haus den ganzen Tag nicht verlassen hat. Dieser Park, den sie früher so liebte, ist ihr heute wegen der Vielzahl an Gouvernanten mit ihren englischen Kinderwagen unerträglich geworden. Auch hat sie fast nichts gegessen, sondern wie ein eigensinniges Kind das Essen von einer Seite des Tellers auf die andere geschoben, als hoffe sie, dass es dadurch unsichtbar würde.

Seit kurzem bleibt sie stundenlang in der Badewanne und verlangt mehrmals, dass man sehr heißes Wasser nachgießt. Und noch immer entzieht sie sich ihm. Doktor Bruden hat Ferdinand geraten, nicht darauf zu bestehen und ihr Schlafzimmer als Rückzugsort zu respektieren. Also gibt er sich damit zufrieden, sie zu umarmen, doch sie ist mit den Gedanken so weit weg, dass er oft die Arme sinken lässt.

Mit einem Seufzer setzt sich Ferdinand zu Adele und ergreift ihre Hand mit einer gewissen Feierlichkeit – wie jedes Mal, wenn er ihr etwas Wichtiges zu sagen hat.

»Adele, ich brauche Sie. Ich bitte Sie, kommen Sie ins Leben zurück. Ich möchte Sie sprechen und lachen hören, möchte Sie tanzen sehen und beobachten, wie Sie der Musik lauschen. Ich möchte, dass Sie wieder sind, wie Sie waren, Adele, die Frau, die ich geheiratet habe.«

Zum ersten Mal seit den langen Monaten erheischt Ferdinand ein Funkeln in Adeles Blick. Ein Funkeln, das eine Träne hervorbringt.

Sein Flehen hat Adele aus ihrer Niedergeschlagenheit gerissen. Der Schmerz ist da, doch plötzlich wird ihr bewusst, dass auch Ferdinand da ist, ihr Ehemann, der sie liebt. Um seinetwillen muss sie der Verzweiflung widerstehen, die sie sonst gänzlich einzuhüllen droht. Lange blickt sie ihn an.

»Ja, Ferdinand, ich werde wieder leben.«

An diesem Abend werden sie wieder zu Mann und Frau, vereinen sich unter Tränen und Lust. Am nächsten Tag lässt Adele Therese ausrichten, sie würde gerne mit ihr zum Friedhof fahren. Sie will ihr sagen, dass zwar die

Trauer nicht beendet ist, doch dass sie wieder ans Leben glauben muss, weil sie verheiratet ist und geliebt wird. Sie will auch Fritz erklären, dass er für immer in ihrem Herzen bleiben wird.

Am Grab legt sie die gleichen Stiefmütterchen mit violetten Gesichtlein nieder wie am Tag der Beerdigung. Sie hat sie bei derselben Blumenhändlerin mit der Haube und den vom kalten Wasser aufgequollenen Händen gekauft. Dann bittet sie Therese, sie eine Weile mit Fritz allein zu lassen. Sie spricht laut mit ihm und sagt »mein Kind« und »Mama«.

Nur das Rehkitz ist nicht zurückgekehrt.

2.

Wie Porzellan

Seit Fritz' Tod hat sich Adele noch nicht wieder in der Öffentlichkeit gezeigt. Und so haben Mutter und Tochter beschlossen, gemeinsam in der Schwindgasse zu essen. Frau Bauer hat sich für mittags angekündigt. Wie gewohnt ist sie auf die Minute pünktlich.

»Frau Bauer ist eingetroffen.«

Adele, in ihrer schwarzen Trauerkleidung, eilt herbei und wirft sich in die Arme ihrer Mutter. In diesem Augenblick ist sie wieder zehn Jahre alt. Sie ist weder die Gemahlin des Zuckerfabrikanten und Kunstmäzens Ferdinand Bloch noch trauernde Mutter, sondern nur ein verlorenes Kind. Arm in Arm gehen die beiden Frauen in den kleinen Salon und nehmen einander gegenüber Platz.

»Meine Kleine, du musst wieder etwas zunehmen, du bist nur noch Haut und Knochen.«

»Ja, Mama, ich verspreche es.«

In den Falten, die das Gesicht ihrer Mutter durchziehen, sucht Adele nach Spuren des Schmerzes. Jeanette Bauer ist gerade vierundsechzig geworden, ihre Kinder sind schon alle erwachsen. Zumindest diejenigen, die ihr das Schicksal nicht genommen hat. Zwei Kinder hat sie verloren: Mira, die in ihrem ersten Lebensjahr verstorben ist, und Karl, der im Alter von sechsundzwanzig einer schweren Krankheit erlag. Die junge und bis dahin völlig unbeschwert und behütet aufgewachsene Adele hatte bei Karls Tod nie an das Leid ihrer Mutter gedacht. Schließlich hatte sie ihren geliebten Bruder verloren. Ihr Schmerz war der einer Fünfzehnjährigen, deren Gefühle ein wahrer Vulkan sind. Ihre Mutter hatte nie geklagt, sondern ihren Kummer mit einer derartigen Würde getragen, dass ihre Trauer niemand wirklich wahrnahm. Und vor Karl war Mira gestorben, die Älteste. Raphaels Zwillingsschwester wäre zum Zeitpunkt von Adeles Geburt fünfzehn Jahre alt gewesen.

Nun sitzen sich Mutter und Tochter gegenüber, beide haben dasselbe Schicksal durchlitten. Doch Jeanette hatte schnell neuen Lebensmut geschöpft. Vor allem, weil es ja noch den kleinen Raphael gab, um den sie sich kümmern musste. Sie hatte sich an ihren Sohn geklammert wie an einen Rettungsring und übertraf sich an Entsagungen und mütterlicher Hingabe.

Mit einfachen, sanften Worten, ganz so, als würde sie sich einer Freundin anvertrauen, erzählt Jeanette jetzt ihrer Tochter, worüber sie immer geschwiegen hat. Von ihrem unendlichen Kummer, ihrer Unsicherheit dem Leben gegenüber, von ihren Zweifeln. All das liegt nunmehr achtunddreißig Jahre zurück, doch es ist kein Tag vergangen, an dem sie nicht an ihr kleines Mädchen gedacht hat. Zum ersten Mal seit ihrer frühen Kindheit schmiegt sich Adele an die Brust ihrer Mutter und lässt ihren Tränen freien Lauf. Jeanette streicht ihr übers Haar. »Meine Kleine, ich verstehe dich, meine liebe Kleine«, versucht sie, sie zu besänftigen.

»Mama, glauben Sie, Fritz hätte Karl ähnlich gesehen?«

»Er hätte sicher die Züge eines Bauer gehabt, mein Kind. Denk nur an Thereses Karl, bei ihm wird es immer deutlicher.«

Adele hatte es ihrer Schwester übelgenommen, als sie vor drei Jahren ihrem Neugeborenen den Namen Karl gab. Nach dem Tod ihres Bruders hatte sie sich geschworen, den Sohn, den sie eines Tages haben würde, nach ihm zu benennen. Ihr Sohn würde Karl heißen und wäre blond wie ihr Bruder, mit demselben Engelsgesicht. Karl Bauer würde als Karl Bloch weiterleben. Davon war sie überzeugt. Sie wünschte es sich so sehr, dass es gar nicht anders kommen konnte. Und doch war nichts davon eingetreten, und ihre gemeinsame Kindheit mit Karl war nur noch eine schmerzliche Erinnerung.

Seit sie denken kann, war Karl ihr Lieblingsbruder gewesen und trotz der elf Jahre Altersunterschied derjenige, der ihr am nächsten stand. Seine Krankheit und sein Tod hatten Adele niedergeschmettert. Immer und immer wieder hatte sie Hoffnung geschöpft und für seine Rettung gebetet. Vergeblich. Damals hatte Adele begonnen, sich von der Religion abzuwenden. Wenn es einen Gott gab, konnte er ihr nicht ihren geliebten Bruder nehmen, mit dem sie so gerne diskutiert hatte und die Leidenschaft fürs Lesen teilte. Karl war ihr großer Beschützer gewesen, die leichte Fehlbildung an Adeles linker Hand ließ ihn besonders vorsichtig mit ihr sein. Und außerdem hatte er sie immer in ihrem Wunsch nach Unabhängigkeit und in ihrem Wissensdurst unterstützt. Er liebte es, die kleine Schwester zu provozieren, um ihr, wie er sagte, beizubringen, sich zu verteidigen. Außerdem war ihm zu jeder sich bietenden Gelegenheit daran gelegen, den wachen Geist seiner Schwester zu fördern.

Adele bewunderte ihn, diesen attraktiven jungen Mann, den Stolz der Familie, Doktor der Rechtswissenschaften, frei und unabhängig, der eine Eheschließung hinausschob. Hätte er Adeles Heirat mit dem siebzehn Jahre älteren Ferdinand gebilligt? Bei ihrer Hochzeit war Karl nicht mehr da gewesen, um auf sie aufzupassen.

Adele war immer das Lieblingskind gewesen, das Nesthäkchen, die Letztgeborene, mit der niemand mehr gerechnet hatte, ein Geschenk des Himmels für die leidgeprüfte Familie.

»Meine Liebe, bist du glücklich in deiner Ehe?«, unterbrach Jeanette Adeles Gedanken. Die neue Vertrautheit schien sie zu dieser heiklen Frage verleitet zu haben.

»Ja, Ferdinand ist sehr aufmerksam.«

»Ich weiß, dass der Kummer jeden in seinem Schmerz isoliert.«

»Er ist sehr geduldig mit mir.«

»Es ist das Schicksal von uns Frauen, sich mit dem Unglück, das uns widerfährt, abzufinden, es anzunehmen. Die Männer haben ihre Arbeit, die sie ablenkt. Wir nicht. Mira und Karl leben in mir weiter, sie sind stets gegenwärtig. Wenn du einen guten Mann hast, dann wirst du auch dein Glück wiederfinden, Adele. Du wirst andere

Kinder bekommen, so wie ich nach Mira und Raphael deine Brüder, deine Schwester und dich zur Welt gebracht habe.«

Mit einem zaghaften Lächeln denkt Adele zurück, erinnert sich an ihre Hochzeit. Wie groß war das Gefühl des Glücks, als sie – nur ein Jahr nach Thereses Eheschließung mit Ferdinands Bruder – am Arm ihres Vaters Moritz die Synagoge betrat.

Das junge Paar zog in die Schwindgasse Nummer 10 im 4. Wiener Bezirk, zu Fuß nur zwanzig Minuten vom Schlosspark Belvedere entfernt. Adele freute sich darauf, in der Nähe dieser im französischen Stil angelegten Barockgärten zu wohnen. Sie spazierte gerne über die rechte Allee zum oberen Belvedere hinauf und atmete dabei tief die süßlichen und würzigen Düfte des Botanischen Gartens ein. Bisweilen hielt sie einen Moment inne und bewunderte die perfekte Symmetrie der Anlage und das unglaubliche Panorama Wiens, ehe sie über die andere Allee zurückging. Die Nähe zum Park tröstete sie über die Entfernung von Thedy und Gustav hinweg, die im vornehmen 1. Bezirk unweit der Oper leben. Doch ihr weißes Stadthaus wirkt mit seinen kleinen Balkonen und dem Fries, der den dritten Stock ziert, auch sehr elegant. Es gibt einen Innenhof, in dem die Kaleschen parken können und von dem aus man über einen verglasten Gang zu ihrer Wohnung kommt. Adele öffnet gerne eines der vielen Fenster und blickt auf die ruhige schmale Straße hinaus. Sie fühlt sich hier wohl.

Ihr Vater, Moritz Bauer, ein reicher Bankier, zeigte sich bei der Hochzeit und Einrichtung des jungen Paares äußerst großzügig. Die Hochzeit wurde in nur knapp drei Monaten arrangiert. Adele war seine jüngste Tochter, sie war erst achtzehn, ein zierliches, aber selbstsicheres Mädchen und lebhafter als ihre sieben Jahre ältere Schwester. Adele gefiel die Vorstellung, das Familiennest zu verlassen. Und trotzdem blieb sie in der Nähe ihrer geliebten Schwester Therese, die manchmal so etwas wie eine Mutterrolle für sie einnahm, indem sie den Bruder ihres Ehemannes geheiratet hatte.

Seit dem Tod ihres Bruders Karl herrschte im Elternhaus Grabesstille. Jeanette und Moritz Bauer wollten ihre Tochter nicht zu dieser Ehe zwingen, unterstrichen aber doch Ferdinand Blochs Vorzüge – ein reicher Industrieller, der sowohl in der Zuckerherstellung als auch im Druckereigewerbe sein Geld verdiente.

Mit ihm hätte ihre Tochter eine sichere Zukunft und eine angemessene gesellschaftliche Stellung. Gemeinsam mit seinem Bruder besaß der zukünftige Ehemann ein ansehnliches Vermögen. Er war unlängst nach Wien gezogen, doch ein Teil seines Herzens und seiner Geschäfte war in Böhmen verankert.

Adeles Vater hatte sich noch nicht ganz von der Finanzkrise des Jahres 1873 erholt. Zwar war er, im Gegensatz zu vielen seiner europäischen Kollegen, knapp dem Bankrott entgangen. Aber es hatte nicht viel gefehlt, und auch er hätte seine Bank schließen müssen. Nur seine Position als Präsident der Orientbahn garantierte ihm eine gewisse finanzielle Stabilität. Dennoch waren die Geschäfte weniger einträglich als früher.

Adele willigte schnell in die Ehe ein, die Liebe würde sicher später kommen. Eine Verbindung, wie es so viele in der Wiener Gesellschaft gab. Ferdinand war nicht wirklich gutaussehend, aber auch nicht hässlich, im Gegenteil. Trotz seiner nicht ganz schlanken Figur, der Halbglatze und der Grübchen besaß er eine gewisse Eleganz, die Adele sofort gefallen hatte. Sein Gesicht strahlte Güte und Zuverlässigkeit aus. Ferdinand, ein alter Junggeselle, der sich bisher ganz seinen Geschäften gewidmet hatte, war fünfunddreißig, als er Adele auf der Hochzeit von Therese und Gustav kennenlernte. Beeindruckt von ihren sanften Gesichtszügen, forderte er sie mehrmals zum Tanzen auf, und sie drehte sich in seinen starken Armen gerne zu den Walzerklängen. Als sie sich anschließend von den übrigen Gästen entfernten, um sich zu unterhalten, erzählte er ihr von seiner Leidenschaft für die Jagd und für altes Porzellan. Sie hatte es charmant gefunden, dass sich ein Mann für diese doch eher weibliche Kunstform interessierte. Und dann hatte er ihr zugeflüstert, dass sie selbst wie Porzellan sei: fein, zart und zerbrechlich.

An einem Septemberabend machte Ferdinand Bloch ihr dann seinen Antrag. Er ließ sich zwei Stunden vor dem Abendessen bei Adeles Eltern ankündigen, bat dann um die Erlaubnis, allein mit Adele sprechen zu dürfen. Wenn sich auch alle unwissend gaben, war es doch offensichtlich, worum es ging. Er ergriff ihre beiden Hände und versprach ihr, sie zu lieben, wie sie es verdiene. Mit dem Vater, der bereits von seinem Schwiegersohn informiert worden war, habe er schon gesprochen. Der Strudel der Ereignisse versetzte Adele in einen Rausch. Die Familien freuten sich über diese bevorstehende Hochzeit – kaum vier Monate später hatte sie eingewilligt, Frau Bloch zu werden – so wie vor ihr über die Thereses. Es war selten, dass die Verlobungszeit, wie in diesem Fall, nur wenige Monate dauerte. Bei Gustav und Therese hatte sie sich über zwei Jahre hingezogen. Aber Ferdinand war nicht mehr ganz jung. Und so wollte er keine Zeit verlieren. Adeles Eltern verstanden seine Eile.

Die Hochzeit wurde auf den 19. Dezember 1899 festgelegt. Ein schönes Datum am Vorabend eines neuen Jahrhunderts, das mit Sicherheit viele Überraschungen und Neuartigkeiten mit sich bringen würde. Und ein gutes Jahr nach der Ermordung der Kaiserin Elisabeth von Österreich. Als romantisches junges Mädchen hatte Sisis Tod Adele sehr betrübt. Sie liebte die Unabhängigkeit dieser Kaiserin, die viele ihrer Untertanen mit Misstrauen beobachtet hatten. Aber Adele war sicher gewesen, dass sie die Bedingungen für die jungen Frauen des Kaiserreichs hätte verbessern können.

Mit Feuereifer bereitete sich Adele auf ihr neues Leben vor. Ihre ganze Jugend über war es ihr ein Ärgernis gewesen, nur mit einem Hauslehrer lernen zu können. Sie beneidete ihre Brüder, die jeden Morgen mit ihrer Aktentasche zum Gymnasium gingen. Und die nach dem Abschluss mit Sicherheit einen Beruf finden würden. Sie hingegen teilte das Schicksal aller jungen Mädchen des Großbürgertums.

Zwar sprach und las sie Französisch und Englisch und ließ sich von der großen deutschsprachigen Literatur bezaubern. Mit eisernem Willen und Kampfgeist war es ihr gelungen, trotz ihres missgebildeten Fingers Klavierspielen zu lernen. Und obwohl sie nicht wirklich über die nötige Geschicklichkeit verfügte, spielte sie doch gut genug, um Freude daran zu haben. Man hatte ihr auch beigebracht, ein Haus zu führen. Doch sie träumte von der Freiheit. Die familiäre Abhängigkeit belastete sie, aber mit dieser Heirat wäre dies vorbei.

Ferdinand versprach, ihr beim Mobiliar die freie Wahl zu lassen, ganz nach ihrem Geschmack. Adele hatte eine eindeutige Vorliebe für den Jugendstil. Ferdinand kannte sich in dieser Stilrichtung nicht so gut aus, er sammelte kostbares Porzellan aus dem vergangenen Jahrhundert.

Adele war die einzige der Familien Bloch und Bauer, die in Wien geboren war. All ihre Brüder und Schwestern hatten, ebenso wie die von Ferdinand, in Deutschland oder in Böhmen das Licht der Welt erblickt. Das machte sie zu einer anderen, in den Augen der Ihren sicher etwas sonderbaren Frau. Sie war mit dem frischen Wind aufgewachsen, der in Wien wehte und die Stadt neu belebte. Ihre Neugier war geweckt. Sie war achtzehn Jahre alt, lebte in einer Metropole, würde ihre Rolle spielen und ihre Zukunft gestalten.

3.

Die Quelle des Lebens

Adele, erinnern Sie sich, wir hatten Klimt letztes Jahr doch gebeten, ein Porträt von Ihnen anzufertigen?«

»Ja natürlich, aber er hatte keine Zeit, sein Auftragsbuch war für die nächsten drei Jahre prall gefüllt. Außerdem ist es zu spät, um es meinen Eltern zum vierzigsten Hochzeitstag zu schenken, so wie geplant.«

»Und wenn wir es trotzdem bestellen würden, für uns selbst?«

»Ich weiß nicht, Ferdinand, ich bin nicht sicher, ob mir danach zumute ist, Modell zu sitzen.«

»Wie weit ist denn das Bild von Therese?«

»Max Kurzweil hat angefangen. Offenbar wird es

ziemlich klassisch. Kaum zu glauben, dass er ebenfalls der Wiener Secession angehört.«

Ferdinand dachte nach. Adeles Ablehnung schien nicht kategorisch. Außerdem machte ihn dieser Maler, der die etablierte Ordnung umstößt, neugierig. Der Name Klimt war in aller Munde und sorgte stets für Gesprächsstoff. Gustav Klimt, ein Vertreter des Jugendstils, gehörte zu jenen Künstlern, um die sich die feine Wiener Gesellschaft riss.

Warum also nicht auch sie? Warum sollte er, Ferdinand Bloch, nicht eines seiner Werke sein Eigen nennen? Ein Gemälde von Klimt! Er leitet diese radikal moderne Vereinigung, der die verschiedensten bildenden Künstler angehören. Er ist es, der die Belebung der Kunst und des Kunsthandwerks vorangetrieben hat.

Eigentlich hat Ferdinand eine Vorliebe für die klassische Malerei, vor allem für die deutsche. Er besitzt eine ansehnliche Sammlung. Doch er spürt, dass dieser neue Secessionsstil, der das gesamte österreichisch-ungarische Reich erschüttert, für die Zukunft steht. Und Klimt passt, ebenso wie die ganze Bewegung, so außerordentlich gut zu Adele. Lehnen sie doch beide jeglichen Konformismus ab.

»Sind Sie einverstanden, dass ich erneut Kontakt zu ihm aufnehme?«

Adele lächelt.

»Könnte ich Ihnen je irgendetwas abschlagen?«

Adele hatte sich von Ferdinand überreden lassen, Klimt zu treffen. Sie kannten sich bereits, nachdem Ferdinand ihn zu einem ihrer Empfänge eingeladen hatte. Als Klimt zum ersten Mal zu den Blochs kam, hatte er nur Augen für die Hausherrin, die so elegant an ihrer goldenen Zigarettenspitze zog. Sie trug ein Collier, das ihn an jene der Antike erinnerte und ihr auf eine gewisse Art die Haltung einer ägyptischen Königin verlieh. Ferdinand war geschmeichelt gewesen, dass der Maler seine junge Gemahlin mit so vielen Komplimenten bedachte. Schüchtern brachte er vor, dass es ihm unendliche Freude bereiten würde, wenn er sie porträtierte. Klimt stimmte höflich zu. In Wahrheit war es nicht nötig, ihn zu drängen, denn ihm war schon selbst die Idee gekommen, diese junge Frau, die ihn derart betörte, zu malen.

Und jetzt sind sie also auf dem Weg zum Café Central, wo sie mit dem Maler verabredet sind. Als sie, ein Plaid über den Knien, nebeneinander in der Droschke sitzen, erinnert Ferdinand seine Gemahlin an die Begeisterung, die die Deckengemälde des Burgtheaters, eine Arbeit der Gebrüder Gustav und Ernst Klimt, bei der Eröffnung in ihnen ausgelöst hatten. »Welche Modernität! Welches

Talent! Und erinnern Sie sich an die *Pallas Athene* bei der zweiten Ausstellung der Secession? Sie waren so enthusiastisch, Adele!«

»Ja, das stimmt. Aber ich glaube, drei Jahre nach unserer Hochzeit hat uns der *Beethovenfries* endgültig davon überzeugt, dass Wien ein neues Genie hervorgebracht hat.«

Das Paar hatte stundenlang den vierunddreißig Meter langen Bilderzyklus betrachtet, der in verschiedenen Kapiteln die Entwicklung der Menschheit darstellt. Adele war fasziniert von den Geschöpfen, die Krankheit, Wahnsinn und Tod darstellten, während Ferdinand sich für die Anmut des in unbändigem Verlangen umschlungenen Paares begeisterte. Als es Bestrebungen gab, das Kunstwerk zu entfernen, hatten die Blochs sich für seinen Erhalt eingesetzt.

Im Kaffeehaus angekommen, nehmen die beiden an einem etwas abgelegenen Tisch Platz und warten auf Klimt.

»Wissen Sie, dass er den Kaiserpreis der Genossenschaft der bildenden Künstler Wiens aus der Hand von Kaiser Franz Joseph empfangen hat?«

Adele unterbricht ihren Mann und weist zur Tür.

»Da kommt er.«

Ferdinand erhebt sich sofort, um ihn zu empfangen, und tauscht einige Höflichkeitsfloskeln mit ihm aus.

Dann wendet sich Klimt Adele zu, küsst ihre Hand und verbirgt seine Verwunderung ob ihrer Trauerkleidung.

Schnell ist der Entschluss zu dem Porträt gefasst.

»Ich muss zunächst Studien anfertigen, dazu brauche ich Sie, Frau Bloch. Aber als Erstes muss ich noch eine Reise nach Italien, nach Ravenna, Venedig und Florenz, unternehmen.«

Adele hält sich zurück und überlässt Ferdinand die Gesprächsführung. Sie hört, wie er Klimt sagt, er liebe seine symbolische Kunst so sehr, dass er sich vorstellen könne, sein Mäzen zu werden. Aber der Enthusiasmus ihres Mannes steckt sie an. Noch mehr jedoch beeindruckt sie Klimts Charisma.

Nachdem die erste Sitzung für den kommenden Monat vereinbart ist, verabschieden sie sich. Ferdinand hilft Adele in die Droschke, steigt aber selbst nicht ein.

»Warten Sie kurz, ich bin sofort wieder da.«

Mit schnellen Schritten kehrt Ferdinand in das Café Central zurück und findet Klimt in die Lektüre einer Zeitung vertieft vor.

»Lieber Klimt, es wäre unschicklich gewesen, vor meiner Frau davon zu sprechen, aber dieses Bild ist vital. Sie müssen mir helfen, sie ins Leben zurückzuholen, sie von der Trauer um unser Kind zu befreien. Ich befürchte, sie verfällt in eine Depression. Sie werden es schon richtig anstellen, davon bin ich überzeugt.«

Wie glücklich, wie lebendig sie sich heute fühlt!

Gleich wird sie Klimt in seinem Atelier aufsuchen, eine weitere Sitzung, bei der sie ihm für das Gemälde Modell sitzt. Wie bei den vorhergehenden Malen trägt sie das Kleid, das sie so sehr liebt – ein gelb-beigefarbenes Modell aus Seidentüll-Moiré und Organdy: Das enge Kleid läuft in einer duftigen Schleppe aus, die bis auf den Boden fällt und einen Eindruck von Kraft und zugleich Zerbrechlichkeit vermittelt. Sie hat außerdem ein aufwendig gearbeitetes Collier angelegt, das aus mehreren Perlenreihen besteht und ihren anmutigen Hals betont. Klimt, der Sohn eines Goldschmieds, malt gerne außergewöhnliche Schmuckstücke.

Adeles langes schwarzes Haar ist zu einem imposanten asymmetrischen Knoten aufgesteckt. Sie fühlt sich so leicht wie schon lange nicht mehr. So, als wirke Klimts Kunst wie eine regenerierende Kraft. Nun ist es schon mehrere Monate her, dass sie sich bereit erklärt hat, ihm Modell zu sitzen. Klimt hat sie von Anfang an fasziniert.

Er ist so modern, so anders, ein überragendes Genie, das über die akademischen Regeln hinauswächst und eine Kunst erschafft, die das Schlimmste und Schönste des Lebens festhält. Für den Meister zu posieren, ist eine Zerstreuung. Sie liebt seine schweigsame Präsenz ebenso wie die Gespräche mit ihm. Wenn sie könnte, würde sie gerne in einer anderen Epoche leben. Sie träumt seit jeher von Freiheit und Ausbruch, doch beides ist ihr, trotz der privilegierten Welt, in der sie lebt, verwehrt.

Adele lässt sich von ihrem Kutscher mit einem Zweispänner in den 8. Bezirk zur Josefstädter Straße fahren. Sie will die Vorfreude verlängern und bittet daher den Kutscher, einen Umweg über die Hofburg zu machen, und lässt die majestätischen, unerschütterlichen Bauten der Kaiserresidenz an sich vorbeiziehen, wie um sich damit an die eigene Existenz zu erinnern. Dann fährt der Kutscher weiter Richtung Atelier, entlang einer Reihe ähnlich aussehender barocker Bürgerhäuser. Diese jedoch nimmt Adele nicht mehr wahr, wie so häufig hat sie sich in sich selbst zurückgezogen, sie besitzt die Fähigkeit der inneren Flucht, die die Realität ausblendet. Mit einem gewissen Vergnügen gibt sie sich ihren melancholischen Gedanken hin. Ganz so, als wäre dieser ständige Kummer ab jetzt notwendig, um ihrem Leben einen Sinn zu geben.

In der Josefstädter Straße angekommen, öffnet sie das grüne Tor, das zum Garten führt. Es quietscht ein wenig. Gustav Klimts Atelier befindet sich in einem kleinen Pavillon am Ende dieses Gartens. Diesmal erwartet er sie jedoch nicht, wie manch anderes Mal, auf der Schwelle. Sie will sich ihre Enttäuschung nicht eingestehen. Er hat sicher zu tun. Oder er hat nicht auf die Zeit geachtet. Das passiert ihm häufiger, wenn er ganz auf seine Arbeit konzentriert ist.

Adele geht um das Häuschen herum und wirft einen Blick durch eines der Fenster. Er steht mit dem Rücken zu ihr und hat die Studien, die ihm als Grundlage für das Porträt dienen, herausgeholt und seine Pinsel bereitgelegt. Die Leinwand, ein recht großes Format von hundertachtunddreißig mal hundertachtunddreißig Zentimetern, steht auf der Staffelei. Ein perfektes Quadrat, auch wenn das Porträt eher länglich scheint. Adele zögert. Ohne dass sie genau sagen könnte, warum, hat sie den Wunsch, die Wartezeit zu verlängern, ihn zu betrachten, zu beobachten, ihn zu spüren. Er trägt seinen großen blauen Malerkittel, der vom Kragen an gekräuselt ist und dessen weite Ärmel ihm die nötige Bewegungsfreiheit zur Pinselführung lassen. Eigentlich ist es eher eine Kutte als ein Kittel. Sie reicht bis über die Knie, verleiht ihm ein besonderes Aussehen, unterstreicht seine kräftige Statur.

Mit einer abrupten Bewegung wendet er sich um. Damit hat sie nicht gerechnet. Sie errötet, und ihr Herz schlägt schneller. Mit wenigen Schritten ist er an der Tür.

»Adele, was machen Sie denn da? Kommen Sie doch herein!«

»Ich wollte gerade klopfen.«

»Habe ich Sie warten lassen?«

»Nein, nein, keine Sorge, ich bin gerade erst gekommen. Franz hat mich eben hergebracht.«

»Geben Sie mir Ihre Pelerine und Ihren Hut.«

Der Winter geht zwar langsam seinem Ende entgegen, aber es ist noch kalt in jenem März des Jahres 1905. Adele hat ihren Nerz abgelegt, unter dem sie einen einfachen Mantel aus wollenem Tuch mit Silberfuchskragen trägt. Die Vegetation grünt noch nicht, der Frühling lässt auf sich warten. Nicht einmal der Kastanienbaum, der sich stolz in der Mitte des Gartens erhebt, trägt Knospen. Bevor sie das Atelier betritt, klopft sie ihre geknöpften Stiefel ab, damit die Erde, die an den Absätzen klebt, nicht auf den Boden fällt.

Gustav hat Feuer gemacht, und der Raum hat eine angenehme Wärme. Als er ihr den Mantel abnimmt, um ihn im Vorraum aufzuhängen, streift er wie zufällig ihren Arm.

»Soll ich Tee bringen lassen?«

»Gerne, lieber Gustav«, antwortet sie und legt ihre langen Handschuhe aus naturfarbenem Glacéleder ab. Dabei ist sie bemüht, ihren missgestalteten Ringfinger zu verbergen. Diese leichte Fehlbildung, die sie jahrzehntelang gestört hat, ist angeboren. Der Finger ist leicht gekrümmt. Ihr Blick hat sich daran gewöhnt, nicht aber der der anderen. Die Kinder in der Schule nannten sie »Hexenfinger«, und auch jetzt erhaschte sie oft noch fremde Blicke, die an ihrer Hand hängenblieben. Ihre ältere Schwester Therese glaubte ihn begradigen zu können, sie band ihn an eine Schiene, um den armen Finger in Form zu bringen. Adele wagte nicht, über die Schmerzen zu klagen, die das auslöste, bis ihre Mutter eines Tages die geheime Operation bemerkte und Therese verbot, diese Folter fortzusetzen.

Mittlerweile hat sie ihre Komplexe überwunden, man muss lernen, mit dem zu leben, was die Natur einem mitgegeben hat. Es gibt keine Zufälle. Dennoch ist sie stets bemüht, dieses störende Detail zu verbergen.

Klimt wirkt heute unruhig, ja fast aufgeregt. Sein Verhalten versetzt sie in Erstaunen. Alles an ihm scheint gegensätzlich. Er ist ein herrischer Charakter, der sich aber zugleich auch äußerst sanft geben kann. Jemand, der es eilig hat und doch den Eindruck erweckt, die Zeit stillstehen zu lassen.

»Ihr Mann bedrängt mich ständig, das Bild fertigzustellen.«

»Hören Sie nicht auf Ferdinand, er muss sich gedulden, solange es eben nötig ist. Er sieht mich jeden lieben Tag. Also kann er ruhig warten, bis er mein Porträt vor Augen hat.«

»Einen meiner Hauptmäzene darf ich nicht verärgern.«

»Also dann, an die Arbeit.«

»Wissen Sie, dass Sie noch bezaubernder sind als beim letzten Mal? Sie sind hinreißend …«

»Gustav, Sie bringen mich mit solchen Komplimenten in Verlegenheit, das wissen Sie doch …«

Hermine klopft und tritt dann ein, ohne dazu aufgefordert zu werden. Sie würdigt Adele keines Blickes, stellt das Tablett mit der dampfenden Teekanne und den Tassen auf den Tisch und verschwindet sogleich wieder. Es herrscht ein so reger Verkehr in diesem Atelier, dass Klimts Haushälterin die Besucher nicht mehr beachtet. Klimt schenkt Adele Tee ein, fragt, ob sie Zucker nimmt, und wechselt dann, ohne ihre Antwort abzuwarten, das Thema.

»Mir scheint, Ihr Knoten ist nicht ganz genauso wie beim letzten Mal.«

»Aber meine Kammerzofe hat sich strikt an die Vorgaben gehalten. Sie zählt sogar die Haarnadeln ab!«

Adele tritt hinter die Leinwand und nimmt in dem Sessel Platz, der ihr schon so vertraut ist. Er ist aus Kirschbaumholz, doch unter Klimts Pinsel verwandelt er sich in pures Gold. Ebenso wie ihr Kleid. Es ist sehr weit und steif, erinnert fast an einen Mantel. Und es ist nicht golden, aber von jenem Gelb, das mit Licht und Ewigkeit einhergeht. Jener symbolischen Farbe der Zeremonien und Hochzeiten in der Antike. Klimt ist völlig fasziniert von dieser Epoche. Das Kleid ist mit geometrischen Formen gemustert. Bevor Klimt sie malte, hat er fast hundert Studien angefertigt, ehe er mit dem Ergebnis zufrieden war. Jetzt liegen die Skizzen durcheinander in einer Ecke des Diwans. Unvorstellbar, wie er sich darin zurechtfinden kann. Einige Zeichnungen sind mit schwarzer Kreide gemacht, andere mit Graphit. Alle auf dem feinen Papier, das sich Klimt seit einiger Zeit von einem Teehändler aus Japan liefern lässt. Zunächst wollte er Adele stehend malen, dann in Frontalansicht, doch schließlich entschied er sich für ein Dreiviertelprofil. Auf manchen Skizzen sieht man den oberen Teil ihres Gesichts nicht. Andere zeigen sie sitzend, immer in unterschiedlichen Posen. Der linke Ellenbogen auf die Lehne gestützt, das Gesicht auf der Hand. Dann wieder ist die Stellung der Hände umgekehrt. Manchmal sieht man sie nur ansatzweise. Und hier, auf dieser Zeichnung, hat Klimt nur ein Auge gemalt, dafür aber vierzehn weitere über das Kleid verteilt! Auf der nächsten ist Adeles Gesicht verschwommen, aber sie trägt einen Bolero, zeigt keine nackten Schultern und auch kein Dekolleté. Auf jeder Skizze gibt es eine Veränderung, wenn auch manchmal kaum wahrnehmbar, außer für Gustavs geübtes Auge. Vor allem die Hände beschäftigen ihn. Jede Studie zeigt sie in einer anderen Position, gezeichnet sind sie entweder mit schwarzer oder violetter Kreide. In seinen spontanen schöpferischen Phasen hält Klimt alles fest, was er sieht, und ist durch nichts mehr zu bremsen. Sogar auf der Rückseite von Rechnungen oder auf einem Fetzen Einwickelpapier machte er Skizzen. Er ist wie besessen von diesem Bild. Es soll außergewöhnlich werden, noch bemerkenswerter als alles, was er bislang geschaffen hat.

Klimt ist einer der wenigen Männer, die Adele kennengelernt hat, die sich für die Garderobe der Damen interessieren. Und so widmet er auch dem Kleid auf dem Gemälde besondere Aufmerksamkeit. Seine Freundin Emilie Flöge ist Modeschöpferin. Vor einem Jahr hat sie gemeinsam mit ihrer Schwester einen Haute-Couture-Salon eröffnet, in dem sich die Wienerinnen der feinen Gesellschaft die Klinke in die Hand geben. Manchmal entwirft Klimt Stoffmotive für sie, die sie von ihren Textilherstellern nacharbeiten lässt. Der Modesalon in der Mariahilfer Straße ist einer der meistfrequentierten der Stadt, und der Kundenkreis vergrößert sich stetig. Adele hat gehört, dass inzwischen an die fünfzig Schneiderinnen in dem Atelier arbeiten, das selbst in Paris bekannt ist.

Adele setzt sich also in Pose und überzeugt sich, dass die Falten ihres Kleides richtig fallen. Mit einer grazilen Bewegung lehnt sie sich an das kleine Kissen und dreht den Oberkörper ein wenig nach links. Klimt tritt zu ihr und senkt mit dem Zeigefinger leicht ihr Kinn. Für eine Weile schweigen sie. Ihre Blicke begegnen sich. Verwirrt senkt Adele die Augen.

»Und wenn wir beginnen würden? In zwei Stunden holt Franz mich ab, ist die Zeit ausreichend?«

»Für dieses Mal gebe ich mich damit zufrieden, also fangen wir an. Ich bereite nur noch meine Farben vor.«

Adele, die an mit Mobiliar und Wandteppichen überfrachtete Räume gewöhnt ist, lässt den Blick durch das Atelier schweifen. In einer Ecke stehen einige unvollendete Gemälde. Eine Kommode und ein Schrank. Ein Tisch mit vielen Schubladen, den Josef Hoffmann eigens für Klimt kreiert haben soll und auf dem er jetzt sein Material und seine Tücher anordnet. Seine Farbtuben liegen in zwei Schachteln. Fünf in jeder. Nichts Überflüssiges. Nur das Nötigste, wie das rote Skizzenbuch, das er stets zur Hand hat.

Genauso nüchtern wie der Raum ist auch Klimts Leben. Und der große Diwan, der eher einem Bett gleicht und auf dem die ganzen Zeichnungen und Studien liegen ... Adele versucht sich einzureden, Klimt würde sich dort nur ausruhen, wenn er zu viel gearbeitet hat. Allerdings hat sie auch immer wieder gehört, dass das Zimmer direkt neben seinem Atelier als Vestibül diene. Der Ort, an dem die weiblichen Modelle sich entkleiden, bis der Künstler eines von ihnen für seine Schöpfungen benötigt. Oder als Inspiration ... Schnell verscheucht sie diesen Gedanken.

Sie selbst betritt das Atelier stets von der anderen Seite, dort, wo Gustav das abstoßende Skelett aufgestellt hat und von wo aus man in den Empfangssalon seiner Wohnung gelangt, den ebenfalls Hoffmann für ihn entworfen hat. Manchmal bleibt sie bei ihrer Ankunft vor der Sammlung japanischer und chinesischer Holzschnitte stehen, die an zwei gegenüberliegenden Wänden seines Ateliers hängen. Sie versucht zu erahnen, was Klimt inspiriert. Wie kann ein einziger Mensch so viel Talent besitzen? Und wenn man sich vorstellt, dass es in Wien Leute gibt, die behaupten, er sei ein kranker Geist …

Dann wandert ihr Blick zu Klimt in der Hoffnung, er sei ganz auf das Anmischen seiner Farben konzentriert und merke nicht, dass sie ihn mustert. Er ist dreiundvierzig und nicht wirklich als schön zu bezeichnen. Der Bart verbirgt die Kontur seiner schmal geschwungenen Lippen. Er ist ein wenig beleibt. Der vordere Teil seines Schädels ist bereits kahl, nur in der Mitte bildet eine Tolle eine Art treibende Insel, die übrigen Haare sind zurückgekämmt. Dennoch geht von ihm eine ganz besondere Art Schönheit aus: Kraft und eine unglaubliche, extreme und intensive Konzentration, die unerschütterlich zu sein scheint. Er kneift die Augen leicht zusammen, hält sie halb geschlossen, so dass sich rundum feine Fältchen bilden. Ab und zu verzieht sich sein Mund zu einem Lächeln. Er scheint in weiter Ferne an einem Ort zu sein, an den ihn sein Genie trägt.

Adele ist fasziniert von diesem Mann, der aus einer ganz anderen Welt kommt als sie, der so stolz darauf ist, es trotz seiner Herkunft aus eigener Kraft geschafft zu haben, Anerkennung, ja Bewunderung zu finden.

Es heißt, sein Vater, ein Goldgraveur, musste häufig darum kämpfen, seine sieben Kinder ernähren zu können. Gustav wuchs in einem Außenbezirk Wiens auf und hat seine Herkunft nicht vergessen – auch wenn sich heute viele Wiener Aristokraten und Großbürger vor ihm verneigen. Selbst Kaiser Franz Joseph hat ihn vor kurzem persönlich begrüßt. Innerhalb von fünfzehn Jahren hatte er sich zu einem Künstler entwickelt, der das Ansehen der österreichisch-ungarischen Monarchie in ganz Europa steigert. Dennoch hatte er nie vergessen, was er der Wiener Kunstgewerbeschule – an der er zusammen mit seinem Bruder Ernst dank eines Stipendiums im Alter von vierzehn Jahren aufgenommen wurde – und seinem Lehrer Ferdinand Laufberger zu verdanken hat.

Allerdings ist es nicht das, was sie so faszinierend an ihm findet. Sondern Klimt verkörpert für sie all jene Freiheit, die sie als Frau nicht für sich einfordern kann. Er hat sich von allen gesellschaftlichen Konventionen befreit, hat zahlreiche Mätressen und steht selbstbewusst zu seinem lockeren Lebenswandel.

Mit einer kaum merklichen Kopfbewegung schiebt sie diese Gedanken, die so gar nicht zu ihrer strengen Erziehung passen, beiseite. Sind es nicht sein Geschick und sein Wissen, die sie interessieren? Er liest Goethe und Dante, obwohl er in seiner Schul- und Studienzeit nie mit Literatur in Berührung kam, und kann ganze Passagen auswendig deklamieren. Er ist ständig auf der Suche nach neuen Einflüssen, die sich auch in seiner Sprache niederschlagen. Ohne Rücksicht auf Status oder gesellschaftliche Stellung seines Gegenübers verwendet er ganz frei Worte aus dem Wiener Dialekt, für Adele, die an geschliffene Sätze und gebildete Unterhaltungen gewöhnt ist, etwas ganz Neues mit ungeheurer Anziehungskraft.

In einem Anflug von Nervosität rückt sie ihr Collier zurecht, das Ferdinand ihr zum ersten Hochzeitstag geschenkt hat. Gemeinsam mit ihr hatte er damals einen der bekanntesten Juweliere der Stadt aufgesucht. Halsbänder waren gerade groß in Mode. Jene Ketten aus Edelsteinen oder feinen Perlen, die den Hals umschließen, so dass nicht mal ein Kuss Platz findet. Adele zögerte bei der Wahl der Farbe der Steine. Ferdinand wollte das schönste und prachtvollste Modell für seine Frau. Also lenkte er diskret ihre Aufmerksamkeit auf die Reinheit der feinen Perlen. Dann raunte er dem Juwelier zu, er möge noch vier oder fünf Reihen hinzufügen. Es dauerte fast acht Monate, bis das Schmuckstück geliefert wurde. Adele hatte nicht mit einer solchen Pracht gerechnet. In das fast zwölf Zentimeter breite Band waren Diamanten, vier Korunde, zwei Saphire und zwei Rubine von je fünf Karat eingearbeitet. Doch das Eindrucksvollste war die feine Verwebung der Perlen auf einem Band aus reinem Gold. Das Collier bestand aus vierzehn Reihen zierlichster Perlen. Ein Einzelstück, speziell für Adele angefertigt. Sie hatte das Geschenk, das aus einem anderen Leben zu stammen schien, vor nunmehr fast vier Jahren erhalten.

Nachdem die Entscheidung für das Porträt gefallen war, bestand Klimt darauf, dass sie dieses Collier tragen sollte. Er wollte weder Ringe noch Ohrschmuck, dafür aber Armbänder, von denen eines die Form eines breiten Reifs hatte und ebenfalls an die Antike erinnerte.

An jene Reife, wie sie einst die Krieger getragen hatten, bevor die Frauen sie zu Schmuckstücken auserkoren. Adeles Armband war eine ziselierte Treibarbeit, in die geometrische Muster gehämmert waren. Bei den beiden anderen, die sie höher am selben linken Arm trägt, handelte es sich eher um schmale Reife, in denen zwei Perlenreihen zu erkennen sind. Klimt wollte Adele so, wie er sie zum ersten Mal gesehen hatte – zart und doch tonangebend. Bei dieser dritten Sitzung kennen sie sich bereits. Ihre Gespräche werden von langen Momenten des Schweigens unterbrochen. Jener Art des Schweigens, das nur aus einem geheimen Einverständnis entsteht und möglich ist. Eines, das nicht stört oder langweilt, sondern verbindet.

Jetzt ist Adele begierig, von Klimt etwas über die neuesten intellektuellen und künstlerischen Entwicklungen in der österreichischen Hauptstadt zu erfahren. Aber kann sie sich die Freiheit nehmen zu sprechen? Wenn sie ihm Modell sitzt, hat er sie stets gebeten, sich ruhig zu verhalten. Denn wenn sich Adele für ein Thema begeistert, gestikuliert sie oft mit den langen, schlanken Armen. Sie kann nicht anders, ihr Körper begleitet ihre Worte mit graziösen Gesten. Auch wenn sie dabei stets darauf bedacht ist, den missgestalteten Finger zu verbergen.

»Erlauben Sie mir, Ihnen eine Frage zu stellen?«

Klimt gibt sich gerne als brummiger Bär, ganz so, als schulde er das seinem Ruf.

»Nur, wenn Ihr Blick unverändert bleibt.«

»Haben Sie sich nie gewünscht, Vater zu werden?«

Und schelmisch fügt sie hinzu:

»Ich meine, offiziell Vater zu werden.«

Zunächst scheint Klimt die Frage nicht gehört zu haben und schweigt. Er verabscheut es, wenn man ihn zu seinem Leben befragt. Er verabscheut es generell, Fragen zu beantworten. Für eine Weile malt er einfach weiter.

Adele wagt es nicht, das Gesagte zu wiederholen. Ohne es zu bemerken, haben sich ihre Schultern leicht gesenkt.

»Sitzen Sie gerade, meine Liebe. Richten Sie den Oberkörper auf.«

Adele gehorcht.

»Neuigkeiten sprechen sich in Wien schnell herum. Offenbar bin ich schon Vater ... Aber was soll ich mit den Blagen anfangen? Sie würden mich nur stören. Ich brauche Zeit und Konzentration und habe keine Lust, um mich herum Geschrei zu hören. Und noch weniger, dass jemand mit meinen Malutensilien herumspielt, mit meinen Pinseln und Leinwänden. Was für ein Unglück wäre das! Ich liebe nur die Mütter, es gibt nichts Anziehenderes als eine Frau, die Leben schenken wird, mit ihrem dicken Bauch und ihren prallen Brüsten. Das ist für mich Erotik, Liebe, das weibliche Geschlecht. Eros steht für den Ursprung des Lebens. Wie Sie vielleicht wissen, habe ich eine schwangere Frau gemalt. Ich habe das Bild *Die Hoffnung* genannt. Leben schenken bringt unausweichlich den Tod mit sich. Kennen Sie es? Die künftige Mutter ist natürlich nackt in all ihrer Schönheit. Eine Pracht!«

Seine Antwort verwirrt Adele. Sie denkt an ihre letzte Schwangerschaft und an die, die sie noch zu erleben hofft. Und natürlich wandern ihre Gedanken wieder zu all den Gerüchten, die in Wien über Klimts unkonventionellen Lebenswandel kursieren. Es heißt, er würde Abenteuer sammeln – zumeist handele es sich dabei um seine Modelle, die er oft auch schwängere. Seine Kritiker behaupten, er bringe sie alle nicht nur auf die Leinwand, sondern auch in sein Bett, in das Bett, das genau hinter ihr steht.

»Aber haben Sie nicht den Wunsch, Ihr Werk weiterzugeben?«

»Wer weiß, was es in einem Jahrhundert noch wert ist? Vielleicht gar nichts mehr. Mir ist nicht der Erlös wichtig, sondern die Kunst, nur die Kunst. Ich strebe nicht nach Bekanntheit, das interessiert mich nicht. Sie lieben doch Schiller ebenso wie ich: ›Kannst du nicht allen gefallen durch deine Tat und dein Kunstwerk, mach es wenigen recht. Vielen gefallen ist schlimm.‹«

»Gustav, nun spielen Sie nicht den Naiven, der Wert Ihrer Werke steigt ständig, ganz Wien, ja ganz Europa schwört auf Sie. Ihre Arbeiten sind überall in der Stadt vertreten, vom Wiener Secessionsgebäude angefangen bis hin zum Burgtheater, und das ist noch nicht alles. Sie sind bereits jetzt in die Kunstgeschichte eingegangen, also täuschen Sie keine falsche Bescheidenheit vor, das passt so gar nicht zu Ihnen.«

»Aber warum Nachkommen? Vor seinem Tod hat mir mein Bruder Ernst seine Frau und seine Tochter anvertraut. Und bis zu meinem letzten Atemzug werde ich seinen Wunsch erfüllen und für sie sorgen. Ich werde immer für sie da sein, egal, was gesehen mag. Die Tochter meines Bruders ist für mich wie mein eigen Kind.«

»Sie sind ein guter Mensch, Gustav.«

Aber Adele spürt, dass er schon gar nicht mehr zuhört.

»Für heute sind wir fertig, meine Liebe. Ich begleite Sie hinaus«, sagt er schließlich.

Sein Ton ist knapp und bestimmt, ohne Widerspruch zu dulden. Er holt ihren Mantel, hilft ihr hinein und geleitet sie über den schmalen Weg durch den Garten. Ob er sieht, dass sie sich auf die Lippen beißt und bedauert, ein Gespräch begonnen zu haben, das ihn ganz offensichtlich verstimmt hat?

Ein Schauder läuft ihr über den Rücken, als er auf dem Weg zum Tor seinen Arm um ihre Taille legt. Plötzlich hat sie es eilig, nach Hause zu kommen, sich in ihrem Zimmer einzuschließen und über all das nachzudenken, was sie sich bei dieser Sitzung anvertraut haben.

Franz erwartet sie bereits vor der Kutsche, zum Abschied küsst Klimt Adele noch die Hand. Sie winkt ihm ein letztes Mal zu, während sein Blick ihr tausend andere Dinge sagt.

Unterwegs plagen Adele Vorwürfe, dieses Gespräch überhaupt begonnen zu haben. Klimts Bruder ist vor über zwölf Jahren gestorben, doch sie weiß, dass die Wunde, die sein Tod bei ihm hinterlassen hat, noch nicht verheilt ist. Adele hat von der Depression gehört, die Klimt erfasste, nachdem Ernst gestorben war. Er gab die Malerei auf. Damals fragten sich alle, ob er überhaupt eines Tages wieder anfangen würde zu malen. Als er schließlich wieder zu den Pinseln griff, hatte sich seine Kunst radikal verändert. Er brach mit seinem früheren, vom Historismus geprägten Stil und wandte sich einem erstaunlichen Symbolismus zu. In seiner Agonie hatte er neue Kraft gesammelt. Doch Ernst fehlt ihm noch immer. Wie gut sie ihn versteht …

4.

Eine Cello-Melodie

Nun ist ihr Sohn schon seit über einem Jahr tot. Ganz allmählich schöpft Adele wieder Hoffnung. Schließlich ist sie erst vierundzwanzig und wartet ungeduldig darauf, erneut schwanger zu werden. Ein Kind würde diese unerträgliche Leere füllen und ihre Verzweiflung lindern. Therese hat bereits ihren dritten Sohn zur Welt gebracht. Wie leicht es ihre Schwester doch hat.

Wie jeden Monat hofft Adele auf eine Schwangerschaft. Schon seit mehreren Tagen beobachtet sie ihren Körper auf der Suche nach entsprechenden Anzeichen. Sie könnte schwören, dass ihre Brüste größer geworden sind, die Warzen härter und auch empfindlicher, ganz so wie bei den letzten Malen. Sie betastet die Brust, um zu überprüfen, was sie spürt. Betrachtet noch einmal ihren Oberkörper im Spiegel ihres Zimmers. Ja, alles ist anders. Nein, sie weiß es nicht mehr. Aber spürt sie nicht einen Schmerz, ein stechendes Ziehen? Wie soll sie unterscheiden zwischen dem Schmerz im Unterleib, der die Regel ankündigt, und jenem, der für die ersten Wochen einer Schwangerschaft typisch ist? Und wenn es diesmal der richtige wäre? Wenn endlich kein Tropfen Blut ihren sehnlichsten Wunsch zunichtemachte? Wie gern würde sie Ferdinand ankündigen, dass sie nach Fritz einen neuen Erben unter dem Herzen trägt.

Ferdinand verbringt mittlerweile wieder die meiste Zeit außerhalb Wiens in seinen Manufakturen, die immer größer werden. Gestern Abend beim Essen erzählte er, er habe zehn neue Arbeiterinnen eingestellt. Die ganze Stadt ist verrückt nach den Wiener Seidenzuckerln, jenen bekannten Bonbons aus hauchdünnen Zuckerschichten, und sorgt somit für stetig steigende Zuckerbestellungen. Wenn Adele durch die Zuckerlwerkstatt geht und all die Süßwaren sieht, empfindet sie Stolz bei der Vorstellung, dass diese ganzen Köstlichkeiten aus dem Zucker der Fabriken ihres Mannes gemacht werden. Das Rezept für die handgefertigten Bonbons ist schon zweihundert Jahre alt, wie lange würden sie wohl noch hergestellt werden?

An anderen Tagen wünscht sie sich, Ferdinand hätte einen Beruf, den er in der österreichischen Hauptstadt ausüben könnte, so wie Gustav, der Mann von Therese. Gustav besitzt zwar Anteile an den Fabriken, doch er arbeitet als Anwalt und ist viel häufiger bei seiner Frau.

Adele fühlt sich oft einsam, gerade jetzt, wo sie auf die Anzeichen einer Schwangerschaft wartet, die nicht kommen will. Sie betastet erneut ihre Brüste, und plötzlich hat sie Klimt vor Augen. Was für eine Idee! Erschrocken lässt sie die Hand sinken. Die Vorstellung, an diesen Mann zu denken, während sie ihren Körper untersucht, ist ihr unangenehm. Sie stellt sich vor, sein durchdringender Blick ruhe auf ihr. Ihre Wangen werden heiß und röten sich. Eilig verscheucht sie den Gedanken und dreht sich ruckartig von dem großen Spiegel über ihrer Frisierkommode weg. Es ist wirklich höchste Zeit, sich für den Empfang, den sie heute in der Schwindgasse geben, fertigzumachen. Der erste, an dem sie seit dem Unglück teilnehmen wird, und zugleich ihr erster Auftritt in der Öffentlichkeit. Ferdinand soll stolz auf sie sein, sie will ihm beweisen, dass sie gelernt hat, wieder zu leben.

Adele schminkt sich sorgfältig, wählt für diesen Anlass einen kräftigen Lippenstift. Sie greift nach der Puderdose, nimmt die Quaste und führt sie mit sicherer Bewegung über ihr Gesicht. Und wieder taucht Gustav vor ihrem inneren Auge auf, diesmal, wie er direkt auf ihre Haut malt. Im Spiegel sieht sie die große Vase aus Opalglas mit den gelben, roten und blauen Blumen. Diese kräftigen Farben gefallen ihr nicht mehr. Ihr Geschmack hat sich verändert. Vielleicht der Einfluss von Klimt? Sie ist nicht mehr die junge achtzehnjährige Ehefrau. Ihre Meinung ist jetzt entschiedener. Die Vase ist altmodisch, sie wünscht sich ein moderneres Design. Sie will mit Ferdinand darüber sprechen. Bei einer Freundin hat sie Mosers Kreationen gesehen, die würden ihr zusagen. Dann wendet sie sich ihrer Garderobe zu. Welches Kleid soll sie wählen? Heute Abend werden alle da sein, die jungen Schriftsteller Wiens wie Arthur Schnitzler, Hugo von Hofmannsthal, Stefan Zweig, aber auch die gerade sehr bekannten Musiker Richard Strauss und Gustav Mahler sowie die Wittgensteins und Sigmund Freud, über den man mehr und mehr spricht. Und natürlich Klimt. Adele erinnert sich nicht mehr an seine Gesichtszüge, die noch wenige Minuten zuvor so deutlich in ihren Tagträumen erschienen. Alles verschwimmt in ihrem Geist, sein Gesicht verschmilzt mit dem von Ferdinand. Die Bilder der beiden Männer scheinen sich zu überlagern, so wie Farben, die man mit einem Pinselstrich vermischt. Sosehr sie ihr Gedächtnis auch anstrengt, sie kann sich Klimts intensiven Blick nicht mehr vorstellen. Sie könnte kaum noch die Farbe seines Barts oder die Form seiner Augenbrauen beschreiben. Was für ein seltsames Gefühl …

Erst Minuten später fasst sie sich wieder und geht noch einmal die Liste der Aufgaben durch, die zu erledigen bleiben. Heute Abend ist das beste Geschirr aufgedeckt. Die geschliffenen Gläser aus böhmischem Kristall thronen auf dem Tisch neben den mit Weinblättern verzierten Eisbehältern aus roséfarbenem Baccarat-Glas, dazu das Besteck im Stil Napoleon III. Das Service aus kostbarem Porzellan hat Ferdinand sorgsam ausgewählt – der einzige Part des Abends, zu dem er seine Meinung geäußert hat. Adele will allen beweisen, dass sie in der Lage ist, ihrer Aufgabe als Hausherrin gerecht zu werden. Ein letztes Mal hat sie den Blumenschmuck überprüft, sie zieht langstielige Sorten vor, zweimal höher als die Vase. Sie will pro Zimmer zwei Bouquets, die anderen stehen in der Mitte der Tische. Am wichtigsten ist, dass die Farben harmonieren. Sie hat sich für Gelbtöne entschieden … Ob er das überhaupt bemerkt?

Die Zusammensetzung des Diners hat sie ihrer Köchin anvertraut, die schon für ihre Eltern gearbeitet hat. Heute soll es Lammfilets mit Bäckerinnenkartoffeln geben sowie Stubenküken in Sahnesoße mit kleinen Soufflés nach Straßburger Art, genau wie sie am Kaiserhof serviert werden. Der erlesene Bordeauxwein, der purpurrot in den Karaffen schimmert, ist eine Verheißung. Wie immer werden es zu viele Speisen mit vielen neuen Geschmacksrichtungen und seltenen Zutaten sein. Aber Adele will ihre Gäste beeindrucken, es werden etwa siebzig sein, da muss ausreichend von allem da sein. Vor Fritz' Tod war ihr Salon einer der beliebtesten von Wien, heute muss alles perfekt sein, damit er zu seinem alten Glanz zurückfindet.

Ihr bleibt nur noch knapp eine Stunde bis zum Eintreffen der Gäste. Hannah steht an der Tür und trägt andächtig ein Gewand aus malvenfarbener Seide auf den ausgestreckten Armen, das sie schließlich für diesen Abend gewählt hat.

Adele legt das Kleid an. Sie hat gelernt, mit Farben, Material und Formen zu spielen wie mit einer Sprache – es ist die Sprache der Frauen, der Verführung und der ihrer Stellung. Das Kleid liegt eng an ihrer schlanken Taille an und betont den anmutigen Oberkörper, der changierende Stoff fällt tadellos. Ihre Arme sind unbedeckt. Sie fühlt sich schön. Bleibt ihr nur noch, die Ohrringe aus Gold anzulegen, die mit Emaille, Amethysten und feinen

Perlen verziert sind. Ferdinand klopft an die Tür, die ersten Gäste werden bald eintreffen, sie möge sich ein wenig beeilen. Er ist beeindruckt von ihrer Eleganz, sie kann es ihm ansehen. Sein Blick strahlt vor Freude, lebendig, jung und reich zu sein. Und Adele bedenkt Ferdinand mit einem Lächeln, wie sie es ihm schon lange nicht mehr geschenkt hat.

Die Blochs empfangen ihre Gäste in der Halle. Therese und Gustav treffen als Erste ein. Ferdinands Bruder hat seine Stradivari mitgebracht. Also wird der Abend unweigerlich mit einem bezaubernden Konzert enden.

Nach und nach füllt sich der Salon. Die weißbehandschuhten Butler laufen mit Tabletts voller Weingläser und Champagnerkelche umher und bieten Getränke an. Am Rande einer Gruppe entdeckt sie endlich Klimt. Er trägt, wie immer, sein typisches Stehkragenhemd mit den umgebogenen Ecken und führt ein angeregtes Gespräch mit Arthur Schnitzler. Adele tritt zu den beiden, Schnitzler vertraut Gustav gerade an, er habe sein Meisterwerk begonnen. Der Titel stehe schon fest. Es wird *Der Weg ins Freie* heißen. Denn er verabscheue die widerwärtige Atmosphäre, die sich wie eine dichte Nebeldecke über Wien legt.

Aber Adele möchte, dass der Abend ein Fest wird, sie

will keine belastenden Diskussionen. Und genau das sagt sie den beiden Männern jetzt auch, die daraufhin ein Lächeln nicht unterdrücken können.

Eine andere Gruppe erhitzt sich wieder einmal über die Dreyfusaffäre. Therese ist froh, dass der Fall in Frankreich nun ein Ende gefunden hat.

»Die verheerenden Auswirkungen sind bis zu uns vorgedrungen. Es war nicht mehr zum Aushalten.«

In den Cafés und Salons wurden erregte Diskussionen geführt, sobald der Name Hauptmann Dreyfus fiel. Jetzt, da die ganze Sache fast vorbei ist, haben sich sogar Freud und Schnitzler etwas beruhigt. Doch beide sind davon überzeugt, dass der Antisemitismus tiefe Narben hinterlassen hat. Bevor sie das Gesprächsthema aber fallenlassen, beschuldigt Schnitzler noch Karl Kraus, das herabzuwürdigen, was er als den »jüdischen Geist« bezeichnet.

»Nun, meine Herren, Schluss mit der Polemik, nach Ferdinands Aussage wird Hauptmann Dreyfus ja bald rehabilitiert«, mischt sich Adele energisch ein.

Dann wendet sie sich an Freud, der sich zu der kleinen Gruppe gesellt hat: »Professor, man spricht in ganz Wien nur noch über Ihre *Drei Abhandlungen zur Sexualtheorie*. Ganz offensichtlich lösen sie leidenschaftliche Diskussionen aus.«

Noch ehe Freud antworten kann, kommt ihm Gustav Klimt zuvor. Die beiden übertreffen sich, wenn es um Polemik geht.

»Sex bestimmt unser ganzes Leben und all unsere Verhaltensweisen, stimmt das, lieber Sigmund?«

Freud nickt. Er liebt Komplimente.

Mit einem Mal erklingt aus dem benachbarten Salon Musik.

»Ah, Gustav bringt uns in den Genuss seiner Cello-Künste«, unterbricht Adele die Diskussion und zieht die kleine Gruppe in das benachbarte Zimmer, in dem ihr Schwager an seinem Instrument und Mahler am Klavier sitzen. Die ersten wunderbaren Töne von Schuberts 16. Sonate in a-Moll ertönen.

In der Nähe der Musiker sitzt Therese auf dem Sofa, sie ist müde. Noch hat sie Adele nichts gesagt, sie hat Schuldgefühle, hier im Haus ihrer Schwester zu sein in der Gewissheit, ihr viertes Kind unter dem Herzen zu tragen. Adele scheint so glücklich, wenn sie in diesem Salon, der seinen alten Glanz wiedergefunden hat, zwischen ihren Gästen umherwirbelt. »Sie ist so schön«, denkt Therese.

5.

Judith

Adele unternimmt in Begleitung von Klimt einen Spaziergang im Park von Schloss Belvedere. Zum ersten Mal trifft sie ihn außerhalb des Ateliers oder eines gesellschaftlichen Ereignisses. Sie hat sich mit ihm am Eingang der Gärten verabredet, die im Schein der hellen Wintersonne liegen. Genauer gesagt am Südtor, an den steinernen Sphingen mit den Frauenköpfen und den Löwenkörpern. Von dort aus gehen sie Richtung Unteres Belvedere. Auf der Hauptallee müssen sie einem Buchenast ausweichen, der bei einem heftigen Sturm abgerissen worden ist. Und plötzlich hat Adele wieder ein Bild vor Augen, die Erinnerungen an einen jener unbedeutenden

Zwischenfälle, die manchmal in unserem Gedächtnis einen wichtigen Stellenwert einnehmen, ohne dass wir wüssten, warum. Ohne nachzudenken, beginnt sie zu erzählen. Es war während ihrer Hochzeitsreise mit Ferdinand ins italienische Apulien. Eines Morgens entdeckte sie, dass der Feigenbaum, dessen lange Äste fast bis in ihr Zimmer ragten, gefällt worden war. Er hing noch voller Früchte, deren seidige Haut zum Teil aufgeplatzt war und die einen betörenden Duft verströmten. Beim Verlassen des Hauses musste man aufpassen, nicht auf eine der Früchte zu treten. Adele war zu dem Baum getreten und hatte eine der Feigen abgepflückt. Sie bewunderte die winzigen Samen und ihre purpur-violette Farbe. Sie hatte die Frucht nur leicht zwischen den Fingern gedrückt und ließ nun deren Saft in ihren Mund rinnen. Mit einer schnellen Handbewegung wischte sie mit dem Handrücken einen Tropfen des Nektars von ihren Lippen, ehe er über ihr Kinn rinnen konnte. Für eine junge Frau von zwanzig Jahren hatte diese Sinnlichkeit der Natur etwas Verwirrendes.

Das Fällen des Feigenbaums sei für sie einem Akt der Barbarei gleichgekommen, sagte Adele. Sein Anblick – ein Opfer menschlicher Gewalt – habe sie an diesem unbeschwerten Morgen tief erschüttert.

»Sie werden mich für verrückt halten, aber es hätte

mich nicht gewundert, den Obstbaum aufheulen zu hören. Hätte er einen Klagelaut ausstoßen können, wäre ich ihm zu Hilfe geeilt.«

Die Erinnerung weckte noch einen anderen Schmerz – den, kein Kind zur Welt bringen zu können. Welche Ungerechtigkeit! Dieser fruchtbare Baum war wegen seines Überflusses gefällt worden, während sie den Preis der Unfruchtbarkeit kennt. Die Natur ist manchmal so grausam.

Adele beschließt, ihre düsteren Gedanken zu vertreiben. Sie hat sich daran gewöhnt, sie zu verscheuchen wie einen unwillkommenen Eindringling. Schließlich ist sie mit Klimt unterwegs, und sie will den Augenblick und das Gespräch nicht mit ihrem Kummer verderben.

»Gustav, was soll ohne Sie aus der Secession werden?«

In den Salons wird Klimts Trennung von der Secession schon länger kommentiert, jener Wiener Künstlervereinigung, die er vor knapp zehn Jahren mit ins Leben gerufen hat.

»Ich will nicht mehr gegen die Kleingeister kämpfen, die meine Kunst nicht verstehen.«

»Nehmen Sie ihnen noch immer die Kritik an *Philosophie* übel?«

»Wenn es nur das wäre! Ihre Feindseligkeit ist systematisch. Sie werfen mir vor, abartig zu sein und die Jugend zu verderben! Einen Pornographen nennen sie mich! Das ist lächerlich. Jede neue Ausstellung wird zum Schlachtfeld. Sie begnügen sich nicht mit *Philosophie*, sie greifen auch *Medizin* und *Jurisprudenz* an. Und selbst der *Beethovenfries* war Gegenstand ihrer Dummheit und Ignoranz. Ich habe keine Kraft mehr, mit diesen Albernheiten meine Zeit zu vergeuden. Ich weiß nicht, wer blöder ist – die Journalisten oder diejenigen, die sich von den Schmierereien dieser Schreiberlinge manipulieren lassen. Sie haben einfach nichts begriffen.«

»Aber wieso diese Heftigkeit?«

»Sie wollen perfekte Silhouetten, sie sind nicht in der Lage, die Schönheit eines alternden oder opulenten Körpers zu erkennen. Aber gerade die Fehler sind es, die Emotionen wecken. Für sie muss Nacktheit züchtig sein, die Frau angezogen, als würde sie zum Ball gehen. Ich dagegen will Liebe und Leidenschaft malen. Wenn die Erotik keinen Platz in der Kunst hat, dann hat die Kunst auch keinen Platz im Leben.«

»Diese ganze Geschichte ist erbärmlich.«

»Ich lasse mich sicher nicht von der offiziellen Kritik gängeln. Wenn der Staat mir keine Aufträge mehr geben will, ist mir das egal! Ich habe genug von der Zensur und den ständigen Beleidigungen. Ich will mich befreien, alles, was mich an der Arbeit hindert, abwerfen. Ich lehne jegliche Unterstützung durch den Staat ab. Ich bin frei!«

Klimt ist mehr und mehr aufgebracht und unterstreicht seine Ausführungen mit ausladenden Gesten. Würde Adele ihn nicht kennen, könnte sie glauben, er sei zornig auf sie. Ihre Stimme wird sanft, sie flüstert fast:

»Aber was wollen Sie dann machen?«

»Ich gründe eine neue österreichische Künstlervereinigung. Wir werden ja sehen, wer mir folgt. Ich bin Künstler, Adele, nicht alle können meine Kunst verstehen. Aber ich werde deswegen nichts ändern.«

Adele schweigt. Angesichts seiner heftigen Gefühlsausbrüche fühlt sie sich hilflos. Gustav beeindruckt sie zutiefst. Was kann sie ihm sagen, um ihn zu beruhigen, außer die Bewunderung zu beschreiben, die sie für ihn hegt? Also gibt sie sich einen Ruck und verdeutlicht – zunächst zögernd, dann immer leidenschaftlicher – die Emotionen, die sie bei der ersten Betrachtung seines Werks empfunden hat. Doch ihre Worte reichen nicht aus, um Klimt zu besänftigen.

»Wenn ich ein Gemälde beendet habe, will ich nicht Monate damit vergeuden, es gegenüber der Öffentlichkeit zu rechtfertigen. Mir ist es nicht wichtig, dass es der breiten Masse gefällt, sondern denen, die es mögen.«

Diesen letzten Satz hat er leise gesagt, fast wie etwas Vertrauliches.

Schweigend schreiten sie weiter nebeneinanderher, manchmal streifen sich ihre Arme oder Schultern. Nur das Knistern des trockenen Laubs unter ihren Füßen stört die Aura, die sie umschließt. In seine Gedanken versunken, verliert sich Klimts Blick am Horizont.

»Wissen Sie, Gustav, dass ich eifersüchtig auf ihre Judith bin?«

»Warum denn das?«

»Weil dieses Porträt für immer Ihr Meisterwerk bleiben wird.«

»Haben Sie kein Vertrauen in das ihre?«

»Ich weiß nicht, ob Sie diese Judith geliebt haben, aber diese Frau hat Sie geliebt. Eine Frau spürt das. Sie haben Sie zur Verkörperung der Sinnlichkeit gemacht. Ihr leicht geöffneter Mund, die halbgeschlossenen Augen ... Durch welches Wunder ist es Ihnen, einem Mann, gelungen, das Verlangen einer Frau derart genau darzustellen?«

Als sie diese Worte ausspricht, schaudert sie. Sie kann ihre eigene Kühnheit kaum fassen. Sie wagt es, mit einem fremden Mann über Sexualität zu sprechen. Nie hat sie mit Ferdinand über solche Themen geredet.

Klimt lächelt. Diese gespielte Eifersucht amüsiert ihn.

Es gefällt ihm, dass Adele, die normalerweise so zurückhaltend, ja fast prüde ist, sich an die Grenzen des Anstands vorwagt.

Mit einem Lächeln schlägt er ihr vor, kurz auf einer Bank Platz zu nehmen.

»Fühlen Sie sich benachteiligt, weil ich Judith halbnackt dargestellt habe? Möchten Sie, dass ich eine Ihrer Brüste sichtbar mache …«

Adele errötet und wendet den Blick ab, sie weiß nicht, warum sie sich auf dieses schlüpfrige Terrain gewagt hat.

»Adele, Sie sind Judith. Sie haben mich inspiriert. Als ich Sie zum ersten Mal gesehen habe, glaubte ich an eine Erscheinung. Sie waren so jung, so sinnlich. Von Ihnen ging eine so glühende Wollust aus.«

Sein Geständnis bringt sie völlig durcheinander – wie soll sie sich jetzt verhalten? Macht er sich über sie lustig, oder tischt er ihr Märchen auf? Sicher schmeichelt Klimt ihr nur, weil das seine Art ist, es gibt keine Frau, die er nicht begehrt.

Dieser Spaziergang war alles andere als eine gute Idee. Sie hätten die Zeit lieber für eine weitere Sitzung nutzen sollen, damit die Arbeit vorangeht. Ferdinand ist ungeduldig, er hat das Bild schon vor fast einem Jahr in Auftrag gegeben. Adele hat ihm das Treffen verschwiegen und stattdessen gesagt, sie würde in sein Atelier fahren.

Warum diese unsinnige Lüge? Sie will sich nicht eingestehen, dass Klimts Gesellschaft ein Glücksgefühl in ihr auslöst, das ihre Sinne wärmt, ihre Nerven stimuliert und ihr den Eindruck vermittelt, intensiver zu leben. Eine bisher unbekannte Verwirrung. Wenn Klimts Blick auf ihr ruht, wird sie zu einer anderen Frau. Oder vielleicht überhaupt erst zur Frau. In seiner Nähe spürt sie jede Faser ihres Körpers.

»Sie wissen ja, dass ich dieses Bild bereits vor fünf Jahren gemalt habe. Ursprünglich sollte Judith ihre Brust mit der rechten Hand verbergen, der Arm sollte leicht angehoben sein. Aber dann schien es mir ästhetischer, sie so darzustellen, wie sie jetzt ist. Und auch irritierender. Ich habe lange an diesem Porträt gearbeitet und Judiths Geschichte im Alten Testament nachgelesen. Sie war nicht nur schön, sondern auch mutig, und ich hätte nicht an der Stelle des babylonischen Feldherrn Holofernes sein mögen, als sie ihn mit einem Schwertstreich enthauptet hat. Diese Frau hat sich wirklich von ihrem Unterdrücker befreit.«

Mit einer Hand vollzieht er den Schwertschlag nach. Adele wäre fast zurückgezuckt.

»Warum erzählen Sie mir das, halten Sie mich für eine unterdrückte Frau?«

»Sie sind eine Frau in einer gewissen gesellschaftlichen

Stellung, eine Dame des Großbürgertums, die die geltenden Verhaltensvorschriften befolgt. Genau das gefällt mir an Ihnen, aber Sie gestatten sich ein paar Freiheiten …«

»Was wollen Sie damit sagen?«

»Ich glaube, Sie verstehen mich sehr gut, Adele. Haben Sie in Ihrem Leben schon einmal Leidenschaft kennengelernt?«

»Wie Sie begeistere auch ich mich leidenschaftlich für die Künste. Auch ich könnte nicht ohne Literatur, Malerei oder Musik leben.«

»Das meine ich nicht, Adele, ich spreche von der Leidenschaft in der Liebe, von der Alchemie der Körper. Die Liebe, die stärker ist als alles andere. Was ist das Leben ohne sie wert?«

Erneut erstarrt Adele, als wäre sie in eine Falle getappt.

»Kennen Sie das Gemälde, dem ich den Titel *Liebe* gegeben habe?«

Nur mühsam bringt Adele ein schwaches »Ja« heraus, das wie eine Flamme erstirbt, sobald es ausgesprochen ist. Sie konzentriert sich, um sich das Bild vor Augen zu rufen.

»Haben Sie bemerkt, wie sehr sich diese Frau in den Armen ihres Geliebten hingibt? Haben Sie die Bedingungslosigkeit ihrer Umarmung gesehen? Verstehen Sie die Intensität der Gefühle?«

»Es ist von unglaublicher Schönheit.«

»Was unglaublich schön ist, ist die leidenschaftliche Liebe. Für die beiden existiert nichts anderes als sie. Aber sie währt nicht ewig. Denn ohne dass die beiden es wissen, lauert schon von allen Seiten die dunkle Gefahr. Diese Liebe wird eines Tages auf tragische Weise verschwinden. Alles ist endlich. Nur die Kunst ist allübergreifend. Adele, versäumen Sie sie nicht, die intensive Liebe. Leidenschaft macht Angst und verletzt. Aber dieser Schmerz ist nichts im Vergleich zu dem Glück, das sie uns gibt.«

Ohne ein weiteres Wort erhebt sich Gustav. Der Spaziergang ist beendet.

Erst als Adele in ihrer Kutsche sitzt, kommt sie wieder zu Atem. Den Kopf an die Scheibe gepresst, hat sie den Eindruck, die Farben seien intensiver und das Licht sei strahlender geworden.

6.

Auf halber Treppe

Der Spaziergang mit Klimt ist nicht das einzige Geheimnis, das Adele vor Ferdinand verbirgt. Seit einigen Monaten fährt sie mit Therese in die Außenbezirke Wiens – dorthin, wo die Ärmsten wohnen. Ihr Mann würde diesen Kontakt zu einer, in seinen Augen, nicht standesgemäßen Welt nicht gutheißen.

Auf dem Weg dorthin begegnet sie häufig fahrenden Händlern, die mit ihren bescheidenen Waren versuchen, sich ein paar Groschen zu verdienen, in der Hoffnung, damit ihre Familien durchzubringen. Auf behelfsmäßigen Karren stapelt sich das dürftige Angebot, bestehend aus einigen Tierhäuten, Stoffstücken und Seilen. Adele drängt es, mehr über die Lebenssituation dieser aus dem Osten stammenden Flüchtlinge zu erfahren und sich nicht mit Zeitungsartikeln zufriedenzugeben. Sie sind zu Tausenden vor Pogromen und Elend geflohen, um sich nun zu sechst oder acht ein einziges Zimmer am Stadtrand zu teilen. Häufig vermieten Familien für die Nacht ein Plätzchen auf ihrer Matratze an einen Arbeiter ohne Unterkunft. In Ottakring leben mehr als zehntausend Tagelöhner, die nicht wissen, wie es am nächsten Tag weitergehen soll. Man hat ihr auch erzählt, dass es einen Handel mit jungen Frauen gibt, die zur Prostitution gezwungen werden.

Je mehr sie über die Situation dieser armen Frauen erfährt, desto mehr wird sie sich der Privilegien bewusst, die mit ihrer Herkunft und ihrem behüteten Leben im Wohlstand einhergehen. Zu behaupten, es fehle ihr an nichts, ist eine glatte Untertreibung. Ferdinand liest ihr jeden noch so kleinen Wunsch von den Augen ab und verwöhnt sie über die Maßen. Ihre Schmuckschatulle ist voll, und ihre Kleiderschränke quellen über.

Zweimal im Monat wagen sich die Schwestern in den Bezirk Leopoldstadt, um dort mit Essen und etwas Kleidung die Not der Ärmsten ein wenig zu lindern. Adele hat schon alles hergeschenkt, was ihr für diese Frauen aus der Unterschicht nützlich erschien. Vor allem Hemden und Mäntel, die sie außerhalb der Stadt bei ihren Landpartien trug. Ihre Seidenkleider sind hier natürlich nicht geeignet – was sollen diese armen Hausfrauen damit anfangen? Sie sieht sie Wäsche waschen, die man besser wegwerfen sollte, anstatt sie noch einmal zu flicken.

Innerhalb weniger Jahre ist die Bevölkerung Wiens um das Fünffache gewachsen. Der Großteil der Flüchtlinge stammt aus Galizien, Mähren, der Bukowina, aus Böhmen und Ungarn, wo sich Ferdinand häufig wegen seiner Geschäfte aufhält. Die Menschen sind vor dem Elend und wegen der für sie unsicheren politischen Lage geflohen. Sie besitzen nichts.

Ferdinand beunruhigt der Anblick dieser vielen Ausländer, die seiner Meinung nach nicht fähig sind, sich in die deutschsprachige Kultur einzugliedern. Sie sprechen Jiddisch, bleiben ihren chassidischen Traditionen treu und wirken fremd und bisweilen auch merkwürdig. Wie viele andere Angehörige des Großbürgertums fürchtet er, dass ihr Zuzug die antisemitischen Strömungen verstärken wird. Ferdinand selbst fühlt sich eher als Wiener, als Österreicher, denn als Jude. Er unterstützt die Tendenz zur Einführung von Quoten und zur Einschränkung der Ansiedlungsgenehmigungen in der österreichischen Hauptstadt.

Das alles interessiert Adele nicht. Sie hat nur einen Wunsch: Ewas von dem zurückzugeben, was ihr das Leben geschenkt hat. Sie will helfen, und ob es sich dabei auch um Juden handelt, kümmert sie wenig. Seit Fritz' Tod hat sie sich vollkommen von der Religion abgewandt. Deshalb will sie sich auch keiner dieser Vereinigungen anschließen, die die Immigranten häufig nicht nur unterstützen, sondern auch bekehren wollen. Die Aufgabe, der sie sich mit ganzem Herzen verschrieben hat, ist ihr so wichtig, dass sie sich durch nichts und niemand von ihren vierzehntäglichen Besuchen abbringen lässt.

Therese hat weitaus mehr Berührungsängste, sie trägt stets Handschuhe und hält gelegentlich sogar den Atem an, da sie der Gestank der fauligen Abwässer derart belästigt, dass sie kaum weitergehen kann. Immer wieder ermahnt sie ihre jüngere Schwester, achtsam zu sein, um sich nicht mit den Krankheiten anzustecken, die Kinder wie Erwachsene dahinraffen. Sie hat von Diphtherie, Tuberkulose und Masern gehört. Bevor sie ein Mietshaus betreten, in dem eine Familie sie erwartet, geht Franz voraus, um sie anzukündigen und sicherzustellen, dass sie sich nicht in Gefahr begeben. Dem modrigen Geruch gegenüber gleichgültig, läuft Adele durch die Gassen dieses Viertels. Gelegentlich muss sie sich den Weg durch die Wäsche bahnen, die tief über ihren Köpfen hängt. Dass Männer- und Frauenunterwäsche in allen Größen für jedermann sichtbar darunter zu finden ist, lässt sie erröten. Doch es stört sie nicht, wenn der Saum ihres Kleides den Unrat entlang des Weges berührt. Was sie dagegen nicht erträgt, sind die herumstreunenden Ratten, die sich auf jeden noch so kleinen Krümel stürzen.

Nur als sie das erste Mal eine Ratte sah, machte sie auf dem Absatz kehrt. Wieder zu Hause, spürte sie noch immer die Präsenz dieser Nager. Da sie den ganzen Abend zitterte, hatte sie für Ferdinand irgendeinen Grund erfinden müssen und ihm erzählt, sie habe sich sicher auf dem Weg zur Schneiderin verkühlt. Oder vielleicht die Zugluft, als sie im Korsett dastand, um ein neues Kleid anzuprobieren. Sicher, denn gleich darauf hatte sie zu niesen begonnen, sie hätte vorsichtiger sein sollen. Ja, natürlich, Ferdinand bekäme das neue Kleid schon bald zu sehen. Er war oft ungeduldiger als seine Frau bei dem Gedanken, sie in neuer Garderobe bewundern zu können.

Nach und nach hat Adele ihre Rattenphobie überwunden. Dennoch trägt sie vorsorglich immer einen Wanderstock bei sich, es beruhigt sie, mit der eisenverstärkten Spitze auf den verdreckten Boden zu schlagen, um so die

Ratten zu verscheuchen, die die Dreistigkeit besitzen, sich in ihre Nähe zu wagen.

Durch ihre regelmäßigen Besuche ist ihr das Leopoldstadt-Viertel recht vertraut geworden, und schon bald zögert sie nicht mehr, nach welcher Seite sie abbiegen muss. Außerdem kennt sie inzwischen auch die Vornamen einiger Kinder, die, beeindruckt, eine so elegante Dame zu sehen, Platz machen, wenn sie des Weges kommt. Nicht selten tragen die Kinder Lumpen, sind dreckig wie kleine Wilde, eine Rasselbande, Jungs und Mädchen gemischt, die vor den Mietshäusern spielen und mit Stöcken bewaffnet eine magere Katze jagen. Meistens verhalten sie sich respektvoll. Bis auf jenen Donnerstag, als einer von ihnen, etwas lauter, einen Begriff sagt, der bei den anderen für Gelächter sorgt. Sie bittet ihn daraufhin, das Dialektwort, das sie nicht kennt, zu wiederholen. Plötzlich ist die Selbstsicherheit des Kindes wie weggeblasen, und es senkt den Kopf. Adele begreift, dass es wohl besser ist, nicht weiter nachzuhaken, wenn sie nicht ein grobes Schimpfwort hören möchte, und setzt ihren Weg fort, als sei nichts gewesen.

Diese fremde Welt ist an manchen Tagen so sehr ein Teil von ihr geworden, dass sie ein paarmal nach einem Besuch, der sie besonders aufgewühlt hat, schon am nächsten Tag zurückkehrt. Einmal hat sie miterlebt, wie eine Mutter nicht mehr in der Lage war, ihr Kind zu stillen. Also kam Adele mit frischer Milch, die sie auf dem Land hatte besorgen lassen, wieder. Erneut erklomm sie die vier Stiegen in diesem verdreckten Mietshaus, in dem es so düster war, dass sie sich gefürchtet hätte, wäre sie nicht so motiviert. Auf halber Treppe blieb sie stehen, um nach Luft zu schnappen. Sie wollte unbedingt selbst ihr Geschenk in einem großen Korb nach oben tragen. Er war nur viel schwerer, als sie es sich vorgestellt hatte.

Therese spürt, dass ihre kinderlose Schwester die Liebe, die sie zu geben hat, auf fremde Kinder überträgt. Eines Tages nahm sie ein Neugeborenes auf den Arm und starrte es wie hypnotisiert an. Während sie es wiegte, sang sie ihm ein Lied vor, das sie von ihrer Amme gelernt hatte. Therese beobachtete diese herzzerreißende Szene voller Mitgefühl.

»Wir müssen jetzt gehen, Adele«, sagte sie dann sanft. Schweren Herzens legte Adele den Kleinen vorsichtig in die Kiste zurück, die als Bettchen diente und in einer Ecke des einzigen Zimmers stand. Dann drückte sie einen Kuss auf seine schmutzige Wange. Nur mit Mühe konnte Therese ihre Schwester daran hindern, am nächsten und übernächsten Tag wieder zu dem Kleinen zurückzukehren.

»Wir müssen noch anderen Familien helfen«, erklärte

Therese. Schließlich ließ sich Adele überzeugen. Doch ähnliche Szenen wiederholten sich. In jeder Familie gab es einen Säugling, der ebenso wenig satt wurde wie der Rest seiner Verwandten. Manchmal machte sie einen Abstecher über den kroatischen Markt, um dort Lebensmittel einzukaufen, die sie sofort zu den Bedürftigen bringen ließ. Adele liebte es, über diesen Platz zu schlendern, vorbei am grün- und violettgefärbten Kohl und an Bergen von Karotten, die am Boden ausgebreitet waren, ehe sie einen Käufer fanden. Gelegentlich wechselte sie ein paar Worte mit den Bäuerinnen, die aus dem ländlichen Umland kamen. Sie hockten selbst bei eisigem Wind mit ihren Kopftüchern fröhlich plaudernd vor ihren großen Körben. Adele kaufte ihnen so viel ab, dass man davon problemlos zwei oder drei Familien hätte ernähren können.

Der Anblick der Armut, die sie in Leopoldstadt erlebte, verfolgte sie jedes Mal aufs Neue bis in die Schwindgasse. Wiederholt hatte sie Doktor Bruden, unter dem Siegel der Verschwiegenheit, gebeten, sich um eine Mutter oder deren Kind zu kümmern. Häufiger noch aber konnte sie nach ihren Ausflügen keinen Bissen mehr herunterbekommen, wenn sie daran dachte, wie wenig diese Familien zum Leben hatten. Gegen Thereses Rat hatte Adele der Familie, dessen Kind sie so sehr gerührt hatte, einen

Korb mit Lebensmitteln und sauberer Wäsche bringen lassen. Nur den getreuen Franz hatte sie ins Vertrauen gezogen. Nicht selten schlief Adele mit dem Gedanken an das kleine Gesichtlein und die Pausbäckchen ein. Immer wieder musste sie an das winzige Mündchen mit den trockenen, schmalen Lippen denken. Sie spürte die Wärme, die von diesem Kind ausging, und hatte das Gefühl, sie würde es noch an ihre Brust drücken, und es durchströmte sie erneut dieses unvergleichliche Gefühl von Mutterliebe. Manchmal empfand sie daraufhin eine intensive Freude, doch meistens verursachte ihr diese Erinnerung großen Schmerz. Dann flüchtete sie sich in Ferdinands Arme, ohne ihm jedoch von ihren Qualen zu erzählen. So verstrichen die Tage, und sie tauchte wieder ein in ihr privilegiertes Leben, das so golden schimmerte wie ein Gemälde von Klimt mit seinem leichten und genauen Pinselstrich.

7.

Geliebte Schatten

Klimts Skizzen sind mittlerweile schon recht weit gediehen. Wie jedes Mal läuft Adele leichten Schrittes über den kurzen Sandweg, bevor sie an die Tür des Ateliers klopft. Der Frühling kündigt sich an, und die ersten Osterglocken blühen im Garten. Die Krokusse öffnen sich, und der riesige Maronenbaum wird bald sein Blattwerk tragen.

Adele nimmt Platz, der Tee ist bereits serviert. Während sie in kleinen Schlucken das heiße Getränk zu sich nimmt, sucht sie nach einem Thema, um das Gespräch in Gang zu bringen. Und schließlich erzählt sie ihm von ihren Besuchen bei den Einwandererfamilien, von dem

Elend, das sie kennengelernt hat, und von den Menschen im Exil. Doch Klimt scheint sich nicht dafür zu interessieren. Armut kennt er aus eigener Erfahrung …

Angesichts seines Desinteresses kommt sich Adele ungeschickt und albern vor, ihr Blick wandert durch das Atelier und hält bei einer Fotografie auf der Kommode inne. Sie ist sicher, dass sie beim letzten Mal noch nicht da war. Drei Männer halten sich bei den Schultern. In der Mitte ist Gustavs jüngerer Bruder Ernst zu sehen, mit dem er alles geteilt hat, seit sie an der Kunstgewerbeschule aufgenommen wurden – das wilde Leben ebenso wie das Erlernen ihrer Kunst. Er war damals erst vierzehn Jahre alt, und Ernst wurde zwei Jahre nach ihm angenommen. Der Dritte ist Franz Matsch, ebenfalls Schüler an der Kunstgewerbeschule. Die drei waren unzertrennlich. In der Klasse von Ferdinand Laufberger haben sie das Akt- und Porträtmalen, die Landschaftskomposition gelernt. Auch Ernst war erfolgreich. Sein Meisterwerk hieß *Zwei betende Mädchen*. Sein Tod an einer Herzbeutelentzündung vor vierzehn Jahren kam völlig überraschend. Damals hatte er gerade das Gemälde *Pan tröstet Psyche* vollendet.

Das Wissen, dass auch er sich nur mühsam vom Verlust seines Bruders erholte, lässt ihn ihr noch einmal in ganz neuem Licht erscheinen. Kurz zuvor war sein Vater gestorben, diese beiden Schicksalsschläge lähmten ihn. Tagelang saß er untätig und niedergeschlagen in seinem Atelier. Abends ging er zu seiner Mutter und seinen Schwestern, die ihn trösteten wie einen kleinen Jungen. Doch plötzlich begann er wieder zu malen, ohne dass irgendjemand sagen konnte, was der Auslöser gewesen war. Zunächst zögerlich, dann mit unermüdlicher Hartnäckigkeit. Er arbeitete sechzehn bis achtzehn Stunden pro Tag, vielleicht um an nichts anderes mehr denken zu müssen oder Talent für zwei zu beweisen. Er stellte all die Werke fertig, die er im Kopf hatte, und jene, die Ernst nicht mehr malen konnte. Sein kleiner Bruder war sein Spielgefährte gewesen, aber auch seine Triebfeder. Derjenige, der ihn stetig zu neuen Leistungen anspornte. Solange er denken konnte, hatte er eine Vorliebe dafür gehabt, Dinge zusammenzubauen, zu leimen und zu zeichnen. Er verstand es, aus dem Einfachsten etwas Wunderschönes zu erschaffen. Jeder seiner Handgriffe war dabei zart und anmutig.

Ihre Mutter Anna hatte erfreut das Talent ihres Sohnes entdeckt. Ernst war damals noch zu klein, um diesen Schöpfungsdrang nachzuahmen, doch schon bald folgte er dem Beispiel des Älteren. Gustav erinnert sich oft an die Bilder aus glücklichen Kindertagen, wenn die beiden Jungen Seite an Seite in Baumgarten versuchten, auf einem Stück Holz das nachzuahmen, was der Vater in Edelmetalle ziselierte. Für Ernst und ihn ging es darum, wer von beiden sein Holzstück am feinsten gravieren konnte. Wenn der Vater den Besseren beglückwünschte, warf sich der andere in die Arme der Mutter, um sich trösten und ermutigen zu lassen. Abends zeigten sie ihre Arbeit den vier Schwestern. Und dieses gestrenge Gericht spornte sie zu neuen Höchstleistungen an.

Nachdem sie aus Angst, die alte Wunde wieder aufzureißen, lange gezögert hat, wagt Adele angesichts des Fotos das Thema anzusprechen: »Ernst sah Ihnen ähnlich, nicht wahr?«

Gustav wendet leicht den Kopf zu der Fotografie. Wenn er sie auf die Kommode gestellt hat, dann für sich und nur für sich allein. Um unter den Blicken seines Bruders und des besten Freundes, den er je hatte, zu malen. Also schweigt er. Trotzdem fährt Adele fort:

»Fehlt er Ihnen?«

»Sicher.«

Es ist nur allzu offensichtlich, dass er nicht darüber sprechen möchte, also schweigt sie und nimmt wieder ihre Pose ein. Gustav greift nach dem feinsten Pinsel, den mittleren hält er zwischen den Zähnen.

Dann murmelt er: »Er war der Begabtere von uns beiden. Seine Kunstfertigkeit suchte ihresgleichen. Besser, ich wäre an seiner Stelle gegangen. Er hatte das Talent unseres Vaters geerbt und wäre der größte Maler unseres Jahrhunderts geworden, davon bin ich überzeugt.«

Wie verbunden sie sich ihm fühlte! Alles in ihrer Geschichte unterscheidet sie, doch dieser Schmerz, der Verlust eines geliebten Bruders, verbindet sie.

»Auch ich habe meinen Bruder verloren. Karl war erst sechsundzwanzig, als er von uns ging, und ich war damals fünfzehn. Für mich war er eine Art Halbgott. Nie werde ich über seinen Tod hinwegkommen. Ich denke jeden Tag an ihn, und es vergeht kein Morgen, an dem ich nicht beim Aufwachen sein Gesicht vor Augen habe. Es wird immer verschwommener, und das Wissen, es mir eines Tages ohne Fotografie nicht mehr vergegenwärtigen zu können, treibt mich zur Verzweiflung. Immer wieder stelle ich mir vor, wie er heute wohl aussehen würde. Hätte er einen dichten Schnurrbart? Hätte er seine Haare verloren, oder wären sie grau geworden? Er hätte zusammen mit unseren Brüdern die Nachfolge unseres Vaters bei der Leitung der Bank übernommen. Manchmal sage ich mir auch, dass ich lieber an seiner Stelle gestorben wäre. Er hätte Großes vollbracht, während ich nur eine Frau bin, die nichts hinterlässt. Nicht einmal Erben.«

Ihre Stimme wird brüchig. Sie hält den ersten Schluchzer zurück, auf den weitere folgen würden. Nie würde diese Wunde verheilen. Ihr Schicksal besteht aus Schimären, in ihren Träumen hält sie ihren Bruder und ihren Sohn am Leben. Sie lässt sie altern, sprechen, lachen, sich verändern. Aber sie sind nicht da. Es sind Phantome. Und manchmal glaubt sie, sie in Klimts Arbeit zu erkennen. Geliebte Schatten, die schon fast verblasst sind.

8.

Reigen

Ferdinand kehrt mit der Zeitung in der Hand nach Hause zurück. Wie immer erklimmt er die Treppe im Eiltempo. Adele, die ihn am oberen Absatz erwartet hat, küsst ihn und nimmt ihm den Hut, den bordeauxroten Seidenschal und den dunklen Mantel ab. Dann zieht sie ihn in die Bibliothek, wo sie häufig vor dem Abendessen beisammensitzen. Und wo Ferdinand später seinen Whisky trinkt und seine Zigarre raucht, ehe er zu Adele ins Schlafzimmer kommt – oder auch nicht. Adele genießt in kleinen Schlucken ihren Tokajer und raucht. Sie hat in ihrem beigefarbenen Lieblingsohrensessel Platz genommen – genau unter dem Kronleuchter mit Glaspendeln und neben dem Erd- und dem Mondglobus, die sie beide gewohnheitsmäßig in Bewegung versetzt, sobald sie vorbeikommt. Von diesem Platz aus kann sie zugleich Ferdinand beobachten und durch das Fenster sehen, wie der Abend anbricht.

Wie jedes Mal fragt sie ihn, wie sein Tag verlaufen sei. Manchmal erkundigt auch er sich, wie sie ihre Zeit seit dem Morgen verbracht hat. Das ist das Ritual der Ehe, tägliche Gespräche, die aus denselben Fäden gewoben sind und Monat für Monat ein Muster ergeben, das keinem anderen gleicht. Doch jetzt ist Ferdinand besorgt.

»Heute ist etwas Unerfreuliches in der Fabrik passiert.«

»Was ist denn geschehen?«

»Wir haben uns von einer Arbeiterin trennen müssen, weil sie tagtäglich etwas Zucker in ihrer Schürze versteckt mit nach Hause nahm.«

»Haben Sie denn kein Herz, Ferdinand? Wäre eine Mahnung nicht ausreichend gewesen? Mussten Sie diese arme Frau wirklich entlassen? Wie soll sie jetzt ihre Familie ernähren? Haben Sie sich das schon mal gefragt?«

»Ein solcher Diebstahl ist inakzeptabel. Ich kenne Ihre soziale Ader, aber wir mussten ein Exempel statuieren. Stellen Sie sich nur einmal vor, alle würden das tun, dann wären wir irgendwann ruiniert.«

»Sie übertreiben, Ferdinand.«

Adele will die Entscheidungen ihres Mannes nicht in Frage stellen, aber sie mag es nicht, wenn er gegenüber seinen Angestellten derartige Härte zeigt. Wie soll diese Frau jetzt ihre Kinder durchbringen? Und wer weiß, ob sie nicht zu Hause zur Strafe von einem gewalttätigen Ehemann geschlagen wurde?

Ihre Gedanken wandern zu ihren geheimen Besuchen in den Randbezirken der Stadt, sie sieht wieder diese Mütter vor sich, deren Gesichter Spuren von Schlägen tragen, wenn nicht gar der Arm geschient ist. Allein schon die Erinnerung an diese Exkursionen in die Armenviertel stärkt sie innerlich. Das zumindest ist ein Ort, an dem sie sich nützlich machen und die allgemeine Ungerechtigkeit etwas ausgleichen kann – auch die, die in Ferdinands Fabriken herrscht.

Seufzend schlägt Adele die *Neue Freie Presse* auf und überfliegt die Nachrichten aus Wien, die Aufführungsankündigungen und auch die Kritiken. Dann liest sie ausführlicher die internationalen Seiten, von denen eine ihre besondere Aufmerksamkeit erregt. »England: Frauen kämpfen für das Wahlrecht.«

»Ferdinand, hören Sie sich das an: Die englischen Frauen wollen auch wählen. Und sie haben ganz recht, warum sollten wir nicht unsere Meinung zum Weltgeschehen abgeben!«

»Meine Liebe«, sagt Ferdinand belustigt, »überlassen Sie diese Dinge lieber uns, das ist zu nervenaufreibend für Sie und Ihre Freundinnen!«

»Ganz im Gegenteil, es ist unglaublich interessant. Warum sollten wir Frauen nicht in der Lage sein, die Politik und den Lauf der Welt zu verstehen?«

»Wollen Sie sich auch in militärische Angelegenheiten oder sogar in den Krieg einmischen?«

»Ich dachte, zumindest Sie hätten genügend Achtung für mich, um mir nicht Gedankenlosigkeit vorzuwerfen. Sie wissen ganz genau, dass ich durchaus eine gewisse Ausbildung genossen habe.«

»Darum geht es nicht, mein Liebling. Diese Fragen verlangen eine gehörige Portion Kaltblütigkeit, die Frauen eben nicht besitzen. So ist das nun einmal, und Sie werden die Menschheit nicht neu erschaffen. Wir teilen doch dieselben Ansichten, nicht wahr?«

»Sehen Sie nicht, dass alles in Bewegung gerät, dass die Frauen auch ihren Platz in der Gesellschaft einnehmen wollen? Warum sollten wir Bürger zweiter Klasse sein? Manchmal treiben Sie mich zur Verzweiflung, Ihnen mangelt es wirklich unglaublich an Modernität. Glauben Sie tatsächlich, dass es zwischen den leichtlebigen Damen und den heiligen Fräulein gar nichts gibt? Öffnen Sie die Augen, wachen Sie auf! Sie sollten auf unseren Freund Sigmund Freud hören, der fängt nämlich an, die neue Gesellschaft zu begreifen – jene eingeschlossen, die sich in unserem Unterbewusstsein verbirgt.«

Mit gerunzelter Stirn vertieft sich Ferdinand wieder in seine Zeitung, für ihn ist die Diskussion beendet.

»Ferdinand, Sie würden es verdienen, dass ich mich wie Klimts schöne Judith gebärde! Wenn Sie mir nicht zuhören, werde ich Sie enthaupten! Warum spielen Sie den Unterdrücker?«

Adele weiß, dass sie in ihrem Zorn übertreibt. Das entlockt Ferdinand ein Lächeln. Er tritt zu ihr und gibt ihr einen Kuss, um die Spannung zu mildern.

»Und wann möchten Sie mich enthaupten oder erschießen? Das tun Sie doch schon so wunderbar mit ihren Blicken!«

»Sobald ich mich diesen mutigen Frauen angeschlossen habe, die es ablehnen, sich von den Männern manipulieren und herumkommandieren zu lassen.«

Fasziniert vertieft sich Adele wieder in diesen Artikel über die Bewegung der freien, kämpferischen Frauen der Women's Social and Political Union, die zwei Jahre zuvor in Manchester gegründet wurde. Ihre Provokationen stören sie nicht. Sie versteht ihre Aktionen, selbst wenn

Ferdinand es vorzieht, sie als »Ausschreitungen« zu bezeichnen. Sie bedauert, keine Engländerin zu sein. Diese Emmeline Pankhurst und ihre Tochter Christabel sind wirklich unglaublich mutig.

»Jetzt hören Sie sich das an, man bezeichnet sie als ›Suffragetten‹, sie haben fünfzigtausend Menschen im Hyde Park mobilisiert, um für ihre Sache einzutreten. Glauben Sie immer noch, dass ich die Einzige bin, die sie unterstützt? Man fängt in der ganzen Welt an, über sie zu sprechen, sogar in Amerika!«

Ferdinand seufzt. Er ist der Sache überdrüssig.

»Ist es nicht Zeit, zu Abend zu essen? Sie haben von Klimt und seiner Judith gesprochen, erzählen Sie mir lieber, wie weit Ihr Porträt gediehen ist.«

Adele zuckt peinlich berührt zusammen und versteckt das Gesicht hinter der *Neuen Freien Presse*.

»Warten Sie, ich bin noch nicht fertig. Einige von ihnen sind in den Hungerstreik getreten. Andere haben sich an das Gitter des Parlaments gekettet. Einer Suffragette hat man sogar das Kind weggenommen, ehe man sie ins Gefängnis steckte. Was für eine Ungerechtigkeit! Wir sollen also schweigen, ist es das, was Sie wollen? Frauen gehören nur ins Haus, nicht in die Öffentlichkeit? Sehen Sie sich doch diese furchtbaren Zeichnungen an – nur, weil sie Frauen sind, macht man sie hässlich und karikiert sie.

Man möchte ihnen sogar noch ihre Würde nehmen. Aber wir leben schließlich im zwanzigsten Jahrhundert, und die Frauen werden nicht mehr schweigen. Wirklich, Ferdinand, Sie können sich glücklich schätzen, dass ich Sie liebe und nicht in England geboren bin, denn dann würde ich mich ihnen mit Sicherheit anschließen.«

Plötzlich ist Adele richtig wütend geworden, wie in ihrer Kindheit, als ihre Brüder ins Gymnasium gehen durften und ihre Schwester und sie sich daheim mit dem Hauslehrer plagen mussten.

Sie hat begriffen, dass Ferdinand ihr keine Hilfe sein wird. Plötzlich spürt sie den Altersunterschied und hat den Eindruck, Ferdinand sei nicht in der Lage zu verstehen, was die Zukunft bringen wird.

In Wien eine emanzipierte Frau zu sein, ist reine Illusion. Die Frauenfeindlichkeit ist hier größer als im Rest Europas, und wenngleich die Wiener von sich behaupten, modern zu sein, sind sie doch nur weltfremd. Selbst die Schriftsteller scheinen die Emanzipation der Frauen zu fürchten. Aber warum eigentlich? Wenn Frauen von Freiheit sprechen, führen die Männer nur zwei Worte im Mund: »Hysterie« oder »Kastration«! Eigentlich ist Gustav der Einzige, der weder die Frauen noch ihre Macht fürchtet. Unter seinen Händen werden sie zu verführerischen und kraftvollen Sirenen. Er unterwirft sich ihnen, ohne Furcht, geschwächt daraus hervorzugehen.

An der Art, wie Adele ihre Zigarettenspitze hält, erkennt Ferdinand, dass sie verärgert ist. Sie nimmt kleine Züge und stößt den Rauch sogleich nervös wieder aus. Mit einer heftigen Handbewegung vertreibt sie ihn dann, so als würde er sie selbst stören.

»Aber wer setzt Ihnen bloß solch subversive Ideen in den Kopf, Adele? Ich erkenne Sie nicht wieder. Ist das auf Klimts Einfluss zurückzuführen? Ich bewundere sein Werk, aber dieser Mann ist nicht der richtige Umgang für Sie. Vielleicht war es ein Fehler, dieses Bild zu bestellen und Sie so oft mit ihm allein zu lassen.«

Innerhalb von wenigen Minuten hat Ferdinand jetzt zwei Mal Klimt erwähnt. Ist er etwa beunruhigt? Natürlich hat er eine gewisse Einwirkung auf sie, das muss Adele zugeben. Mit ihm führt sie lange Gespräche über die Veränderungen in der Welt, und vor allem in der Kunst. Er sieht sie nicht als dummes Ding, sondern als ebenbürtig. Selbst wenn er die Frauen auf eine Art liebt, die nicht den gängigen Moralvorstellungen entspricht, ganz so wie Schnitzler, der regelmäßig ihren Salon besucht. Auch er wurde für sein Stück *Reigen* als Pornograph verunglimpft. Letztlich sind also ihre beiden besten Freunde Pornographen! Adele lächelt gedankenverloren. Und zuckt zusammen, als Ferdinand sie in die Arme schließt.

»Ich weiß nicht, was Sie so belustigt, meine Liebe, aber lassen Sie uns zu Tisch gehen. Es ist schon spät, und es kommt nicht in Frage, dass wir uns von unseren Streitereien den Appetit verderben lassen.«

9.

Und immer wieder

Adele schläft noch, als Ferdinand sich erhebt und dann über sie beugt, um sie zu küssen. Er streichelt ihr übers Haar und flüstert ihr leise zu: »Schlafen Sie weiter. Ich frühstücke nicht, ich werde schon im Büro erwartet. Aber dafür sehe ich Sie heute Abend früher wieder.«

Adele lächelt ihm dankbar zu und lässt sich wohlig wieder in den köstlichen Halbschlaf gleiten, in dem man so gut träumen kann. Sie genießt diesen Augenblick, in dem sie ihren Gedanken nachhängen kann – ein Schatz, den sie mit niemandem teilen muss. Ihr Mann ist immer so eifrig um sie bemüht, dass es manchmal schon belastend ist. Adele greift nach dem Kopfkissen, von dem sich Ferdinand gerade erhoben hat, und drückt es an sich. Kurz zuvor hat sie ihrem Mann noch erleichtert nachgeblickt, doch jetzt fühlt sie sich einsam, schrecklich einsam. Ihre Gedanken wandern wieder einmal zu Klimt. Sie fühlt sich ihm so nah, dass sie fast meint, seinen Atem zu hören und zu spüren. Sie drückt das Gesicht etwas tiefer in das Kissen und seufzt, zuerst muss sie Ordnung in ihre Gedanken bringen. Denn mittlerweile ist Klimts Bild allgegenwärtig und wird schon fast zur Obsession. Sie verzehrt sich danach, ihn zu sehen, seine Anwesenheit und seinen durchdringenden Blick auf sich zu spüren, seine Schulter zu streifen.

Wie soll sie erklären, was sie an diesem zwanzig Jahre älteren Mann so anziehend findet? Vielleicht ist es seine Frauenkenntnis. Je länger sie über ihn nachdenkt, desto stärker wird ihre Sehnsucht, bis sie ihr fast den Atem nimmt und Adele es mit der Angst zu tun bekommt. Auf welch gefährliches Terrain begibt sie sich da? Sie könnte aufhören, ihn zu treffen, ihn meiden, ihn aus ihrem Leben streichen – noch wäre das möglich. Es sind keine weiteren Sitzungen vorgesehen, da der Maler nun kein Modell mehr benötigt, denn die Skizzen sind fertiggestellt. Jetzt bleibt Klimt die Arbeit, das Porträt mit dem Blattgold auszufüllen. Adele beschließt, Gustav aus ihren Gedanken zu verscheuchen, sie darf sich nicht weiter nach ihm sehnen, wo sie doch mit einem mustergültigen Mann verheiratet ist. Ferdinand könnte nicht aufmerksamer sein, zwar ist er oft auf Reisen und mit seinen Geschäften befasst, doch verglichen mit den Ehemännern ihrer Freundinnen steht er stets ergeben und freundlich an ihrer Seite. Doch je mehr Adele versucht, die Bilder von Klimt zu vertreiben, umso heftiger kehren sie zurück – so wie die Motten das Licht suchen.

Adele läutet nach Hannah. Wie immer, wenn sie allein ist, lässt sie sich einen leichten Tee, Brot, Pflaumenmarmelade und ein Ei bringen und stellt dann das Tablett auf ihren Schoß. Hannah zieht die schweren Vorhänge auf, so dass die ersten Sonnenstrahlen in das Schlafzimmer dringen.

»Lass mich noch etwas im Halbdunkel, Hannah, ich möchte mich noch ein wenig ausruhen. Das Licht blendet meine Augen.«

»Sehr wohl, gnädige Frau.«

Die Kammerzofe kennt ihre Herrin und errät, dass ihre Stimmung nicht die beste ist, dennoch versucht sie, ihre Aufmerksamkeit auf einige Nebensächlichkeiten zu lenken.

»*Le Petit Écho de la Mode* ist aus Paris gekommen, gnädige Frau, ich habe es neben Ihre Tasse gelegt.«

»Danke, Hannah.«

Adele greift nach der Zeitschrift und betrachtet zerstreut die neuesten Schöpfungen aus der französischen Hauptstadt. Sie hat den Eindruck, die Kleider wären ein wenig kürzer geworden, so dass man mehr Knöchel sieht. Was die Mode betrifft, so ist Paris Wien stets eine Nasenlänge voraus. Die Stehkragen haben sich durchgesetzt, aber die Keulenärmel sind weniger ausladend. Ach, sagt sie sich, die Form der Korsetts hat sich verändert. Sie machen die Silhouette jetzt fließender, die Brust wird zwar noch immer betont, wirkt aber doch etwas flacher. Das wird sie auch probieren müssen. Diese S-förmige Kontur gefällt ihr, ebenso wie die Einsparung von Unterröcken im hinteren Teil. Das Korsett nennt sich »Droit devant«, ein Begriff, der sie amüsiert ... Geradewegs ins Unbekannte ... Sie blättert weiter, hält bei einem stark dekolletierten königsblauen Modell inne, das zu ihr passen könnte. Es ist einer der ersten Entwürfe von Paul Poiret. Die Pariserinnen sind moderner, sie wagen sich an aufreizende Schnitte. Adele kann sich der Vorstellung nicht erwehren, in diesem Kleid vor Klimt zu stehen. Was würde er davon halten, wie würde es ihm gefallen? Auch ein Entwurf von Jeanne Lanvin weckt ihr Interesse, der zwar in gewisser Weise schlichter, aber durch seine warmen Farben und die verschiedenen Seidenschichten doch prachtvoll ist.

Adele hat sich über eine Stunde von diesen Banalitäten ablenken lassen, nur kurz sind ihre Gedanken zu Gustavs Freundin Emilie Flöge gewandert. So sehr sie sich auch anstrengen mag, mit diesen Pariser Kreationen kann sie es nicht aufnehmen, sie lässt sich zwar davon inspirieren, aber das ist nicht genug. Ihr Besuch der Modesektion an der Schule für Angewandte Kunst ist keine ausreichende Grundlage, um in der Liga der großen Modeschöpfer mitzuspielen. Für wen hält sie sich eigentlich, seit sie ihren Modesalon eröffnet hat? Sie wagt es, ganz Wien in ihr von Josef Hoffmann und Koloman Moser entworfenes Geschäft einzuladen, dabei wäre sie ohne Klimt nichts. Adele findet diese Emilie nicht sonderlich elegant, aber sie müsste sich dennoch ihre Entwürfe einmal aus der Nähe ansehen und dabei eines ihrer eben aus Frankreich eingetroffenen Kleider vorführen. Überhaupt – warum sollte sie nicht wieder einmal nach Paris reisen? Ferdinand und sie waren schon so lange nicht mehr dort. Sie könnte all die neuen Entwürfe jener Couturiers entdecken, von denen ihre Freundinnen erzählen, und vielleicht auch den Malerateliers am Montmartre einen Besuch abstatten, die in Wien jetzt in aller Munde sind. Klimt hat einen gewissen, noch unbekannten, aber vielversprechenden Maler namens Modigliani erwähnt, den er in Florenz entdeckt hatte.

Sie nimmt sich fest vor, heute Abend mit Ferdinand darüber zu sprechen.

Eigentlich müsste sie längst aufgestanden sein, doch es fehlt ihr an der nötigen Energie, der Überdruss fesselt sie ans Bett. Am heutigen Tag, der, wie alle anderen, ohne besondere Ereignisse dahinplätschert, wird sie wie immer ihre Schwester und deren Kinder besuchen, anschließend Klavier üben und lesen. So wie jeden anderen Tag auch.

Adele stößt einen tiefen Seufzer aus, diese Monotonie deprimiert sie. Aber wie kann sie es wagen, sich der Melancholie hinzugeben, wo es ihr doch an nichts fehlt?

Einen Moment später bittet Adele Hannah, ihr ein Hauskleid zu bringen.

»Möchte die gnädige Frau das weiße oder das rosafarbene?«

»Das ist mir egal, Hannah. Bring mir das, das dir besser gefällt.«

Adele streift das Kleid aus weißem Seidenvelours, das so warm und leicht ist, als wäre es aus Federn gemacht, über ihr Nachthemd.

Sie streckt sich auf der Récamiere aus und greift nach dem neuesten Buch, das ihr Stefan Zweig bei der letzten Einladung geschenkt hat: *Die Liebe der Erika Ewald*. Die ersten Zeilen wecken kaum ihr Interesse, und sie liest ohne große Überzeugung weiter. Dann betrachtet sie wieder das Vorsatzblatt, sie hatte das Zitat von Barbey d'Aurevilly übersehen, das dem Werk vorangestellt ist und sich direkt an sie zu wenden scheint.

»*Die Frauen sind so gut für das Leid geschaffen, es ist so sehr ihr Schicksal, sie beginnen es so früh zu spüren, und sie sind ob dessen so wenig erstaunt, dass sie noch lange behaupten, es sei nicht da, auch wenn es sich bereits eingenistet hat.*«

Adele weiß ganz genau, was sie quält, was ihr so sehr im Leben fehlt. Sie hat weder ein Kind noch eine leidenschaftliche Liebe erlebt, dabei haben so viele Frauen beides. Sie denkt an ihre Freundin Alma Mahler, die ebenfalls mit den Prüfungen des Lebens konfrontiert war, es aber dennoch versteht, sich den Männern hinzugeben, die ihr gefallen. Zweig erzählt so gut von der Liebe, und seine Romane ebenso wie seine Novellen sind ein wahres Vergnügen. Er beschreibt die Frauen perfekt, so wie sie sind, denkt Adele lächelnd. Er beschreibt sie, und Klimt malt sie, und beide entblättern sie dabei ... Beide haben sie eine Vorliebe für das Tragische, aber auch für die Schönheit – für die Schönheit des Tragischen. Ja, genau. Adele nimmt sich vor, ihre Aphorismen in einem kleinen Büchlein zu notieren. Oft denkt sie daran, zu schreiben, aber sie wagt es nicht, in Wien gibt es so viele große Schriftsteller.

Plötzlich kommt ihr Klimts Garten in den Sinn. Und wenn sie Gustav einen spontanen Besuch abstatten würde? Würde er sich darüber freuen? Oder könnte er ein solches Verhalten als Belästigung empfinden, wenn sie ungelegen käme? Und was, wenn er nicht zu Hause ist?

Ihr Vorhaben ist unvernünftig. Sie sind nicht verabredet. Und wenn sie sagen würde, sie wäre zufällig in der Nähe gewesen? Wie könnte ihn das verärgern? Wenn sie den Eindruck hätte, nicht willkommen zu sein, könnte sie ja wieder gehen. Außerdem würde er es offen zeigen, wenn er sich gestört fühlte, sie kennt ihn jetzt gut genug, um das zu wissen.

Erneut läutet Adele nach der Kammerzofe.

»Hannah, bring mir meine Ausgehkleidung.«

Adele ist sich nicht mehr sicher, ob sie wirklich den Rock mit der dazu passenden grünen Jacke tragen will. Es scheint ihr, ein Kleid würde ihre Taille besser betonen, den Schwung ihrer Hüften perfekt unterstreichen. Sie sucht Rat bei Hannah, die sich für das vorgesehene Ensemble entscheidet.

Eine Stunde später bittet Adele, jetzt frisiert und ausgehfertig, Franz, sie wieder einmal zum Atelier von Gustav Klimt zu fahren.

Unterwegs merkt Adele, wie nervös sie ist – fast bleibt ihr die Luft weg, oder ist es das Korsett? Noch ist Zeit, umzukehren. Schließlich erwartet er sie nicht.

Doch eine starke Anziehungskraft, die sie nicht zu beherrschen vermag, treibt sie zu diesem Mann, den sie so sehr bewundert. Alles verschwimmt vor ihren Augen, sie nimmt die Straße kaum noch wahr.

Dann haben sie ihr Ziel erreicht. Franz hält an und dreht sich, die Peitsche in der Hand, zu ihr um.

»Weiß die gnädige Frau, wie lange die Sitzung dauert?«

»Nein, Franz, aber sicher nicht sehr lange.«

Sie öffnet das Tor, das wie immer quietscht, wenn das Holz über die Steinplatte schleift. Adele folgt dem kleinen Weg bis hinter das Haus. Mit klopfendem Herzen versucht sie, Klimt durchs Fenster zu erspähen. Mit einem Stift in der Hand steht er vor dem Zeichenbrett. Er arbeitet. Vor ihm auf dem Diwan posiert eine nackte Frau. Sie ist nicht vollständig nackt, aber doch nackt. Das Kleid ist bis zum Bauchnabel hochgezogen, sie trägt keine Unterwäsche, ihr Geschlecht ist dem Blick des Malers dargeboten. Den Kopf hat sie auf die linke Hand gestützt, mit der anderen schürzt sie das Kleid. Adele tritt einen Schritt zurück, sie will so schnell wie möglich weg hier. Natürlich weiß sie, dass Klimt Frauenkörper malt und dafür Modelle benötigt, die für ihn posieren. Sie weiß auch, dass der Akt seine wichtigste Inspirationsquelle und dass er von der weiblichen Sexualität fasziniert ist. Aber ihn dabei zu beobachten, ist noch einmal etwas anderes. Die Nacktheit erschüttert sie. Sie schafft es jedoch nicht, den Blick abzuwenden, geschweige denn, zu gehen.

Plötzlich sieht sie, wie Klimt sich dem Modell nähert. Mit einer behutsamen, fast zärtlichen Geste korrigiert er die Haltung ihres Kopfes, wie er es so oft auch bei ihr getan hat, zieht das Kleid ein kleines Stückchen höher und arrangiert sorgfältig die Falten.

Dann streicht er mit dem Handrücken über ihr Geschlecht, als müsse das dunkle Schamhaar in eine bestimmte Richtung gebürstet werden, wie vom Wind hinweggefegtes Laub. Ohne sich zu bewegen, lässt die Frau es geschehen. Statt wieder zu seiner Staffelei zurückzukehren, macht er weiter, setzt seine Liebkosungen mit der einen Hand fort, während die andere die Brust der Frau umschließt. Dann beugt er sich hinunter, knöpft ihr Oberteil auf, schiebt es beiseite und küsst sie. Seine Lippen wandern über den Bauch hinunter zum Venushügel, wo sein Bart das Schamhaar der Frau berührt. Sie erbebt, gibt ihre Pose auf und räkelt sich lasziv, öffnet die Beine, den Mund. Klimt schiebt seine Finger in ihr Geschlecht, während sie hektisch versucht, seine lange Kutte nach oben zu schieben.

Adele atmet flach, am liebsten möchte sie vor dieser Szene fliehen, hätte sie diese nie sehen wollen. Was für eine Wahnsinnsidee, so spontan hierherzukommen! Dabei kennt sie doch Gustavs Ruf und weiß, was man über ihn, seine lockeren Sitten und seinen skandalösen Lebenswandel erzählt. Seine erotischen Zeichnungen zeigen Szenen, die er tausend Mal erlebt hat. Warum bloß hat sie sich hier im Garten versteckt wie eine Voyeurin? Warum hat sie sich das angetan?

Adele gerät in Panik, plötzlich überkommt sie eine Unruhe. So etwas hat sie nie zuvor empfunden, sie kann nicht mehr klar denken, ein Verlangen breitet sich in ihrem ganzen Körper aus, ihr wird schwindelig, und sie beginnt zu zittern. In verzweifelter Hast springt sie über ein Blumenbeet, und als sie dabei das Gleichgewicht verliert, schafft sie es nicht, einen Entsetzensschrei zu unterdrücken. Klimt hat ihn gehört und läuft nach draußen.

Adele würde am liebsten im Erdboden versinken. Schuldbewusst und voller Scham blickt sie zu ihm auf. Er reicht ihr die Hand, doch sie wagt nicht, sie zu ergreifen, sie fürchtet, sich noch nicht auf den Beinen halten zu können, ihr linker Knöchel schmerzt.

Klimt beharrt: »Geben Sie mir die Hand, Adele. Was zum Teufel haben Sie in diesem Blumenbeet zu suchen?«

Er scheint keinen Widerspruch zu dulden, und so nimmt sie seine Hilfe schließlich an.

»Ich bin gekommen, um Sie zu besuchen, doch als ich gesehen habe, dass Sie zeichnen, wollte ich Sie nicht stören. Dann bin ich gestürzt. Verzeihen Sie, Gustav, ich lasse Sie jetzt weiterarbeiten, ich werde erwartet.«

Adele wendet sich zum Gehen, kann aber nur noch unter großen Schmerzen auftreten.

»Stützen Sie sich auf meinen Arm, ich bringe Sie zu Ihrer Kutsche.«

Natürlich lädt er sie nicht ein, in sein Atelier zu kommen, aber er hat genügend Taktgefühl, sie glauben zu lassen, er habe nicht bemerkt, dass sie ihn und sein Modell beobachtet hat. Er schiebt seinen Arm unter den ihren und umfasst ihre Taille, um sie zu stützen. Sie protestiert nicht, und so gehen sie schweigend und mit kleinen Schritten zum Tor. Als sie sich dem alten Kastanienbaum nähern, bleibt Klimt stehen und wendet sich Adele zu. Ein Blick, dann verschwindet alles um sie herum, und es bleibt nur noch diese ungeheure Anziehungskraft. Ganz langsam beugt er sich zu ihr hinab und küsst sie sanft.

Für Adele gerät alles außer Kontrolle, sie umschlingt seinen Nacken und drückt sich an ihn, gibt sich voller Sehnsucht seiner Umarmung hin. Ihm, den sie gerade in den Armen einer anderen Frau überrascht hat. Aber nichts existiert mehr. Nicht das Modell, nicht die Vögel. Der Wind und die Welt sind verstummt, denn die Liebe ist aufgetaucht – machtvoll und unbezähmbar.

Ihr Verstand gehorcht ihr nicht mehr, obwohl Adele versucht, sich wieder zu fassen. Als sie die Augen aufschlägt, sieht sie durch die Zweige des immer noch belaubten Baumes ein Stück blauen Himmel.

»Gustav, ich muss gehen«, stammelt sie mühsam, die Worte wollen ihr nicht über die Lippen kommen.

»Warten Sie, Adele, ich weiß, ich hätte das nicht tun sollen, aber ich liebe Sie. Das wissen wir beide seit dem ersten Tag.«

Wie kann er sie lieben, wo ihm doch die schönsten Frauen Wiens zu Füßen liegen? Wie könnte sie ihn lieben, wo sie doch verheiratet ist?

»Gustav, bitte. Ich muss gehen.«

Doch Klimt lässt sie nicht los. Noch nicht. Er will ihr unbedingt die Stiefelette ausziehen.

»Ihr Knöchel darf nicht in das Leder eingezwängt sein, denn er könnte anschwellen.«

Vorsichtig ergreift er den verletzten Fuß und hebt ihn leicht an. Dann beginnt er langsam, den Schuh aufzuschnüren. Das Schnürband, das sie an den verschlungenen Weg ihrer Gefühle denken lässt, löst sich bald rechts, bald links. Als die Stiefelette weit genug geöffnet ist, ergreift Klimt ihre weiche, schlanke Wade und zieht ihr mit der anderen Hand den Schuh aus. Voller Zärtlichkeit nimmt er den Knöchel in die Hand und bewegt ihn vorsichtig hin und her.

Adele zuckt ein wenig zurück, doch Klimt hört nicht auf, sondern beugt sich hinab und drückt einen Kuss auf den geröteten Knöchel, dann noch einen und noch einen. Sie spürt die Wärme seines Atems, der an ihrem Bein hinaufsteigt und sich köstlich in ihr verliert.

Franz hat sich nicht auf seinem Kutschbock umgedreht, doch Adele ist sich seiner Anwesenheit bewusst. Mit einem ängstlichen Blick gibt sie Klimt zu verstehen, dass er sie gehen lassen muss.

Zwar lässt er den Knöchel los, doch seine Hand wandert höher, bis ans Ende des Strumpfs, bis zu der Innenseite ihres Schenkels, dorthin, wo sie so weich ist. Bis dahin, wo sich die Flammen entzünden, die den Körper erglühen lassen. Panik erfasst Adele, sie macht sich ruckartig los und wirft Gustav einen letzten Blick zu. Dann ist sie auch schon bei der Kutsche.

»Franz, wir fahren.«

Adele steigt in die Kalesche, lehnt den Kopf an die Tür und senkt den Blick. Ihr Knoten ist verrutscht, und eine Haarnadel hat sich gelöst. Wie soll sie sich nach einem solchen Wirbelsturm der Gefühle wieder sammeln können?

Noch immer wagt sie nicht, sich einzugestehen, dass sie die Frau im Atelier beneidet hat. Aber ihre Gedanken schweifen ab, und unwillkürlich stellt sie sich vor, Gustavs Hände, die sie bei der Arbeit mit den Pinseln so lange beobachtet hat, auf ihrer Haut zu fühlen. Sie spürt noch den Geschmack seiner Lippen, das Kitzeln seines Bartes. Sie schämt sich, aber selbst die Scham ist köstlich.

Als sie nach Hause kommt, ist Adeles Äußeres noch immer in Unordnung. Um die Spuren der letzten Augenblicke auszulöschen, hat sie ihre Stiefelette wieder angezogen. Hannah verkündet, dass Therese sie sehen möchte.

»Sag ihr, ich komme morgen vorbei, ich fühle mich nicht sehr gut, ich habe wieder Migräne.«

Adele flieht in ihr Zimmer, essen will sie heute Abend nicht. Ihre Kopfschmerzen sind nicht mehr vorgeschoben. Das Blut pocht in ihren Schläfen, und um ihren Nacken hat sich ein schmerzhafter Schraubstock gelegt. Sie will nur Dunkelheit, eine ganze Nacht lang, um Trübsal zu blasen. Als Ferdinand die Tür einen Spaltbreit öffnet, um sich nach ihrem Befinden zu erkundigen, stellt sie sich schlafend. Sie spürt, wie er sich über sie beugt und ihr übers Haar streicht.

»Schlafen Sie gut, mein Liebling, ich bin da.« Dann entfernt er sich leise. Diese unendlich zärtliche Geste verwirrt sie. Einige Stunden zuvor hat sie sich von einem anderen Mann küssen lassen, von dem bekanntesten und auch verrufensten Künstler Wiens, und Ferdinand ist einer seiner Mäzene. Das Schlimmste ist nicht, dass sie sich von einem Mann wie Klimt einen Kuss hat stehlen lassen, sondern dass dieser sie derart erschüttert hat. Am liebsten würde sie sich von der Nacht verschlingen lassen.

Wie konnte sie nur Ferdinand betrügen? Doch sie weiß, dass es zu spät ist, Klimt ist schon in ihr. Er hat seit der ersten Sitzung Besitz von ihr ergriffen und kennt jeden Teil ihres Körpers. Sie hat seinen liebkosenden Blick auf jedem Zentimeter ihrer Haut gespürt. Hat er sie sich nackt vorgestellt? Zwangsläufig! Bei diesem Gedanken, der sie an die nackte, stöhnende Frau im Atelier erinnert, errötet sie. Wie soll es jetzt weitergehen? Sie weiß nichts mehr, aber in ihrem Traum ist *sie* die Frau im Atelier.

In den frühen Morgenstunden überkommt sie die Erinnerung an den Vortag. Verwirrt versucht Adele auf andere Gedanken zu kommen. Sie blickt nach draußen, über der Stadt liegt dichter Nebel, der die Dächer der Häuser verhüllt. Adele hat Therese versprochen, sie und die Kinder in den Prater zu begleiten. Die Kleinen sind in aufgeregter Vorfreude bei der Aussicht auf ein paar Runden mit den Fahrgeschäften. Sie mag diese Volksfeststimmung und den Geruch nach Fettgebackenem zwar nicht, aber heute war ihr jede Ablenkung willkommen.

»Hannah, lass Thedy wissen, dass ich in einer Stunde fertig bin.«

Schnell wieder das normale Leben aufnehmen.

»Sehr wohl, gnädige Frau. Der Herr Gemahl hat mich beauftragt, Ihnen dies zu übergeben.«

Hannah reicht ihr einen Brief, den Adele vorsichtig öffnet. Sie erkennt sofort Ferdinands schöne, leichte schräge Schrift und liest die mit schwarzer Tinte geschriebenen Worte:

»Sie sind für immer die Frau meines Lebens.«

Eilig faltet sie das hellblaue Blatt, das die Initialen ihres Mannes trägt, wieder zusammen, so als würde sie sich die Finger daran verbrennen. Warum macht er ihr ausgerechnet heute diese Liebeserklärung? Das hat Ferdinand nicht verdient. Sie schwört sich, Klimt nicht mehr wiederzusehen. Er hat schon genügend Geliebte, sie will nicht Teil seiner Sammlung werden. Sie wird er nur auf seine Leinwand, nicht aber in sein Bett bekommen. Dort sollen sich andere wälzen.

Bisher haben sie sich nur geküsst, sicher, es war ein leidenschaftlicher Kuss, aber sie war ja auch nicht ganz bei sich gewesen. Der Sturz hat sie aus dem Gleichgewicht gebracht. Sie ist gestrauchelt, das ist alles, so etwas kann passieren. Sie versteht selbst nicht, wie dieser arrogante Mann sie derart hat bezaubern und von ihrem Weg abbringen können. Was sie im Atelier des Malers beobachtet hat, sollte doch eigentlich ein Gegengift gegen die verhängnisvolle Leidenschaft sein, die sie beinahe mitgerissen hätte. Denn eines weiß sie ganz sicher: Sie ist nicht eine jener leichtfertigen Frauen, die normalerweise seine Beute sind. Und das wird sich auch nie ändern. Hat sie nicht Schindler sagen hören, Klimt spiele gerne mit den Gefühlen anderer? Noch dazu ist er ein Zyniker. Sie muss sich um jeden Preis von diesem Mann fernhalten. Von ihm, der nie geheiratet hat und unfähig ist, sich an eine, zumindest an eine einzige, Frau zu binden. Er liebt sie alle, und er will sie alle besitzen. Aber nicht sie.

Wie kann Emilie Flöge bloß diese stetigen Seitensprünge ertragen? Sie ist seine offizielle Gefährtin, mit der er bei den Empfängen in der Schwindgasse ebenso wie im Theater erscheint, aber sie kann die anderen doch nicht ignorieren? Und Alma Schindler, die inzwischen die Ehefrau von Gustav Mahler ist, hat ihr gestanden, Klimt sei die erste große Liebe ihres Lebens gewesen. Sie war erst achtzehn Jahre alt, als ihr Stiefvater Carl Moll ihr den Künstler vorstellte. Monatelang hatte er sie umworben. Doch sie widerstand ihm zumindest weitgehend und weigerte sich, in seinem Atelier Modell zu sitzen. Und Klimt? Anscheinend war er verrückt nach ihr und ist es vielleicht immer noch. Da hat diese Sonja Knips, die Frau eines reichen böhmischen Stahlindustriellen, wesentlich mehr zugelassen, wie man sich erzählt. Es heißt, sie trage stets eine Fotografie des Malers bei sich. Da fällt ihr wieder ein, was sie über Serena Lederer gehört hat. Selbst Schiele fand es nicht schicklich, dass eine Dame der Aristokratie in Klimts Atelier Malunterricht nahm. Den Wiener Gerüchten zufolge war Frau Lederer sein Modell für hocherotische außereheliche Szenen. Wie konnte sie nur ihrem Ruf, ihrer Zukunft und der ihrer Kinder derart schaden?

Adele schreckt auf. Sie hat völlig die Zeit vergessen. Hektisch kleidet sie sich an. Die Vernunft und der Anstand, der ihr seit Kindestagen beigebracht wurde, raten ihr, Klimt aus ihren Gedanken und ihrem Leben zu verbannen. Doch es will ihr einfach nicht gelingen. Befindet sie sich etwa in diesem Zustand der Verliebtheit, dem eine zerstörerische Kraft innewohnt, von der Freud behauptet, sie entstehe in unserem Unterbewusstsein?

Und dann lässt sie alle Schranken fallen, alle Grenzen des Anstands und der guten Erziehung, und sie vermag die Woge, die sie überspült, nicht mehr zurückzuhalten. Sie wird mitgerissen. Auch heute wird sie das Haus nicht verlassen können.

»Hannah, sag alles ab. Gib Therese Bescheid. Meine Migräne ist wieder aufgeflammt. Lass mich im Dunkeln. Und um Himmels willen keinen Lärm.«

10.

Nach oben

Seit zwei Tagen wartet sie nun schon ängstlich auf einen Boten mit einem Brief von Klimt. Zumindest ein kurzes Wort. Aber nichts, keine Nachricht von dem Mann, der sie so sehr beschäftigt. Die Erinnerung an den Kuss brennt noch auf ihren Lippen, und sie spürt wieder seine Hand, die ihren Schenkel hinaufwandert. Sie kann nicht an diese Berührungen denken, ohne dass ihr Herz wie wild zu schlagen beginnt und ihr Körper in Aufruhr gerät. Ohne ihn fühlt sie sich leer.

Sie will nie wieder etwas von diesem Mann hören, aber seine tiefe, betörende Stimme verfolgt sie. Die Art, wie er Liebeserklärungen flüstert und so offen und natürlich über körperliche Begierde spricht, jagt ihr köstliche Schauer über den Rücken. Nein, sie wird sich nicht bei ihm melden, sie darf sich nicht noch einmal kompromittieren. Für einen kurzen Augenblick überwiegt der Zorn, denn sie nimmt es ihm furchtbar übel, dass er sie so behandelt. Sein Schweigen ist schlimmer als eine Abfuhr. Wie kann er es wagen, nach allem, was geschehen ist?

Hätte sie ihn vor sich, würde sie ihn sicher ohrfeigen, ihm ihre ganze Wut und Verletztheit entgegenschleudern – egal, ob sich das nun schickt oder nicht. Sie schwört sich, ihn nie wiederzusehen. Verzweifelt sucht sie nach Worten, die streng genug wären, sein Verhalten zu tadeln, dann spürt sie, wie Verzweiflung sie überkommt: Sie zählt für ihn nicht mehr als all diese anderen Mädchen, die ihm Modell stehen.

Adele fühlt sich gedemütigt, beschmutzt und schlecht behandelt. Dieser Mann hat keine Achtung vor ihr. Kein Wort der Höflichkeit, nichts, er hat rein gar nichts geschickt. Sie macht sich große Vorwürfe, der Versuchung überhaupt nachgegeben zu haben. Bitterkeit steigt in ihr auf, gerade bleibt ihr noch Zeit, in ihr Zimmer zu laufen, ehe sie in Tränen ausbricht, die Traurigkeit sie übermannt. Sie weint so heftig wie schon lange nicht mehr. Wie kann sie nur so schwach sein und sich nach diesem

Unmenschen sehnen? Noch wütender macht es sie, dass sie sich wie ein Kind verhält, wie ein naives Dummerchen ohne jede Erfahrung. Dabei kommt das der Wahrheit sehr nahe, denn was versteht sie schon vom Leben? Was weiß sie schon von der Liebe außer dem, was sie in den Romanen gelesen hat? Sie fühlt sich ebenso dumm wie diese Madame Bovary, deren Leben am Ende in einem Skandal endet. Aufgrund ihrer nicht ausreichenden Französischkenntnisse hat sie nicht alles verstanden, aber sie hat begriffen, dass übertriebene Romantik die Männer in die Flucht schlägt. Zumindest jene Art Männer, die man als Schürzenjäger bezeichnet. Ab jetzt muss sie ihm Gleichgültigkeit entgegenbringen, unerbittliche Gleichgültigkeit. Sie hat sich schon zur Genüge lächerlich gemacht.

Ferdinand ahnt nicht, was seine Frau quält. Er sieht, wie sie zerstreut in ihrem Tee rührt, dabei nimmt sie nie Zucker. Schon seit Jahren nicht mehr, seit ihrem ersten Besuch in den Fabriken. Adele bleibt ihm ein unlösbares Rätsel. Er weist sie darauf hin, und sie antwortet ihm belustigt: »Das trifft sich gut, mein lieber Herr Geschäftsmann, ich bin schließlich keine Gleichung und auch keine Bilanz.«

Er bewundert ihre Schlagfertigkeit, doch er insistiert,

er möchte wissen, was mit ihr los ist. Und wie jedes Mal versichert sie, alles sei in bester Ordnung, und gibt ihm zum Beweis einen Kuss. Er weiß, dass sie darunter leidet, keine Kinder zu haben. Und neulich abends in der Bibliothek hat er auch begriffen, dass Adele diesen Mangel kompensieren muss. Sie ist wissensdurstig und beneidet jene Frauen, die zu ihrer Emanzipation stehen. Doch gleichzeitig kann er sich nicht vorstellen, dass seine Gemahlin eine freie und unabhängige Frau werden könnte, die die meiste Zeit außerhalb des Hauses verbringt. Wenn sie ein Kind hätte, wäre ihr Geist beschäftigt und ihr Tag ausgefüllt.

Ihre Schwester Therese stellt sich solche Fragen ja auch nicht, dazu hat sie mit ihrer Kinderschar auch überhaupt keine Zeit. Vielleicht kann er sich aber auch gar nicht vorstellen, wie verrückt einen die Langeweile machen kann, schließlich ist er immer viel unterwegs, um neue Verträge abzuschließen. Doch im Moment ist er da, und er kann zumindest versuchen, sie auf andere Gedanken zu bringen. Morgen Abend werden sie ins Burgtheater gehen, dort wird *Der Widerspenstigen Zähmung* von Shakespeare gespielt. Diese Komödie wird sie zerstreuen und ihr guttun. Als er ihr während des Abendessens ankündigt, er wolle sie ins Theater ausführen, gibt sie vor, sich zu freuen.

Weil sie diesem Mann, den sie geheiratet hat und der nicht eine Sekunde aufhört, sie zu lieben, dankbar ist. Er ist vielleicht etwas altmodisch, aber er macht Fortschritte. Man braucht sich nur anzusehen, wie er angefangen hat, sich für den Jugendstil zu interessieren, obwohl er anfangs nichts damit anfangen konnte. Sie hat nur kurz den Kopf verloren, sonst nichts, sie darf sich nicht länger gehenlassen. Noch ist sie eine ehrbare Frau.

Am nächsten Tag ist Adele in besserer Verfassung, ihre Heiterkeit ist zurückgekehrt. Eine Viertelstunde nachdem sie aufgestanden ist, wundert sie sich plötzlich, weil sie noch nicht an Klimt gedacht hat – nicht eine Sekunde. Sie hat auch Hannah nicht gefragt, ob ein Brief für sie gekommen sei. Es geht vorbei, sagt sie sich. Sie ist über ihn hinweg. Nachdem sie Therese und die Kinder besucht hat, überlegt sie, was sie abends anziehen soll. Sie wählt ein Kleid aus golden-schwarzem Seidenmusselin, das mit schimmernden Perlen bestickt ist und Ärmel im byzantinischen Stil hat. Dazu einen breitkrempigen Hut mit goldenen Schwanenfedern. Sie will beweisen, dass sie keinen Klimt braucht, um die Frau in Gold zu sein.

Am Abend lassen Ferdinand und Adele sich zum Ring bringen. Die Kutschen und Kabrioletts warten, bis sie vor das Theater fahren und ihre Passagiere aussteigen lassen können. Ferdinand setzt als Erster den Fuß auf den Boden und ergreift dann die zarte behandschuhte Hand seiner Frau, um ihr aus der Kalesche zu helfen, während sie mit der anderen ihr Abendkleid rafft. Adele ist wunderschön, als sie am Arm ihres Gemahls – ebenfalls sehr elegant im Frack und mit Zylinder – die Treppe zu ihren Plätzen hinaufsteigt. Das Paar begrüßt einige Freunde: die Rothschilds und die Wittgensteins.

Beim ersten Klingeln gehen sie zu ihrer Loge. Adele vermeidet es, die von den Klimt-Brüdern und ihrem Freund Franz Matsch gemalten Fresken zu betrachten. Aber es ist unmöglich, sie zu übersehen, die Bilder sind allgegenwärtig und drängen sich einem förmlich auf. Es gibt die gewaltigen, eindrucksvoll bemalten Decken über jeder der beiden Treppen. Auf der einen Seite eine Darstellung des Amphitheaters im sizilianischen Taormina, auf der anderen der Bühne des Globe Theatre in London mit der Schlussszene von *Romeo und Julia*. Und wie um sie zu necken, haben Klimt und seine Freunde sich im Hintergrund selbst verewigt. Gustav scheint sie mit seinem durchdringenden, bohrenden Blick zu mustern. Es kommt natürlich nicht in Frage, sich ungewollt von diesem »Individuum«, wie sie ihn mittlerweile in Gedanken nennt, beeinträchtigen oder gar den Abend verderben zu lassen. Sie besucht zwei Mal im Monat dieses Theater, kennt die Fresken in- und auswendig, ebenso übrigens wie das gesamte Werk von Klimt. Sie will nicht glauben, dass die Frau, die er da gemalt hat, Emilie Flöge darstellt, wie diese gegenüber ihren Kundinnen behauptet. Sobald sie sitzen, zieht Adele ihr Opernglas aus der Tasche, um das Publikum zu beobachten, ehe sich der schwere rote Vorhang hebt. Sie lässt ihren Blick nach rechts, dann nach links wandern und winkt verschiedenen Bekannten zu.

Das Theater ist ausverkauft, über tausend Zuschauer sind herbeigeeilt, um der Aufführung eines der ersten Shakespeare-Stücke beizuwohnen. Nach eineinhalbstündigem Spiel kündigen die drei rituellen Klingeltöne die Pause an. Adele ist fröhlich, fasst Ferdinand beim Arm und erzählt, sie habe sehr gelacht, als der Trunkenbold in Gestalt eines reichen Aristokraten zu sich kam. Und ihrem sozialen Impuls folgend, erklärt sie, so etwas müsse es auch im wahren Leben geben. Sie will Ferdinand necken, der so sehr an den Privilegien hängt, die ihm sein Reichtum beschert.

Lachend gehen sie die große Treppe hinunter, und da steht er plötzlich vor ihnen: Gustav Klimt nebst Emilie Flöge, strahlend in ihrem leuchtend roten Kleid und so stolz, sich in Begleitung des Meisters zu zeigen. Adele ist wie erstarrt. Rasch versucht sie, die heftigen Emotionen zu verbergen, von denen Ferdinand hoffentlich nichts bemerkt. Adele spürt, wie ihre Knie weich werden, und es kostet sie eine schier übermenschliche Anstrengung, sich nicht zu verraten.

Um Haltung zu bewahren, zieht sie ihre elegante Zigarettenspitze aus der Tasche und sagt:

»Geben Sie mir bitte Feuer, Ferdinand.«

Schnell nimmt sie einen tiefen Zug und stößt dann den Rauch sanft in Ringen aus, während sie den Blick nach oben hebt. Zu jener Decke, die der Mann, der vor ihr steht, zusammen mit den beiden anderen Malern so reich dekoriert hat. Er kommt ungelegen, sie will ihn nicht sehen. Doch der Maler lässt sich nichts anmerken, er ergreift Adeles zarte Hand und drückt seine Lippen darauf, ehe er Ferdinand kräftig die Hand schüttelt.

»Was für eine schöne Überraschung, Sie hier zu treffen, liebe Adele, lieber Ferdinand.«

Er schiebt seine Begleiterin ein wenig vor.

»Fräulein Flöge brauche ich Ihnen ja nicht vorzustellen?«

»Nein, natürlich nicht, wir kennen uns«, antwortet Adele schließlich mit einem gezwungenen Lächeln.

»Nun, lieber Gustav, wann werde ich endlich das Privileg haben, das Porträt meiner Gemahlin zu sehen?«

»Sobald es fertig ist! Mein Ausscheiden aus der Secession hat eine Reihe von Gemälden, an denen ich arbeite, verzögert. Aber ich will mich beeilen und verspreche Ihnen, dass Sie nicht enttäuscht sein werden.«

Dann wendet er sich an Adele:

»Dazu brauche ich Sie, wann können Sie wieder in mein Atelier kommen?«

»Ich ... ich weiß es nicht, ich lasse Ihnen Bescheid geben, sobald ich Zeit habe.«

Ferdinand scheint überrascht, ja fast verärgert.

»Aber Adele, Sie sollten das nicht hinauszögern! Warum wollen Sie unseren Freund warten lassen? Und mich noch dazu! Ich habe nicht den Eindruck, Ihre Tage wären derart ausgefüllt, dass Sie nicht Modell sitzen könnten. Ich vergehe vor Ungeduld, das fertige Gemälde zu sehen. Machen Sie mir die Freude, und nehmen Sie ihre Sitzungen rasch wieder auf. Ich bin erst dann glücklich, wenn das Bild in unserem Haus hängt und ich es Tag und Nacht bewundern kann.«

Adele ist sprachlos. Als hätten sich die beiden Männer gegen sie verschworen. Versteht denn Ferdinand nicht, was sich da zusammenbraut? Gustav will sie erneut in seinen Bann ziehen, aber sie darf nicht mehr dorthin zurückkehren, denn sie wäre in Gefahr. Allzu lebendig erinnert sie sich daran, was sie empfunden hat, als er sich ihr näherte, und bei dem bloßen Gedanken durchläuft ein heftiger Schauder ihren ganzen Körper.

Glücklicherweise dauert die peinliche Situation nicht lange an, denn erneut ertönt die Klingel drei Mal, um das Ende der Pause anzukündigen. Sie hatten nicht einmal Zeit, sich ein paar Häppchen zu holen. Emilie Flöge bricht das lastende Schweigen:

»Liebe Frau Bloch, ich würde mich sehr freuen, Sie einmal in meinem Salon empfangen zu dürfen. Ich könnte Ihnen meine neuen Entwürfe zeigen«, erklärt sie und klammert sich, den Blick betont auf Adele gerichtet, an Klimts Arm.

Adele bringt mühsam ein wenig überzeugendes »Natürlich« heraus. Die beiden Paare verabschieden sich und steigen entgegengesetzte Treppen hinauf.

»Was ist dieser Gustav doch für ein Schwerenöter! Es wäre nicht verwunderlich, ihn jedes Mal in Begleitung einer anderen Frau zu sehen.«

Adele gibt sich so gleichgültig wie möglich.

»Beneiden Sie ihn? Er ist nicht verheiratet und denkt nur an seine Kunst. Frauen sind für ihn nicht mehr als das, was sie auf seinen Bildern darstellen können. Halb Wien sitzt ihm Modell.«

»Mag sein, aber Ihr Porträt wird eines seiner Meisterwerke werden, davon bin ich überzeugt.«

Sie nehmen wieder in ihrer Loge Platz. Doch Adeles Gefühle sind so überwältigend, dass sie Mühe hat, sich auf den zweiten Teil des Stücks zu konzentrieren. Sie verliert sich in Überlegungen, die sie zu unterdrücken versucht, greift nach Ferdinands Hand, als könne sie ihr als Schutzschild dienen. Die Akte scheinen ihr unendlich lang.

Endlich ist das Stück zu Ende. Nachdem die Schauspieler viermal vor den Vorhang getreten sind, verabschieden sie sich unter noch immer tosendem Beifall. Adeles trübselige Stimmung ist geblieben, sogar Shakespeares Schauspiel regt sie auf.

»Natürlich bekommen die Frauen immer die schlechte Rolle zugewiesen, wann hört das endlich auf? Die Frauen müssen sich unterwerfen, stets den Männern unterlegen sein, das ist unerträglich!«

»Ich bitte Sie, mein Liebling, beruhigen Sie sich. Shakespeare ist seit fast drei Jahrhunderten tot, lassen Sie ihn in Frieden ruhen. Die Dinge haben sich seither verändert.«

»Inwiefern haben sie sich verändert, Ferdinand? Regieren die Frauen gemeinsam mit den Männern die Welt? Üben sie Berufe aus wie Arzt, Anwalt, Bankier oder ich weiß nicht was? Natürlich nicht, sie sind nur die Untergebenen der Männer. Das heißt, nicht einmal das, sie müssen sich einfach wie gute Ehefrauen aufführen, das ist alles.«

»Ich glaube, diese Diskussion haben wir hundert –, wenn nicht gar tausendmal geführt. Fahren wir nach Hause.«

»Ja, lassen Sie uns das tun.«

Adele besänftigt sich und hakt sich bei ihrem Mann ein. Sie will dieser mondänen Welt entfliehen, die ihr heute Abend unerträglich ist. Und wieder quält sie das schlechte Gewissen. Sie verhält sich Ferdinand gegenüber ungerecht. Klimts flegelhaftes Verhalten darf keine Konsequenzen für ihn nach sich ziehen, denn er verdient es nicht, schlecht behandelt zu werden. Und in dem Kabriolett, das sie nach Hause bringt, gibt sie ihm einen Kuss, den er überrascht erwidert.

Das Verlangen, das diese unpassende Begegnung in ihr ausgelöst hat, ist auch zu Hause noch nicht verflogen. Und zum ersten Mal seit Wochen teilen sie an diesem Abend wieder das Bett.

11.

Wenn wir uns wiedersehen

Nach der zufälligen Begegnung im Theater fasst Adele einen Entschluss. Sie wird Klimt ab jetzt als den sehen, der er ist: als einen großen Künstler und zugleich einen großen Verführer, der ihr gefährlich werden kann und den sie daher auf Distanz halten, von dem sie sich lösen muss. Aber wie soll man einen Mann vergessen, den ganz Wien verehrt oder verabscheut, der aber auf jeden Fall in aller Munde ist? Und außerdem muss dieses Porträt endlich fertiggestellt werden, Ferdinand besteht darauf. Nicht mehr in seinem Atelier zu erscheinen, wäre ein stummes Schuldeingeständnis. Es bleibt ihr nichts anderes übrig, als ein letztes Mal zu ihm zu gehen.

Aber zuvor hat sich Adele noch eine Menge vorgenommen. Als Erstes inspiziert sie ihre Garderobe, denn sie will die Flüchtlinge noch einmal besuchen und ihnen Kleidung bringen, die sie nicht mehr braucht. Sie hat unzählige Hausjacken, die diesen Frauen sicher nützlicher wären als ihr, zumal sie in der Wohnung nur selten friert. Gemeinsam mit Hannah schaut sie über die Kleidungsstücke.

»Was will die gnädige Frau mit diesem hübschen Wickelhemd machen?«

»Nun, ich glaube, es würde meiner lieben Kammerzofe gefallen, nicht wahr?«

»Gnädige Frau, ich wollte nicht …«

»Sie gehört dir, Hannah, keine Diskussionen!«

Plötzlich klingelt es an der Tür. Hannah läuft mit der Wickeljacke in der Hand hinunter und kehrt gleich darauf mit einem Brief zurück, den sie Adele reicht. Sie hat sogleich Klimts Handschrift erkannt.

»Mach alleine weiter, Hannah«, sagt sie und zieht sich eilig in ihr Boudoir zurück. Als sie den Brief aus dem Umschlag zieht, durchläuft ein Kribbeln ihren Körper. Nur wenige Worte stehen auf dem Papier.

Liebe Adele, ich erwarte Sie morgen um vierzehn Uhr in meinem Atelier, wir machen da weiter, wo wir unterbrochen haben. Mit freundschaftlichen Grüßen.

Adele setzt sich. Es gelingt ihr kaum, einen klaren Gedanken zu fassen. Ihr Blick wandert zum Spiegel. Sie betrachtet ihr Abbild, als wäre es das einer Unbekannten, versucht, in sich selbst zu lesen, ihre Empfindungen zu entschlüsseln.

Wie sehr hat sie diese Nachricht ersehnt, wie sehr aber scheut sie vor den drohenden, doppeldeutigen Worten zurück. »Da weitermachen, wo wir unterbrochen haben.« Was für ein ungehobelter Klotz! Was meint er damit? Wovon spricht er? Von dem Gemälde? Von dem Kuss? Nein, das würde er sicher nicht wagen! Adeles Gedanken überschlagen sich. Ihre Hände zittern derart, dass der Brief zu Boden gleitet, und ohne darauf zu achten, geht sie in ihr Schlafzimmer. Sie muss nachdenken, sich mit ihren Gefühlen auseinandersetzen.

Doch im nächsten Moment klopft es, und Hannah tritt ein, den Brief in der Hand.

»Fühlt sich die gnädige Frau nicht wohl?«

»Doch, doch, Hannah, es ist alles in Ordnung, danke, ich ruhe mich nur etwas aus, ich fürchte, meine Kopfschmerzen kommen wieder. Gib mir bitte meine Zigaretten.«

Hannah kennt sie so gut. Sie steht seit ihrer Heirat in ihrem Dienst … seit nunmehr sieben Jahren. Sie ist nur wenig jünger als Adele und durchschaut sie mit einem Blick. Sie kennt dieses nachdenkliche Gesicht, den verlorenen Blick, die Art, wie sie sich auf die Lippe beißt. Aber weiß sie auch, was sie in diesen Zustand versetzt hat?

»Hannah, lass mir Badewasser ein.«

Wasser, warmes Wasser, genau das braucht sie jetzt, den Körper in diese Wohltat zu tauchen, wird ihr helfen, Ordnung in ihre Gedanken zu bringen.

Nun liegt Adele schon seit über einer halben Stunde in dem dampfenden Nass. Aber sie hat sich noch immer nicht entschieden, was sie am nächsten Tag tun wird. Wenn sie in das Atelier geht, hieße das, Klimt zu gehorchen, der sie so grob und ohne Umschweife zu sich einbestellt hat. Weder seiner Aufforderung noch der Versuchung Folge zu leisten, das wäre die Lösung. Doch bei diesem Gedanken wird ihr Leben sofort leer und sinnlos. Ja, die Vorstellung, wieder zu ihm zu gehen, hat etwas Euphorisierendes. Bei der Erinnerung an das, was unter dem Kastanienbaum geschehen ist, bekommt sie eine Gänsehaut. Schnell steigt sie aus dem inzwischen kalten Wasser. Hannah erwartet sie schon, um sie mit jenem Eau de Cologne einzureiben, nach dem alle Welt, bis hin nach Paris, verrückt ist. Aber noch nicht einmal dieser Duft hilft ihr, sich besser zu fühlen.

Da Ferdinand nicht da ist, geht Adele früh schlafen. Doch die Nacht, von der sie sich Erholung erhofft hat, ist grauenvoll und von merkwürdigen Träumen bevölkert. Klimts Frauen treten wie durch Zauberhand aus ihren Bilderrahmen und necken sie. In Gondeln aus Betttuch schweben die einen nackt über ihr, andere legen sich zu ihren Füßen und versuchen, sie zu sich zu ziehen. Natürlich kennt Adele auch die Gemälde von Klimt, auf denen sich nackte Frauen küssen oder sinnlich berühren. Gesichter und Posen wie jene findet man nicht oft in Wien. Sie sind schlank und hochgewachsen, mit unendlich langen blonden Haaren, die lustvoll ihre Lenden umspielen. Und sie haben kleine, runde Brüste, die genau in die Hand einer Frau passen.

Als Adele schweißgebadet hochschreckt, zieht sie eilig die Hand zurück, die zwischen ihren Schenkeln liegt. Sie bemerkt, dass ihr Nacken unter dem Haar nassgeschwitzt ist, und trotzdem überläuft sie ein Schauer. So als hätte sich der Winter in ihren Körper geflüchtet.

Sie muss an jenen Winter denken, als sie acht Jahre alt war und der Wind eisig ihre Wangen peitschte, Schals und Mützen waren nach wenigen Minuten draußen von der feuchten Kälte steif. In dem Jahr war sogar die Donau zugefroren, Eisschollen türmten sich an den Ufern.

Adele zittert immer heftiger, ist sie acht Jahre alt, ist sie fünfundzwanzig Jahre alt, sie weiß es nicht mehr. Sie sehnt sich nach Armen, die sie umschließen, ihr Herz erwärmen, ihr kräftig und zärtlich den Rücken reiben. Aber sie ist allein.

Schließlich zieht sie das Federbett höher, bereit, wieder in ihre unruhige Nacht einzutauchen. Doch plötzlich wirft sie die Decke zurück und setzt sich auf. Sie hat einen Entschluss gefasst.

Sie wird gehen, sie wird sich in das verflixte Atelier begeben. Verschieben oder absagen würde bedeuten, sich wochenlang von Unruhe quälen zu lassen. Das Gemälde muss fertig werden, alles andere würde Ferdinand nicht verstehen. Sie wird das gelb-goldene Kleid tragen, das für das Bild geschneidert wurde, und es wird keine Doppeldeutigkeiten geben. Daraus wird er schließen, dass sie nur gekommen ist, um Modell zu sitzen und nichts anderes.

Sobald es hell ist, ruft sie nach Hannah.

»Bereite mein Klimt-Kleid vor und mach mir ein leichtes Mittagessen. Danach fahre ich sogleich zum Atelier, sag Franz Bescheid.«

Der Vormittag zieht sich endlos in die Länge. Kein Buch kann sie fesseln, das Klavierspielen langweilt sie. Sie lauscht dem Ticken der Wanduhr – auch wenn man behauptet, die Zeit sei in jedem Fall gleich lang, wird es doch sicher eine Wissenschaft geben, die das widerlegt, denn manche Minute scheint so lang wie zehn oder zwanzig oder gar wie eine Ewigkeit.

Beim Mittagessen bringt sie kaum einen Bissen von der Fleischpastete hinunter. Ferdinand hatte keine Zeit, nach Hause zu kommen, und das ist gut so. So muss sie nicht lächeln und mit ihm über das Wetter reden. Über diesen Regen, der seit dem Morgen pausenlos gegen die Fenster prasselt und sie fast verrückt macht.

Endlich ist es Zeit, sich anzukleiden. Hannah hilft ihr, das Korsett zu schnüren und in das Gewand zu schlüpfen. Zum Schluss legt sie ihr einen breiten Umhang mit Volants um die Schultern. Franz holt Adele mit aufgespanntem Schirm an der Tür ab, damit sie nicht nass wird, und hilft ihr in die Kutsche.

»Fahren wir zu Herrn Klimt, gnädige Frau?«

Adele begnügt sich mit einem Nicken. Die Pferde traben die Schwindgasse hinauf und biegen nach rechts ab, ehe sie auf der menschenleeren Straße im Regen verschwinden.

Als die Kutsche das Atelier erreicht, hat der Regen aufgehört, doch der Boden ist aufgeweicht. Adele muss ihr

Kleid über den Stiefeletten zusammenraffen, wenn sie nicht aussehen will wie die Frauen in den Außenbezirken. Klimt erwartet sie bereits im Garten. Er hält seine Katze im Arm, und Adele könnte nicht sagen, wer von beiden wohl mehr trieft. Der Bart und das Haar des Malers sind klitschnass. Trotz ihres heftigen Herzklopfens ergreift Adele das Wort.

»Aber Gustav, was machen Sie denn da so tropfnass? Sie werden sich den Tod holen, gehen Sie hinein, um sich aufzuwärmen.«

»Ich habe meine Katze gesucht, sie hasst den Regen. Ja, gehen wir hinein.«

Klimt macht einen Schritt zur Seite, um Adele den Vortritt zu lassen. Seine lange Kutte tropft auf den Boden, so dass sich kleine Pfützen bilden.

»Warten Sie kurz, Adele, ich gehe mich umziehen.«

Adele hat ihren Umhang noch nicht abgelegt. Als sie sich umsieht, fällt ihr Blick auf den großen Diwan, und sofort hat sie wieder die nackte Frau vor Augen. Sie bemerkt, dass Gustav auf dem Arbeitstisch alles vorbereitet hat, was er für die heutige Sitzung braucht. Diverse Pinsel, Spachtel und Bürsten liegen griffbereit, und auch die Goldblättchen sind sorgfältig nebeneinander aufgereiht.

Klimt kommt in einer trockenen Kutte, die der vorherigen gleicht und den ganzen Körper bedeckt, aus dem Nebenzimmer zurück. Ohne ihr zuerst etwas zu trinken anzubieten, bittet er Adele, den Umhang abzulegen, um die Sitzung zu beginnen. Wie schon so viele Male zuvor, tritt er zu ihr und hilft ihr, ihre Pose einzunehmen. In der Hand hält er eine Skizze, seine Augen wandern von dem Blatt zu seinem Modell. Mit kritischem Blick berichtigt er Adeles Haltung und dreht ihren Kopf leicht nach links.

»Ich will zuerst am Gesicht arbeiten und zeige Ihnen dann, was ich mit dem Blattgold vorhabe.«

Adele weiß nicht, was sie antworten soll, ihre Zweisamkeit hat die frühere Unbekümmertheit, das geheime Einverständnis verloren.

Klimt arbeitet schweigend. Nicht jedes Schweigen ist gleich, und dieses hat nichts von stiller Gelassenheit. Zwischen ihnen steht dieser Moment, der Kuss, dieser eine Kuss, der alles verändert hat. Adele bebt.

»Stört Sie etwas?«

»Nein, nichts, sicher nur eine leichte Verkühlung durch den Regen.«

»Ich lasse Tee kommen.«

Klimt legt den Pinsel aus der Hand und ruft seine Haushälterin, um »kochend heißen« Tee zu bestellen.

»Entspannen Sie sich, Adele, wir machen nach dem Tee weiter.«

»Wie lange brauchen Sie denn noch, um das Gemälde zu beenden?«

»Das ist eine schwierige Frage. Ich muss zuerst das Gesicht fertigstellen, denn das ist das Wichtigste. Ihre feinen Züge und dieser besondere, absolut entwaffnende Ausdruck – ich würde es mir übelnehmen, wenn ich ihn nicht so erfassen würde, wie ich ihn sehe. Ihnen wohnt eine Traurigkeit inne, die so intensiv strahlt wie die Sonne. Oder bin ich etwa der Einzige, für den dieser Blick bestimmt ist? Darf ich ihn dann überhaupt abbilden?«

Da Adele nicht reagiert, fährt Klimt fort:

»Wenn Sie es wünschen, kann ich künftig auch ohne Sie, auf der Grundlage eines Fotos weitermachen. Jetzt muss ich vor allem noch das Kleid gestalten. Ich dachte an byzantinischen Ornamentalismus. Auf meiner Reise nach Ravenna habe ich diese unglaublichen Mosaiken gesehen, ich zeige Ihnen nachher, was ich meine... Ich verspreche es Ihnen, Sie werden ganz aus Gold sein, Adele, ganz aus Gold. Ich sperre Sie in einen goldenen Käfig ein, dann gehören Sie nur mir ganz allein, nachdem Sie schon nicht die Meine werden wollen.«

Hermine, die das Tablett mit dem dampfenden Tee bringt, ist Adeles Rettung. Sie stellt die Tassen auf den

Tisch und schenkt zuerst Adele ein, dann Klimt. Als die Haushälterin das Zimmer verlässt, sitzen sie einander gegenüber, und Adele weiß einfach nicht, was sie sagen soll, um diese peinliche Situation zu überbrücken.

Klimt räuspert sich. »Ich spüre, dass Sie sich nicht entspannen können. Liegt das an dem, was neulich unter dem Kastanienbaum geschehen ist?«

Er erwartet keine Antwort, sondern geht zu ihr, nimmt ihr die Tasse aus der Hand und beugt sich über sie. Seine Lippen sind ihr so nahe, dass sie seinen Bart spüren kann.

»Nein, Gustav, belassen wir es dabei. Ich bin keines Ihrer Modelle, die sich Ihren Launen unterwerfen. Ich gehöre nicht zu jenen, die Sie bei jeder Sitzung auf Ihren Diwan legen können, die nur darauf warten. Lassen Sie mich jetzt bitte, lassen Sie mich, oder ich gehe.«

Man konnte ihr anhören, wie aufgewühlt sie ist. Sie hat gesprochen, ohne zu überlegen, aber Klimts glühender Blick, der auf sie gerichtet ist, verbrennt sie.

»Gustav, Sie irren sich. Müssen Sie denn alle Frauen besitzen? Und empfinden Sie denn gar keine Achtung für Ihre Emilie Flöge, mit der Sie sich überall zeigen?«

»Sie haben recht, Adele, ich liebe die Frauen, das ist kein Geheimnis. Ich habe nicht geheiratet und werde auch nie der Mann einer einzigen Frau sein. Ich habe mich für die Freiheit entschieden. Ich will niemandem etwas schuldig sein, ich bin ein Einzelgänger … aber ich bin nicht gern allein! Frauen faszinieren mich, ich möchte ihnen die Ewigkeit schenken, jeder einzelnen.

Aber Adele, sie müssen mir glauben, mit Ihnen ist es etwas anderes, so viel mehr. Wir sind uns so ähnlich, ich weiß, dass Sie so denken und fühlen wie ich. Sie sind eine freie, unabhängige Frau und nicht für Zwänge gemacht, nicht dafür, in bürgerlichen Konventionen zu ersticken. Ich mag Emilie genau deshalb, weil sie das Gegenteil von Ihnen ist, weil sie all das akzeptiert. Mich akzeptiert. Sie ist die ideale Gesellschaft, wenn ich keine andere habe, aber im Grunde hat sie mir nie wirklich gefallen. Von Anfang an habe ich ihr Gesicht gemalt, sie war schon mein Modell, als Sie gerade geboren wurden. Ich kenne ihre Züge auswendig. Wie Sie wissen, war sie die Schwägerin meines Bruders Ernst, und heute ist sie wie meine Schwester, sie ist meine Freundin. Und so anders als Sie! Mittelmäßig! Sie haben etwas Unbeschreibliches, das Sie zu einer Königin macht, eine Anmut, der man nur einmal im Leben begegnet.«

»Sie sind unausstehlich, Gustav. Merken Sie nicht, wie Sie über Emilie sprechen, die Ihnen seit so langer Zeit treu ist? Mit welchen Worten würden Sie über mich reden? Erzählen Sie eigentlich allen dieselbe Geschichte?«

»Geben Sie mir Ihre Hand, Adele, dann spüren Sie, dass ich nicht lüge.«

Adele hält die Hände fest verschränkt. Klimt greift sanft nach der Hand mit dem missgebildeten Finger und nimmt sie in die seinen. Die Zeit scheint stehenzubleiben. Adeles ganzer Körper ist angespannt. Auf keinen Fall will sie sich von diesem Verführer blenden lassen. Das Bild der nackten Frau in seinem Atelier lässt sie nicht mehr los.

Mit einer schnellen Bewegung entzieht sie ihm die Hand. Sie muss wieder auf andere Gedanken kommen.

»Gustav, zeigen Sie mir, was Sie mit den Goldblättchen vorhaben.«

Klimt begreift, dass er nicht insistieren darf. Adele ist wieder verängstigt und verschlossen. Also tritt er einige Schritte zurück und zeigt ihr, wie er das Blattgold in das künftige Porträt einarbeiten wird. Mit Hilfe einer feinen Pinzette ergreift er etwas Gold und legt es auf die dafür vorgesehene Stelle im Gemälde. Dann betupft er es mit Hilfe eines Tuchs vorsichtig und mit kleinen Bewegungen, bis es vollständig an der Leinwand haftet. Adele beobachtet ihn fasziniert.

»Das ist wunderbar, einfach phantastisch, mir fehlen

die Worte. Wissen Sie, ich möchte gerne einige Ihrer Zeichnungen kaufen, Ferdinand lässt mir da völlige Freiheit. Würden Sie mir welche zeigen?«

»Natürlich. Wenn Sie das nächste Mal kommen, stelle ich einige aus, dann können Sie in Ruhe wählen.«

Bei Adeles nächstem Besuch in der folgenden Woche ist die erotische Spannung gewichen und die Kunst erneut das Bindeglied zwischen den beiden.

Adele betrachtet die von Klimt ausgewählten Zeichnungen mit überschwänglichem Enthusiasmus. Gustav ist bewusst geworden, wie zerbrechlich seine Beziehung zu ihr ist. Auf keinen Fall will er sie verlieren. Außerdem ist Ferdinand einer seiner wichtigsten Mäzene, und er kann es sich nicht erlauben, sich dessen Frau gegenüber kompromittierend zu verhalten. Also hat er beschlossen, sein Verlangen und seine Gefühle zu unterdrücken.

Auf dem großen Diwan hat er etwa zwanzig Zeichnungen ausgebreitet. Er wartet, dass Adele fünf oder sechs auswählt. Aber sie zögert, nimmt eine in die Hand, sieht sogleich eine andere.

»Gustav, das schaffe ich nie. Ich liebe Ihre Arbeit so sehr, dass ich mich nicht entscheiden kann, helfen Sie mir!«

Er tritt zu ihr, sorgsam darauf bedacht, ihr nicht zu nahe zu kommen. Beide konzentrieren sie sich auf die Zeichnungen. Adele legt die beiseite, die ihr gefallen, und der Stapel wird größer und größer.

»So, ich glaube, ich bin fertig. Ferdinand kommt vorbei, um zu bezahlen.«

Und so kauft Adele sechzehn Zeichnungen – erotische oder Akte bot Klimt ihr nicht an.

12.

Gold und Edelsteine

Um Punkt vierzehn Uhr erwartet man Klimt in der Schwindgasse. Adele ist aufgeregt, endlich ist ihr Porträt fertig, der Maler höchstpersönlich wird es seinem Auftraggeber überbringen. Adele hatte das Gemälde nicht mit ihrem Mann in Gustavs Atelier abholen wollen, denn sie befürchtet, ihre Nervosität könne zu auffällig sein und ihr gutgehütetes Geheimnis ans Licht bringen. Ferdinand erklärte sich damit einverstanden, dass die Übergabe – entgegen den Gepflogenheiten – bei ihnen zu Hause stattfindet. Schließlich machte Klimt immer alles anders als die anderen ... Er wird ihm nie vergessen, dass es ihm gelungen ist, Adele neuen Lebensmut zu geben, als ihre Trauer die Oberhand zu gewinnen schien. Aus Dankbarkeit würde er noch viel mehr für ihn tun.

Voller Stolz wartet Ferdinand auf sein Eintreffen. Bisher weiß er noch nichts über das Gemälde oder über die Pose, in der der Meister seine Frau verewigt hat. Er verehrt den Stil des Malers, doch es wäre ihm überaus unangenehm, wenn dieser Adele nackt dargestellt hätte.

In Wien erzählt man sich, Klimt male von jedem seiner Modelle immer ein zweites Bild, und dieses nicht offizielle Gemälde zeige das Modell stets nackt und bliebe daher im Verborgenen ... Aber das beunruhigt Ferdinand nicht einmal, seine Frau ist dafür viel zu vornehm.

Um so etwas anzunehmen, bewundert er sie viel zu sehr, sie ist so einzigartig und faszinierend, selbst in ihrer Trauer empfindet sie anderen gegenüber Anteilnahme und vermag das Leben auf ganz besondere Art auszukosten. Mit ihr ist jeder Tag ein besonderer.

Der Klang der beiden Glockenschläge hallt durch die Bibliothek, in der das Ehepaar Bloch sich gerade den Kaffee hat servieren lassen. Doch sie müssen sich noch zehn Minuten gedulden, ehe Hannah das Eintreffen mehrerer Herren im Vestibül vermeldet. Gustav Klimt tritt ihnen entgegen, gefolgt von zwei Männern, die den kostbaren

Gegenstand tragen, der sorgsam in Tücher gehüllt und doppelt verschnürt ist.

Ferdinand empfängt den Maler überschwänglich und weist den Trägern in feierlichem Ton den Weg zur Bibliothek. Die flüchtigen Blicke, die Adele und Gustav miteinander wechseln, bemerkt er nicht. Selten hat Adele ihren Mann so aufgekratzt gesehen. Während er die beiden Träger durch das Haus führt, hat er nur noch die Worte »Vorsicht« und »Achtung« im Mund, die er ausspricht, als seien sie selbst zerbrechlich.

Das verpackte Gemälde landet schließlich unter unendlichen Vorsichtsmaßnahmen wohlbehalten an seinem Bestimmungsort. Das quadratische Format ist von beachtlicher Größe, und damit es nicht an den Türrahmen der Bibliothek stößt, müssen die Träger es neigen. Ferdinand hat wirklich an alles gedacht. Bevor das Bild an seinen endgültigen Platz kommt, hat er zunächst eine große Staffelei direkt gegenüber dem Kanapee aufstellen lassen. Nun übernimmt wieder Klimt und bittet seine Gastgeber, Platz zu nehmen. Die beiden tun, wie ihnen geheißen, wobei sie sich nervös bei den Händen halten. Adele hat zwar die letzten Änderungen noch nicht gesehen, doch sie kennt das Werk bereits. Einer der Träger zieht ein Messer heraus und durchtrennt die dünnen Schnüre, die die schützenden Tücher festhalten.

Routiniert hebt Klimt mit einem Ruck das Tuch an, das über dem Gemälde liegt. Ferdinand lässt Adeles Hand los und springt vom Sofa auf.

»Wunderbar! Erhaben! Einzigartig! Bravo, Gustav.«

Mit leuchtenden Augen und anerkennendem Blick ergreift er die Hände des Malers.

»Wie unglaublich schön, danke, Gustav. Lassen Sie mich die Hand schütteln, die dies erschaffen hat. Sie haben meine Adele zur Königin gemacht.«

Ferdinand greift nach seinem Monokel und tritt näher an das Gemälde. Er ist von diesem vielen Gold wie in den Bann geschlagen, aber auch von der Sinfonie der anderen schillernden Farben: Orange, Blau, Gelb, Grau, Braun, begleitet von Silber und Schwarz, die das Farbspektrum des Malers noch wirkungsvoller machen.

Ferdinand erkennt nicht, dass dieses Kleid eine Metapher der Gefühle ist, die Klimt für Adele hegt. Er kann nicht wissen, dass jedes Ornament für eine dieser Emotionen steht.

Dieses Kleid ist wie eine Geheimschrift. Die auf den Stoff gedruckten und in Dreiecke eingeschlossenen Augen symbolisieren das unendliche Verlangen des Malers nach seinem Modell und scheinen ausdrücken zu wollen: Ich betrachte dich, ich begehre dich, ich beschütze dich. Für den Künstler sind sie eine Art, seine Augen auf jeden Teil von Adeles Körper zu richten, um sie mit seinen Blicken zu verschlingen und um sie vor der Welt zu schützen. Ferdinand bemerkt, dass Adele auf dem Bild die Hände verschränkt hält, wie sie es oft tut, um ihren missgebildeten Finger zu verbergen. Ihn rührt diese Geste, doch für Klimt bedeutet sie etwas ganz anderes.

Für ihn sind es seine und Adeles Hand, die einander halten und sich gegenseitig stützen – verbunden in Schmerz und Freude. Das ornamentartig eingesetzte Kobaltblau im unteren Teil des Kleides verstärkt noch die Intensität und seine Pracht. Die Schleppe ist wie eine Schmuckschatulle und Adele das Juwel darin. Klimt hat diese Schleppe als Weg gemalt, der geradewegs zu seinen unbezwingbaren Gefühlen führt.

Mit Tränen in den Augen stehen Adele und Ferdinand schweigend vor dem Bild. Von ihnen und ihrem Leben wird eines Tages nichts mehr bleiben, Ferdinands Erfolge, sein Name und sein Vermögen werden für immer verschwinden. Die Schönheit Adeles wird vergehen, ihr Blick erlöschen und ihr Körper zu Staub werden. Und auch Gustav wird eines Tages dorthin gehen, wo sein Bruder jetzt schon ist. Der Tod wird über ihre Liebe wie über den Rest siegen – aber dieses Bild wird bleiben. Für immer. Eine Erkenntnis, die sie zugleich bestürzt und erschüttert.

Inmitten all dieses Goldes wirkt Adele provokant und majestätisch zugleich. Ihre Schultern sind nackt, und das Kleid wird von einem Träger gehalten, der dem Collier ähnelt. Die Feinheit ihrer Züge wird von diesem so eindrucksvollen und eleganten Kleid nur noch unterstrichen. Alles scheint in Bewegung zu sein, zu erbeben, ganz so wie die junge Frau in Klimts Armen. Doch es ist Ferdinand, der seine Frau nun an sich drückt.

»Mein angebeteter Liebling, Sie sind schöner denn je. Unser Freund hat Sie unsterblich gemacht, so wie ich Sie mir wünschte. Sehen Sie nur, wie viel Farbe, wie viel Gold, wie viel Licht er in dieses Porträt gelegt hat! Sie sind so wie am Tag unserer Vermählung, von einer betörenden Schönheit! Welche Huldigung hat er Ihnen da erwiesen!«

Die Worte ihres Mannes entlocken Adele ein Lächeln. Sie versteht seine Aufforderung, ihren Kummer hinter sich zu lassen, dabei öffnet sich die Wunde gerade in diesem Moment erneut. Wie gerne hätte sie ein Porträt von Fritz gehabt, dann wäre auch er unsterblich geworden und sie hätte es nach Herzenslust betrachten können. Sie unterdrückt das Schluchzen, das in ihr aufsteigt, denn sie möchte diesen so besonderen Augenblick nicht verderben. Das ist sie ihrem gerührten Mann und Gustav schuldig, dessen durchdringender Blick auf ihr ruht. Ferdinand hat nicht die geringste Ahnung von dem, was sich zwischen Klimt und seiner Frau abspielt.

»Was haben Sie als Nächstes vor, Gustav?«

»Ich vollende gerade *Der Kuss*. Auch wenn Küsse niemals enden sollten …«

Bei diesem Satz wirft er einen Blick zu Adele hinüber, die sich verlegen abwendet. Ferdinand lacht.

»Wie recht Sie doch haben, Gustav. Der Kuss ist eines der schönsten Dinge auf der Welt! Damit sollte man nicht geizen.«

Adele ist die Wendung, die dieses Gespräch nimmt, unangenehm. Sie spürt, es wäre besser, rasch das Thema zu wechseln, und wendet sich an Klimt.

»Sagten Sie nicht, dass Sie eine Ausstellung vorbereiten, die Kunstschau, die zu Ehren des sechzigsten Geburtstages unseres Kaisers im nächsten Jahr stattfinden soll?«

»Ja, und aus diesem Grund möchte ich Sie beide um einen Gefallen bitten. Ja, sogar um einen doppelten Gefallen.«

»Alles, was Sie wollen«, erwidert Ferdinand sogleich.

»Also, ich würde Adeles Porträt gerne bald in Mannheim präsentieren, auf einer Ausstellung der Wiener Werkstätte, und im Jahr darauf bei der Kunstschau. Würden Sie es mir für die Zeit dieser Ausstellungen zur Verfügung stellen?«

»Kaum haben Sie mir meine Frau zurückgebracht, da wollen Sie sie mir erneut stehlen! Nehmen Sie sie, sie gehört Ihnen – selbstverständlich nur ihr Porträt!«

Dieses Mal gelingt es Adele nicht, ihr Lachen zu unterdrücken, das jedoch im Gelächter der Männer untergeht.

Gustav Klimt erläutert Ferdinand, dass diese Mannheimer Ausstellung aufgrund ihrer Bandbreite und ihres Inhalts außergewöhnlich zu werden verspricht, denn hier vereinen sich Malerei, Bildhauerei und dekorative Kunst. Sie wird den Namen Internationale Kunst- und Große Gartenbauausstellung tragen. Es werden Werke von van Gogh, Matisse und Gauguin gezeigt, aber auch von seinem jungen Protegé Egon Schiele, auf den er große Stücke hält.

»Diese Ausstellung ist sehr ambitioniert, und der Saal, in dem ich meine Werke zeigen werde, wird von Koloman Moser entworfen. Adele, Sie sollen gleich neben meinem *Kuss* und *Die drei Lebensalter der Frau* ausgestellt werden. Aber auch die *Wasserschlangen* und *Danaë* werden gezeigt. Sie sehen, ich gebe mir Mühe, Sie in Szene zu setzen.«

»Also ist es abgemacht! Lassen Sie uns das mit einem Gläschen Cognac besiegeln!«

Ferdinand läutet nach dem Hausdiener, der gleich darauf die kristallenen Cognacgläser bringt – ebenfalls ein Entwurf von Koloman Moser – sowie die Flasche mit dem zwanzig Jahre alten Cognac. Nichts ist gut genug, um die »Frau in Gold« zu feiern.

Gustav Klimt erhebt sein Glas:

»Dieses Glas ist ein Omen. Auf die Sehnsucht, auf die Sehnsucht nach alldem, was wir noch nicht erlebt haben!«

Sein Blick wandert erneut zu Adele, die sich gerade ihr Gemälde neben den anderen dieses Malers vorstellt. *Danaë*, diese nackte Frau mit der langen roten Haarpracht, die mit angezogenen Beinen daliegt, die linke Hand unter einem kräftigen Schenkel verborgen. *Danaë*, die sich liebkost ... Und die *Wasserschlangen* ... Dieses Gemäldes ist derart erotisch, dass Adele allein schon bei dem Gedanken daran fast ihr Glas fallen lässt. Sie beeilt sich, es zu leeren, so kann sie wenigstens ihre geröteten Wangen rechtfertigen.

Ferdinand scheint nicht klar zu sein, zwischen welchen Gemälden das Porträt seiner Frau hängen wird. Es bleibt noch genügend Zeit, es ihm schonend beizubringen ...

Als Klimt ihnen Lebewohl sagt, ist Adele sichtlich erleichtert. Den Nachmittag gemeinsam mit Ferdinand und Gustav verbringen zu müssen, war eine Tortur für sie.

Kaum ist der Maler gegangen, kehren sie zum Gemälde zurück, um es weiter zu bewundern. Adele bemerkt etwas, was ihr beim ersten Betrachten nicht aufgefallen ist: Die japanischen Muster, die denen auf dem Kleid von Emilie Flöge ähneln, das sie auf einem der Porträts trägt, die Gustav seiner Geliebten gewidmet hat. Verärgert runzelt sie die Stirn.

Ferdinand dagegen betrachtet eingehend die Buchstaben, die die Initialen seiner Frau symbolisieren: A und B, in Höhe des rechten Ellenbogens des Modells. Andere Muster erinnern ebenfalls an ihre Initialen, sie sind nahezu plastisch herausgearbeitet wie Adeles Wölbungen.

Ferdinand wird nicht müde, das Gemälde mit aufmerksamem Blick zu liebkosen. Er möchte sich jedes Detail aneignen. Er ist von der Macht des eingefangenen und dann wieder freigesetzten Lichts fasziniert. Die Intensität des Kobaltblaus, das mit dem Gold und dem Silber kontrastiert, begeistert ihn. Besonders liebt er das Grün, das an die Landschaftsbilder von Klimt erinnert. Wenn es nicht das Grün der Smaragde ist, die an manchen Abenden an Adeles Hals schimmern. Er versucht, die Bedeutung der Arabesken, der Spiralen und der Wicklungen zu entschlüsseln. Einen Teil der wechselnden Inspirationsquellen des Meisters kennt er, und so deutet er die ineinander verschachtelten Dreiecke als

Symbol für die ägyptischen Pyramiden und die Geheimnisse, die sie bergen, und vergisst darüber fast ihre Funktion als Grabmal der Könige und Königinnen. Ferdinand ist stolz, als er feststellt, dass seine Frau für das Porträt das Collier und die Armreife ausgesucht hat, die er ihr geschenkt hat. Wie die ägyptischen Königinnen ist Adele mit Gold und Edelsteinen geschmückt.

Doch was ihm am meisten gefällt, ist Adeles majestätische Pose.

»Waren die Sitzungen im Atelier nicht viel zu anstrengend für Sie, mein Liebling?«

»Nein, sie haben mich zerstreut, und Klimt hat nicht aufgehört, von diesen avantgardistischen Malern in Paris zu erzählen, die wir unbedingt eines Tages sehen müssen. Dieser Picasso, der *Les Demoiselles d'Avignon* gemalt hat, oder auch ein gewisser Kandinsky scheinen wirklich interessant zu sein.«

»Das machen wir, aber zunächst genießen wir das ungeheure Talent unseres lieben Klimt. Wollen wir nicht gleich ein weiteres Porträt bei ihm in Auftrag geben?«

»Ferdinand, Sie sind wirklich unverbesserlich, wir haben doch gerade erst dieses hier bekommen!«

»Aber wir mussten uns immerhin fast drei Jahre gedulden, bis es fertig war. Glauben Sie mir, in ein paar Jahren sind seine Bilder Gold wert.«

»Gustav wird nicht so bald Zeit haben, er hat einen wichtigen Auftrag in Brüssel, im Palais Stoclet soll er ein riesiges Fresko malen.«

Ferdinand schickt sich an, wieder ins Büro zu gehen, und küsst Adele zum Abschied. Wie immer begleitet sie ihn zur Tür, was er sehr mag, denn so haben sie noch ein paar Sekunden mehr zu zweit. Dann schließt sich die Tür, und Adele bleibt mit ihrer Untätigkeit, ihrem Geheimnis und ihrer Einsamkeit zurück. Sie überlegt, sich wieder hinzulegen und ihren Träumen hinzugeben. Die Sitzungen bei Klimt, dieses gefährliche Spiel mit der Leidenschaft und dem Feuer, haben sie von diesem so monotonen Leben, von ihrem freudlosen, totenstillen Heim ferngehalten.

Natürlich – es mangelt ihr an nichts, sie besitzt alles, was das Glück einer Frau ausmacht. Bis auf ein Kind. Und bis auf das, was sie erst mit Gustav erahnt hat, die leidenschaftliche Hingabe.

Bevor sie ihr Schlafzimmer erreicht hat, entscheidet sich Adele anders und kehrt in die Bibliothek zurück. Sie möchte ganz in Ruhe ihr Porträt betrachten, sich selbst gegenübersitzen – sich selbst begreifen. Aber als sie sich betrachtet, erkennt sie sich kaum wieder. Ist diese in ein Korsett geschnürte, zu keinem Lächeln fähige und so ernsthaft und feierlich dreinblickende Frau wirklich sie?

Darauf bedacht, jedes Detail aufzunehmen, wandern ihre Augen über das Bild. Genauestens studiert sie dieses Gesicht, das das ihre ist. Ihr Blick wirkt fast flehentlich. Was wollte Klimt damit sagen? Fleht sie ihn an, ihr nicht zu nahe zu kommen, oder ist es das Gegenteil? Sie bemerkt auch ihre etwas zu stark geröteten Wangen, als hätte sie zu viel Schminke aufgelegt. Aber nein, es handelt sich um die Röte, die ihr jedes Mal in die Wangen stieg, wenn Gustav ihr nahe kam.

Er hat recht, sie fühlt sich vom Leben ausgeschlossen. Über welche Freiheit verfügt sie denn? Die Fabrikarbeiterinnen kommen wenigstens aus dem Haus, können stolz behaupten, von ihrer Arbeit zu leben, unterstützen ihre Familien. Adele erinnert sich an den Besuch der Zuckerfabrik in Elbekosteletz, kurz vor ihrer Hochzeit. Ferdinand hatte darauf bestanden, dass sie die von seinem Vater geerbte Fabrik kennenlernte, die schon damals eine der größten Prags war. Adele hatte noch nie ein solch geschäftiges Treiben gesehen. Wenigstens siebenhundert Arbeiter und Arbeiterinnen waren hier beschäftigt, jeder und jede mit einer ganz konkreten Aufgabe. Die Frauen, die alle die gleiche Schürze trugen, hoben kaum den Blick, als sie an ihnen vorbeikamen, weil sie so mit dem Sortieren oder Einpacken beschäftigt waren. Schon bald brannten ihr aufgrund des herumfliegenden Zuckerstaubs die Augen, was den Arbeitern jedoch nichts auszumachen schien. Sicher waren sie daran gewöhnt. Gnädige Frau, denn so hieß sie hier, war fast ein wenig neidisch auf diesen Trubel, der in der Fabrik herrschte. Wer von den Arbeiterinnen wäre schon auf die Idee gekommen, dass sie, die Frau des Chefs, gerne an ihrer Stelle gewesen wäre.

Jetzt sitzt sie hier, allein, vor dem Porträt, das einer der erfolgreichsten Maler Europas von ihr angefertigt hat. Ein Mann, der sie schwach werden lässt ...

Sie wird ihn von nun an nicht mehr sehen, außer bei Empfängen, zu denen er sicher in Begleitung einer seiner zahlreichen Eroberungen erscheinen wird. Schnell verscheucht sie diesen Gedanken, es ist bestimmt besser, wenn sie ihn nicht mehr sieht. Zigmal hat sie sich dieses Versprechen abgenommen, doch sie kann sich ein Leben ohne ihn nicht vorstellen, ohne ihre Gespräche, ohne seinen Blick, der auf ihr ruht. Ohne seine Leidenschaft ...

So sehr kreisen ihre Gedanken um Gustav, dass sie darüber fast vergisst, ihrer neugeborenen Nichte einen Besuch abzustatten. Therese hat ihre erste Tochter zur Welt gebracht, Luise.

13.

Kleine Wortgefechte

Eigentlich liegt Überschwang nicht in Ferdinands Naturell. Aber heute hat er seiner Adele eine große Neuigkeit mitzuteilen. Er sagt »meine Adele«, wenn ein wichtiges Ereignis bevorsteht. Adele ist sich sicher, dass er dank einer neuen Investition ein gutes Geschäft gemacht hat. In letzter Zeit scheint er noch mehr darauf bedacht, seinen Reichtum zu vermehren, dabei ist er jetzt schon so oft abwesend. Selbst seine Jagdpartien hat er verkürzen müssen.

Doch es ist nichts zu machen, Ferdinand weigert sich bis zum Abendessen, sein Geheimnis preiszugeben. Ein bisschen ist Adele verärgert, dann nutzt sie die Gelegenheit und beschließt, ihr blaues Kleid zu tragen, das gerade aus Paris eingetroffen ist. Ferdinand wird es als Erster zu Gesicht bekommen.

Eine halbe Stunde später trifft sich das Paar in der Bibliothek. Wie jeden Abend betrachtet Ferdinand voller Bewunderung Klimts Bild. Er ist über die Maßen zufrieden. Mit der Zeit fragt sich Adele, was ihm besser gefällt – das Gemälde oder die Investition. Der Wert von Klimts Werken steigt rapide, und Ferdinand ist durch und durch Geschäftsmann.

»In unserem Leben steht eine äußerst wichtige Wendung an.«

»Ich warte ungeduldig darauf, zu erfahren, welche, Ferdinand.«

»Sobald wir bei Tisch sind, erzähle ich es. Sie sind sehr schön. Sie verdienen das, was ich Ihnen mitzuteilen habe.«

Eine Weile vergeht, Ferdinand genießt es, die Spannung hinauszuzögern, dann platzt es plötzlich aus ihm heraus:

»Sie werden Schlossherrin!«

»Wie bitte?«

»Morgen schließe ich endgültig den Kaufvertrag für das Schloss Jungfern-Breschan ab, es liegt fünfzehn Kilometer von Prag entfernt.«

»Ferdinand, warum haben Sie mir nicht vorher davon erzählt?«

»Die Sache hat sich sehr schnell entschieden, und ich wollte Sie überraschen. Die vorherigen Besitzer sind bis zum Hals verschuldet und haben es der Prager Kreditbank überlassen müssen, die mich sofort auf diese Gelegenheit aufmerksam gemacht hat. Ein echter Glücksfall, ein Traum. Ein Schloss für die Familie Bloch!«

Für Adele ist es nie in Frage gekommen, in einem Schloss zu wohnen, das sich noch dazu in der Nähe von Prag befindet. Sie mag die Lichter und das geschäftige Treiben von Wien. Sie wird der Ringstraße mit ihren prächtigen, der Kultur geweihten Bauwerken nicht überdrüssig. Dort kann sie wenigstens ihre Langeweile vertreiben. In dieser Stadt gibt es so viel zu tun. Aber auf dem Land? Nein! Vielleicht in den Sommermonaten, aber wenn das graue Wetter mit seinem Nebel und seiner Kälte alles verschlingt, ist das etwas anderes.

»Aber werden wir uns überhaupt dort aufhalten können? Sie haben ja so wenig Zeit.«

»Wir werden im Sommer dort leben. Sie laden ein, wen Sie wollen, meinen Bruder, Therese und die Kinder, Ihre Freundinnen.«

Überschwänglich beschreibt Ferdinand ihr das Anwesen. Das im Empirestil gestaltete Untere Schloss wurde

1840 erbaut, das Obere in der Folge. Er freut sich auf Jagdpartien im Park, auf den Ländereien und in den Wäldern, die ihm, einem der besten Jäger Böhmens, gehören werden. Das Schloss bedeutet eine Rückkehr zu seinen Wurzeln, mit denen er im Grunde nie gebrochen hat. Ferdinand hat Adele nie gestanden, wie sehr er darunter leidet, kein Aristokrat zu sein. Die Macht des Geldes ist nicht alles. Er hat keinen Zugang zu den elitären Kreisen des Adels, sie beide waren noch nie zu einem der kaiserlichen Bälle eingeladen, und nie konnte er an den Jagdpartien teilnehmen, die den nobel gekleideten Aristokraten vorbehalten sind. Er weiß, dass gewisse Leute den Kontakt zu ihm wegen seiner jüdischen Abstammung meiden. Er gehört nur der »zweiten Gesellschaft« an und auch das nur aufgrund seiner finanziellen Position. Zwar ist Kaiser Franz Joseph philosemitisch eingestellt und hat gewisse Angehörige der jüdischen Gemeinschaft in den Adelsstand erhoben, dennoch sind einige seiner Bekannten zum Christentum übergetreten, um diesen Lebensbedingungen zu entkommen. Sein Freund Gustav Mahler hat beispielsweise seine ursprüngliche Religionszugehörigkeit aufgegeben und sich 1897 taufen lassen. Doch das lehnt Ferdinand Bloch ab. Selbst wenn er seinen Glauben nicht aktiv ausübt, hat er doch in der Hauptsynagoge – dem Stadttempel – geheiratet. Er hält sich weder an die Rituale noch an Speisenvorschriften, aber er will nicht mit seiner Kultur brechen und seine Eltern brüskieren. Er hätte das Gefühl, seinen Vater, von dem er die Fabriken geerbt hat, zu verleugnen und auch sich selbst. Mahler hat eine andere Vergangenheit, er ist der Sohn eines ungarischen Gastwirts, und ohne den Religionswechsel hätte er nie die Stellung als Direktor des Wiener Opernhauses bekommen.

Ferdinand ist kein Abtrünniger, er besitzt jetzt neben seinen Fabriken auch ein Schloss und Ländereien. Die Aristokraten hingegen haben außer den von der Familie ererbten Gütern, die ständig geteilt wurden, kein echtes Vermögen. Ferdinand ist Jude, hat aber nichts mit den Flüchtlingen gemein, er ist nicht in Lumpen gehüllt wie sie, sondern trägt Maßanzüge aus den edelsten Stoffen. Seine Geschäfte florieren. Er allein deckt fast ein Viertel des gesamten Zuckerbedarfs im Kaiserreich. Er neidet der herablassenden Kaste des Adels gar nichts. Und noch dazu entwickelt sich die politische Situation. Manche Zeitungen sagen das Ende der Monarchie voraus, die Aristokratie verliert an Einfluss. In hohen Staatsfunktionen und in der Armee ist sie immer weniger vertreten. Der Hof verliert an Glanz. Die Mächtigen von heute leiten Banken und bedeutende Fabriken – so wie er. Bestimmte Laufbahnen, wie etwa die Diplomatie, sind den

Juden zwar noch verwehrt, aber das wird sich ändern. Wenn er einen Sohn hätte, vielleicht ...

Jedes Mal, wenn er über den Ring fährt, erinnert Ferdinand sich daran, dass all diese neoklassizistischen Prachtbauten nur dank der jüdischen Barone errichtet werden konnten, die Franz Joseph in den Adelsstand erhoben hat. Bald wird es auch an ihm sein. Ihm fehlt nur ein männlicher Erbe, damit sein Glück vollkommen ist.

Einige Wochen nach seiner Bekanntmachung bringt Ferdinand Adele nach Jungfern-Breschan, damit sie sich das Schloss ansehen kann. Die Reise ist lang, und Adele ist von der Anstrengung und der Hitze erschöpft. Glücklicherweise ist für sie beide die Zeit der Eisenbahn und Kutschen vorbei, seit einigen Monaten haben sie ein Automobil, das ist etwas ganz anderes. Franz hat Autofahren gelernt und der gnädigen Frau versprochen, sie dürfe das Lenkrad halten, sobald sie im Park angekommen sind. Sie hat so viel Freude an Neuerungen. Vor kurzem haben sie sogar an einer Flugschau teilgenommen, die Louis Blériot, zu Gast in Wien, organisiert hat. Außerdem hat sich Adele anstecken lassen von Ferdinands kindlicher Freude, der sich damit einen langgehegten Traum erfüllt. Sie haben sechs Angestellte mitgebracht, die ihnen vor Ort helfen werden, sich einzurichten und das Personal zu prüfen. Auf Adeles Bitte hin hat sich Ferdinand verpflichtet, all jene in seine Dienste zu übernehmen, die die ehemaligen Besitzer nicht mitgenommen haben. Es sind viele Angestellte nötig, um das weitläufige Anwesen, auch in der Zeit, in der sie nicht da sind, zu unterhalten.

Die Besichtigung ist mehr als beeindruckend. Adele verliert sich in den endlosen Gängen, irrt von einem Zimmer zum nächsten. Sie findet den Anrichteraum nicht mehr, und man muss ihr erneut den Weg weisen. Als sie zurück zur Bibliothek will, hat sie plötzlich den Eindruck, in die entgegengesetzte Richtung zu laufen. Auch sie ist wie ein Kind, sie läuft, hält inne, macht große Schritte, die sie zählt. Außerdem muss sie ihre Wohngemächer aussuchen, zögert, kann sich zwischen den beiden Flügeln des Schlosses nicht entscheiden und rennt atemlos von einem zum anderen. Dann beschließt sie, auf jeder Seite eine Nacht zu verbringen, ehe sie sich festlegt, nur so kann sie erkennen, wo sie sich besser fühlt. Aber das altmodische Mobiliar gefällt ihr nicht. Wie bereits in Wien akzeptiert Ferdinand auch hier all ihre Wünsche. »Wie Sie wollen, mein Liebling.«

Schon lange hat er Adele nicht mehr so ausgelassen gesehen. Er legt den Arm um ihre Taille und flüstert ihr zu:

»Ich habe Ihnen ja versprochen, Sie glücklich zu machen.«

Bei Einbruch der Dunkelheit erwartet Ferdinand Adele vor dem Kamin, in dem man trotz der milden Witterung Feuer gemacht hat, doch an ihrer Stelle kommt Hannah und erklärt, die gnädige Frau leide unter starken Kopfschmerzen und habe sich hinlegen müssen. Das verdirbt ihm ein wenig die Laune, und außerdem ist Ferdinand in Sorge wegen dieser Migränen, die Adele mit einem Hornissenschwarm vergleicht, der ohne Unterlass auf der Suche nach einem Ausgang in ihrem Kopf umherschwirre. In ihrem Trommelfell dröhnt ein so schrilles Pfeifen, dass sie sich Watte in die Ohren stecken muss. Ferdinand ist verärgert, weil seine Frau es ablehnt, sich von den besten Spezialisten behandeln zu lassen, obwohl sie über die nötigen Mittel verfügen. Inzwischen halten die Schmerzen oft mehrere Tage an, so dass Adele ans Bett gefesselt ist und weder lesen noch aufstehen kann. Wenn der Schmerz seinen Höhepunkt erreicht, leidet sie unter Gleichgewichtsproblemen. Doch diesmal ist der Kopfschmerz glücklicherweise am frühen Morgen verschwunden.

Die folgenden Tage sind der Einrichtung gewidmet, denn das Paar will keine Zeit verlieren. Ferdinand ist glücklich, mit den örtlichen Handwerkern, denen er ihre Wünsche erklärt, in seiner Muttersprache sprechen zu können. Er will das Erdgeschoss umbauen, um seine Porzellan- und einen Teil seiner Kunstsammlung ausstellen zu können, doch er entscheidet nichts, ohne zuvor Adele zu fragen. Es ist eine große Freude für ihn, zu beobachten, wie sie sich anstrengt, um hier ihr neues Paradies zu erschaffen. Adele erinnert ihn an das erste Jahr ihrer Ehe, als sie von einem Händler zum anderen lief, um die Wohnung zu möblieren. Schon damals legte sie ohne Zögern einen sicheren Geschmack an den Tag, und fünf Jahre später, nach der Eröffnung der Wiener Werkstätte, engagierte sie sich erneut. Sie verbrachte ganze Tage in diesem Atelier für Handwerker und Künstler, die sich dem Jugendstil verschrieben hatten, und bestellte von modernen Architekten entworfenes Mobiliar und Geschirr. Dann kehrte sie, glücklich über ihre Einkäufe, die schon bald geliefert würden, nach Hause zurück. Das war damals der einzige Weg, um sie von ihrem Kummer über Fritz' Tod abzulenken. Doch jetzt macht Ferdinand sich Sorgen, sie so von einem Zimmer zum anderen wirbeln zu sehen, denn er fürchtet, sie könne erneut diese schrecklichen Kopfschmerzen bekommen.

Mittlerweile hat er aufgehört, mit ihr zu streiten, wenn sie ihre Zigarettenspitze herauszieht. Schon seit zehn

Jahren versucht er vergeblich, sie zur Vernunft zu bringen. Man hätte meinen können, das Rauchen sei für sie das höchste Zeichen der Befreiung. Zwar scheint der Anfall vom Vorabend vorüber zu sein – aber für wie lange?

Adele will ein Musikzimmer und ein Boudoir, und das soll sie natürlich auch bekommen. Sie möchte die langen Aufenthalte im Schloss nutzen, um sich wieder ernsthafter dem Klavierspiel zu widmen, und auch ihre Nichte und die Neffen würden üben müssen, wenn sie sie besuchen kämen. Mahler hat sie von der Wohltat der Musik überzeugt, für den Komponisten gibt es keinen Zweifel, dass sie alle Krankheiten zu heilen vermag.

Für ihre Gemächer hat sie letztlich den Ostflügel gewählt, sie liebt es, wenn die Sonnenstrahlen morgens ihr Gesicht liebkosen. Nichts weckt ihre Freude auf den bevorstehenden Tag mehr als die Verheißung eines blauen Himmels. Der andere Teil des Schlosses ist den Gästen zugedacht. Schon im nächsten Sommer will sie Therese, die Jungen und die kleine Luise einladen, sie hat es eilig, ihrer Familie diesen ungewöhnlichen Ort zu zeigen. Und da sie die Vorlieben von Thedy kennt, deren Geschmack nicht so modern ist wie ihr eigener, bewahrt sie die Möbel aus dem 19. Jahrhundert für ihre Schwester auf.

Adele teilt Ferdinand ihre Pläne mit, er ist mit allem einverstanden und beschließt, seine Neffen mit zur Jagd zu nehmen.

»Das ist doch besser als der Schießstand im Prater«, erklärt er belustigt.

Er freut sich darauf, seinen Bruder Gustav wiederzusehen und Landpartien mit ihm zu unternehmen, wie früher, als sie noch unverheiratet und äußerst unternehmungslustig waren. Er will, dass sein Schloss erfüllt ist von Lachen und Musik, von Freunden und Talenten.

»Und warum sollten wir nicht auch Klimt einladen, mein Liebling? Er hat angefangen, wieder Landschaften zu malen, vielleicht gefällt ihm ja diese hier.«

Adele stimmt zu. Das wäre für ihn eine Abwechslung zum Attersee, wo er derzeit jeden Sommer bei der Familie von Emilie Flöge verbringt. Seit der Fertigstellung des Porträts ist es ihr gelungen, sich von ihm fernzuhalten, aus Angst, ein Feuer zu schüren, dessen Glut noch nicht erloschen ist.

»Würden Sie es aushalten, wenn er seinen Harem mitbrächte?«

»Ich wäre nicht dagegen«, erklärt Ferdinand lachend.

»Ferdinand, nun seien Sie doch mal fünf Minuten ernst.«

»Adele, stellen Sie sich nur vor, unser Anwesen würde

auf einem seiner Gemälde verewigt, das wäre doch interessant, nicht wahr?«

»Also gut! Sie wissen ja, dass ich Ihnen nichts abschlagen kann. Ich will nur Ihr Glück, mein Liebster.«

Adele ist nicht beunruhigt, die sinnliche Spannung zwischen Gustav und ihr scheint ihr ebenso weit zurückzuliegen wie ihre Jugend. Seit der Fertigstellung des Porträts haben Klimt und sie wieder ihr früheres Leben aufgenommen – ein Wirbelsturm für ihn, die Langeweile für sie. Hier vergeht die Zeit anders. Die Zeitungen aus Wien bekommen sie erst einen Tag nach ihrem Erscheinen. Trotzdem führen Ferdinand und sie ihre politischen Diskussionen noch immer mit wohlwollender Hitzigkeit.

»Endlich! Jetzt gilt für alle Männer ab vierundzwanzig Jahren das allgemeine Wahlrecht. Welch ein Fortschritt!«

»Der Fortschritt ist an dem Tag erreicht, an dem auch Frauen wählen können.«

»Ich glaube, ich hätte lieber schweigen sollen.«

»Da ziehe ich es doch vor, mich für Sigmunds Teilnahme am Ersten Internationalen Psychoanalytischen Kongress zu interessieren. Zumindest er ist davon überzeugt, dass auch Frauen Verstand haben.«

14.

Geschriebene Postkarten

Die Renovierungsarbeiten im Schloss haben sich um drei Monate verzögert, doch das hat das Ehepaar Bloch nicht daran gehindert, sich dort während der warmen Jahreszeit häuslich einzurichten. Adele hat die Besuche organisiert: Therese, Gustav und die Kinder werden die erste Hälfte des Sommers bei ihnen verbringen, dann folgt Gustav Klimt, allerdings allein, da Emilie Flöge wegen der Damen, die zuhauf in ihren Modesalon strömen, verhindert ist. Adele hat nicht weiter insistiert. Ehrlich gesagt ist es ihr so auch lieber. Sie kann sich nicht vorstellen, die Tage mit jener Frau zu verleben, die sie einst als ihre Rivalin ansah. Der Maler kommt ohne seine Haushälterin, hier gibt es genug Personal. Nach seiner Reise an den Attersee will er zwei Wochen im Schloss bleiben.

Der Anfang des Sommers vergeht für Adele in Gesellschaft ihrer Schwester und der Kinder in fröhlicher Unbeschwertheit. Die Kleinen laufen den ganzen Tag durch die Felder in der Umgebung, und Ferdinand und Gustav nehmen sie zu einer ersten Jagdpartie mit. Karl erweist sich als aufmerksam und sehr geschickt, wenn Ferdinand ihm sein Gewehr leiht. Und er erlegt sein erstes Rehkitz. »Anfängerglück«, erklärt sein Vater, während sein kleiner Bruder Robert zu weinen anfängt, als er das tote Tier am Boden sieht.

»Ich wollte nicht, dass es stirbt«, weint er.

Das löst allgemeine Heiterkeit aus, woraufhin er noch mehr schluchzt.

Ein Tag ist so ausgelassen wie der andere. Im Kreise der Ihren findet Adele zu einer Lebensfreude, wie sie sie schon lange nicht mehr erlebt hat. Die drückende Hitze am frühen Nachmittag verlangt ein Mittagsschläfchen. Nur die Jungen widersetzen sich, doch ihre Mutter Therese lässt ihnen keine andere Wahl. Adele und Ferdinand ziehen sich jeden Tag in ihre Gemächer zurück, deren Fensterläden geschlossen sind, um ein wenig Kühle zu bewahren. Ihre Beziehung war noch nie so glühend. Das neue Haus, die Anwesenheit der Neffen, die Pläne – all das führt dazu, dass sie einander neu entdecken. Sie sprechen nicht darüber, aber dennoch ist es der Wunsch nach einem Kind, der jeden Nachmittag zu Intimitäten führt. Manchmal hat Adele erotische Phantasien, die ihr Verlangen noch zusätzlich schüren. Und immer sind es Bilder, die von den Werken ihres nächsten Gastes inspiriert sind.

Ferdinand ist glücklich, nach all den Jahren des Kummers seine Frau wiederzufinden. Wenn ein Kind käme, wäre das ein Segen, doch allein schon seine Frau in den Armen zu halten, ist höchstes Glück.

Einige Tage vor seiner Ankunft schickt der Maler eine Truhe mit seinen Sachen und seinen Malutensilien. Um ihn zu empfangen, steht das gesamte Personal Spalier, eine Hochachtung, die normalerweise nur den Schlossherren vorbehalten ist. Doch Adele und Ferdinand wollen ihrem Freund zeigen, dass sie ihn als Ehrengast ansehen. Hans, der Erste Kammerdiener, der sich um Klimt kümmern soll, betrachtet gespannt das Automobil am Ende des Weges. Der Maler steigt mit zerzaustem Haar aus dem Wagen und wischt sich die Stirn mit seinem Taschentuch ab. Er weiß nicht mehr, was er mit seinem Hut gemacht hat.

Ferdinand empfängt ihn mit allem Überschwang, zu dem er fähig ist, während sich Adele im Hintergrund hält.

»Die Reise und die Hitze waren sicher sehr ermüdend, wir lassen Ihnen zunächst Zeit, sich auszuruhen«, erklärt sie dann bestimmt, um so ihre leichte Verlegenheit zu überspielen. »Wir sehen uns zum Abendessen.«

Adele benötigt einige Zeit, um sich in Gesellschaft ihres Gemahls und jenes Mannes, nach dem sie sich so lange verzehrt hat, wohl zu fühlen. Doch sie sagt sich, dass diese Gefühle nun der Vergangenheit angehören. Nie wäre sie bereit gewesen, ihn in ihrem Haus zu empfangen, hätte noch die geringste Gefahr eines Fehltritts bestanden.

An den folgenden Tagen erkundet Klimt, der sich seit einiger Zeit für Flora und Fauna begeistert, in fröhlicher Unbeschwertheit gemeinsam mit den Blochs die Umgebung des Schlosses. Manchmal greift er zu einem eigenartigen Instrument, durch das er eine Blume aus der Nähe betrachtet. Er ist begeistert, wenn er ihm unbekannte Arten entdeckt, und pflückt vorsichtig eine Blüte, um sie später zu bestimmen. Oft hat er auch sein Skizzenbuch dabei, in dem er mit wenigen Strichen das festhält, was einmal ein neues Gemälde werden könnte. Klimt läuft gerne stundenlang durch die Felder, rennt manchmal einfach drauflos. »Ich könnte im Freien leben«, seufzt er immer wieder. Bei dem Versuch, ihn für die Jagd zu erwärmen, ist Ferdinand hingegen gescheitert, denn tote Tiere am Boden liegen zu sehen, stößt ihn ab.

Abends sitzen sie bei einer Flasche Wein aus der Umgebung am Tisch. Adele hat darum gebeten, den sechsarmigen Kandelaber zu bringen. Das Gespräch dreht sich um die politische Lage. Wien hat jüdischen Hausierern den Zugang zur Innenstadt verboten. Adele empört sich darüber, und zwar nicht, weil sie selbst Jüdin ist, sondern weil sie nicht hinnehmen will, dass man Bürger zweiter Klasse schafft, und genau das geschieht hier ihrer Meinung nach. Da schließt sie sich Schnitzler an, der ständig auf das widerwärtige Klima schimpft.

Ferdinands Haltung ist, wie so oft, gemäßigter, er findet auch, dass man gewisse Bevölkerungsgruppen in die Außenbezirke verweisen muss, anderenfalls wären die gehobenen Viertel der Stadt nicht mehr bewohnbar.

Gustav hingegen interessiert sich nicht sonderlich für Politik. Seit seinem Bruch mit den Mächtigen hält er sich aus den Diskussionen heraus – es sei denn, es geht um Kultur. Adele hingegen insistiert, denn die Politik ist ihr

Hauptinteresse. Ferdinand verdreht die Augen und gibt vor, verärgert zu sein.

»Gustav, wussten Sie, dass Adele einen neuen Freund hat? Sie schwört auf Julius Tandler, einen marxistischen Arzt, einen Mann mittleren Alters mit auffällig gewölbter Stirn und stechend-herrischem Blick, der sich für die Armen engagiert! Mir ist es lieber, wenn sie sich für Kunst begeistert. Helfen Sie mir, sie zur Vernunft zu bringen.«

Klimt sieht Adele fragend an.

»Wer ist dieser Julius Tandler, Adele, Sie haben mir nie von ihm erzählt.«

»Er ist kein Marxist, sondern Sozialdemokrat und kein Arzt, sondern ein Spezialist der Anatomie, ein wenig so wie Sie, Gustav! Er ist ein Freund von Sigmund Freud, und er kümmert sich um die Lebensbedingungen der Ärmsten. Ich teile seine Meinung, dass diese bedürftigen Menschen Zugang zur Medizin haben müssen. Er vertritt große Ideen, er möchte beispielsweise ein Gesundheitshaus für Familien einrichten.«

Ferdinand mag es nicht, wenn seine Frau sich für Politik engagiert, und lenkt deshalb das Gespräch auf die Malerei. Klimt erzählt von der Schönheit des Attersees, die ihn mehr und mehr inspiriert. Adele errät, dass er eifersüchtig auf Julius ist. Und so schürt er seinerseits Adeles

Eifersucht, indem er von seiner Sommerfrische mit Emilie Flöge erzählt.

Ferdinand beendet unwissentlich diese unbehagliche Situation. Er möchte ein Landschaftsbild von Klimt kaufen, ohne aber wieder jahrelang warten zu müssen.

»Wenn wir wieder in Wien sind, zeige ich Ihnen Landschaftsbilder, ich habe noch einige in meinem Atelier. Aber ich denke vor allem an eines, das Ihnen gefallen könnte, *Schloss Kammer am Attersee*, es erinnert ein wenig an Ihr Anwesen. Es hat zwar ein kleineres Format, aber es ist eines meiner Lieblingsgemälde – das Schloss liegt im Hintergrund und spiegelt sich auf der Wasseroberfläche.«

Ferdinand freut sich auf die bevorstehende Neuanschaffung. Zwei Tage vor Klimts Abreise bittet Ferdinand ihn offiziell um ein weiteres Porträt von Adele.

»Ich akzeptiere natürlich Ihren Preis.«

»Wir wollen jetzt nicht über Geld reden, ich fange an, sobald Ihre Gemahlin Zeit hat, mir Modell zu sitzen.«

Klimt spürt, dass Adele nach einer Möglichkeit sucht, der erneuten Zweisamkeit mit ihm zu entkommen. Die Hausherrin bleibt schweigsam, innerlich verflucht sie Ferdinand und fürchtet weitere Sitzungen. Denn nach den zwei Wochen mit Klimt fürchtet sie, erneut schwach zu werden.

Beim Kaffee bittet Gustav Adele um Postkarten, die er verschicken möchte.

»Aber natürlich, wir haben gerade welche vom Schloss machen lassen.«

Am nächsten Tag überrascht sich Adele dabei, wie sie den Kammerdiener Hans so beiläufig wie möglich fragt:

»Hat Herr Klimt Ihnen Karten für die Post gegeben? An wen waren sie adressiert?«

»Ich glaube, an Fräulein Flöge.«

Adele steckt den Schlag ein. Aber sie muss sich eingestehen, dass es ihr unerträglich ist, dass Klimt an seine Geliebte schreibt.

Mit einem Mal sind all die Gefühle, die Sehnsüchte, aber auch der Schmerz wieder da. Als wären sie nie weg gewesen. Sie fühlt sich Jahre zurückversetzt, als sie verloren und mit aufgelöstem Haar in ihrer Kutsche saß. Verzweifelt ringt sie um Selbstbeherrschung, doch es gelingt ihr nicht. Also bleibt ihr nur, Gustav bis zu seiner Abreise zu meiden – aber wie? Er ist schließlich ihr Gast.

In seiner Anwesenheit wird die Luft drückend und stickig, die Worte verlieren sich, ihre Blicke weichen einander aus. Die ausgedehnten morgendlichen Spaziergänge durch die Felder haben ihre Unbeschwertheit verloren. Glücklicherweise scheint Ferdinand die angespannte Stimmung nicht zu bemerken, er spricht den Maler erneut auf das zweite Porträt an. Dabei weiß er genau, dass Klimt außer Emilie Flöge keines seiner Modelle zwei Mal gemalt hat. Klimt geht auf den Vorschlag ein, er ist sogar bereit, über den Stil des Bildes zu reden, der sich sehr von dem des ersten unterscheiden wird. Die goldene Periode ist vorbei. Er ist jetzt mehr von diesen Pariser Malern beeinflusst, die kräftigere Farben verwenden und mehr zum Pointillismus tendieren.

Dann ist der Moment des Abschiednehmens gekommen. Klimts Koffer sind schon gepackt.

Wie schon bei der Ankunft steht auch jetzt das Personal wieder vor der Tür Spalier. Der Maler ist darauf bedacht, sich gebührend bei seinen Gastgebern zu bedanken, er verabschiedet sich herzlich von Ferdinand und küsst Adele die Hand, als sein Atem ihre Haut streift, durchläuft sie ein wohliger Schauer. Bereits als das Automobil hinter der Kurve verschwindet, überkommt Adele ein furchtbares Gefühl der Leere, während Ferdinand weiterplaudert.

»Die Wochen sind wie im Flug vergangen, es wird Zeit, dass ich mich wieder an die Arbeit mache. Und was haben Sie vor, mein Liebling, jetzt, wo unser Freund abgereist ist?«

»Ich ruhe mich aus, lese und überlege mir, wie wir den

Garten anlegen könnten. Außerdem will ich die letzten Sommertage nutzen, in einer Woche sind wir wieder in Wien.«

In dem Augenblick, als sich Adele in ihr Zimmer zurückzieht, wechseln sich Sonne und Wolken ab. Sie muss allein sein, und der einzige Garten, der sie interessiert, ist ihr innerer, denn den hat Klimt wieder in Unordnung gebracht. Aber sie ist kein Kind mehr. Sie hat so lange gegen die Leere in ihrem Leben angekämpft, tagelang hat sie gelesen und nachgedacht, mittlerweile weiß sie, dass sie die Wahl hat: entweder lässt sie diese Liebe blühen, oder sie reißt sie mit der Wurzel aus, die tiefer in ihrem Herzen verankert ist, als sie dachte.

15.

An jenem Nachmittag

Es musste ja so kommen! Wieder ist es Ferdinand, der Adele drängt, Klimt aufzusuchen, damit dieser endlich mit dem zweiten Porträt beginnt. Doch zunächst treffen sich die drei Ende September im Pavillon des Malers. Kerzengerade sitzt Adele auf dem Stuhl neben ihrem Mann, Klimt ihr gegenüber. Und Letzterer, ganz Herr der Lage, weiß genau, dass alles nur noch eine Frage der Zeit ist.

Ferdinand und Gustav regeln, wie in Böhmen besprochen, die Formalitäten zum Kauf des Landschaftsbildes *Schloss Kammer am Attersee*. Dann kommt das Porträt von Adele zur Sprache. Gustav Klimt will zügig beginnen, zumindest mit den Studien. Er hat schon ein paar Ideen, die er gerne zu Papier bringen möchte, aber dafür ist Adeles Anwesenheit unabdingbar. Ferdinand lässt seiner Frau keine Wahl, das Datum der ersten Sitzung wird, ohne sie zu fragen, festgelegt. Ferdinand ist begeistert, dass der Termin sich mit seinen beruflichen Verpflichtungen überschneidet, die Sitzungen werden seiner Frau Zerstreuung bieten.

Der 16. Oktober. Adele läuft zwar nicht Gefahr, dieses Datum zu vergessen, hat es aber dennoch in ihr in rotes Leder gebundenes Büchlein eingetragen.

Es ist so weit, der Tag ist gekommen und die Sitzung für vierzehn Uhr angesetzt. Auf diesen frühen Termin hat Klimt bestanden, um noch das Tageslicht nutzen zu können. Ist sie ängstlich, aufgeregt? Ja, natürlich. Vor allem aber hat sie sich in ihr Schicksal ergeben. Sie denkt nicht einmal darüber nach, was sie anziehen soll, es ist ihr egal.

Auf dem Weg zum Atelier steigen all die Gefühle wieder in ihr hoch, die sie bei den ersten Begegnungen mit Gustav empfand. Alles ist so lebendig wie damals. Beim Überqueren des Michaelerplatzes an der Hofburg betrachtet sie durch das Fenster ihrer Kutsche dieses merkwürdige Gebäude mit den grünen Marmorsäulen und den Fenstern ohne Sims, das gerade fertiggestellt worden ist und den Wienern so gar nicht gefallen will. Sie hingegen mag dieses moderne, von Adolf Loos entworfene Bauwerk.

Als sie das Atelier betritt, hat sie sofort wieder diesen fast schon berauschenden Geruch nach Farbe in der Nase, der ihr so vertraut ist. Gustav erwartet sie bereits, und er hat eine Überraschung für sie. Er möchte ihr eines seiner letzten Gemälde zeigen.

»Es stellt eine Flüchtlingsfamilie dar, und ich habe ihm den Titel *Mutter mit zwei Kindern* gegeben. Sie haben mich zu diesem Bild inspiriert, als sie mir von Ihren Besuchen in den Randbezirken der Stadt erzählten.«

»Und ich dachte, Sie hätten mir gar nicht zugehört!«

Das hauptsächlich in Grau- und Brauntönen gehaltene Gemälde ist sehr düster. Es zeigt eine in Decken gehüllte schlafende Frau mit ihren zwei kleinen Kindern, die sich beide – ebenfalls vom Schlaf übermannt – an sie schmiegen. Als hätten sie nichts anderes mehr zu erwarten als die Nacht oder den Tod.

Doch Klimt lässt Adele nicht die Zeit, sich in Mitleid zu ergehen oder ins Schwärmen zu geraten, denn er möchte mit ihr die Pose für das neue Gemälde festlegen. Er möchte sie stehend darstellen, in einem kolorierten Mosaik, dessen Farben an die von Schloss Jungfern-Breschan erinnern. Er stellt sich ein Grün wie auf den Feldern in Böhmen vor, dazu einen azurblauen Himmel wie den über Breschan, das Rosé der blühenden Rosenstöcke an der Schlossallee und das Rot des Klatschmohns, jener Blume, die lieber verwelkt, als sich pflücken zu lassen.

»Auf diesem sehr großen Gemälde im Hochformat werden Sie sehr ernst dreinblicken.«

Gemeinsam gehen sie in den hinteren Teil seines Ateliers, und er präsentiert ihr eine riesengroße jungfräuliche Leinwand von zwei Metern Höhe und ein Meter zwanzig Breite.

»Aber warum denn so groß?«, ruft Adele.

»Ich könnte jetzt mit einer Plattitüde antworten: weil Sie eine große Dame sind! Nach dem vorhergehenden Bild dürfen wir die Erwartungen nicht enttäuschen. Es wird sehr anders, alles muss noch erfunden und aufgeschrieben werden. Doch zuerst möchte ich Sie ohne Hut und ohne Nadeln im Haar sehen, nehmen Sie sie bitte heraus.«

Adele folgt seiner Bitte und setzt den großen, breitkrempigen Hut ab, den sie die ganze Zeit aufbehalten hat. Dann zieht sie, mit dem Rücken zum Maler, bedächtig eine Haarnadel nach der anderen heraus. Sie weiß, dass er sie beobachtet, aber ruhen seine Augen auf ihren Händen oder auf einem anderen Teil ihres Körpers? Sie spürt, dass er sich ihr nähert und ihr schließlich hilft, ihre dichte schwarze Haarpracht von den Nadeln zu befreien. Eine erste Strähne gleitet auf ihre rechte Schulter hinab, dann löst sich die ganze Frisur, und das Haar ergießt sich über Adeles Rücken.

Gustav greift nach den Locken und legt sie ihr behutsam über die Schulter. Dann bedeckt er Adeles Nacken mit kleinen Küssen. Sein Atem durchströmt ihren Körper. Sein Mund wandert um ihren Hals herum, während er beginnt, vorsichtig ihr Kleid zu öffnen. Ihr Körper gehorcht ihr nicht mehr. Es ist zu spät. Klimt zieht sie sanft zu seinem Diwan hinüber, dorthin, wo sie sich geschworen hatte, niemals zu landen.

Außer dieser Leidenschaft existiert nichts mehr. Nie hätte sie gedacht, dass ein solches Verlangen sie überkommen könnte. Es dürstet sie nach ihm. Gustav wird nicht müde, sie zu liebkosen, und jeder Zentimeter ihrer Haut sehnt sich nach Zärtlichkeiten. Das ist neu für sie. Nie hätte sie gedacht, dass der Körper solche Lust empfinden kann, nichts anderes zählt mehr, weder Anstand noch ihr Vorleben oder ihre Ehe. Nur zwei Körper, die sich vergessen. Das also bezeichnet man als den »kleinen Tod«. Adele ist neunundzwanzig Jahre alt.

Bei seiner Rückkehr ist Ferdinand glücklich, seine Adele so friedlich zu sehen. Sie ist ausgeglichener denn je, ja beinahe sanft. Er ist überzeugt, dass der Erwerb von Jungfern-Breschan das Beste war, was ihnen beiden seit langem passiert ist. Sie brauchen Zukunftspläne, um von den Dramen der Vergangenheit loszukommen. Sie sprechen nicht mehr davon, und das ist gut so. Adele hat eine Überraschung für ihn, sie hat ein Grammophon gekauft und spielt ihm darauf eine Oper von Gluck vor. Man muss nur an einer Kurbel drehen, eine Zinkplatte auflegen, und schon ertönt die Musik aus einem Trichter, der aussieht wie ein riesiges Ohr. Natürlich hat Ferdinand so etwas schon mal gesehen, doch schließlich musizieren in der Familie alle selbst, so dass ihm diese Maschine nicht sinnvoll erschien. Und Mozart, der berühmteste Wiener, würde sich im Grabe umdrehen, wenn er davon wüsste! Doch da es Adele gefällt und sie sich daran zu erfreuen scheint, ist es eine gute Sache.

In den folgenden Monaten scheint Adele wie beflügelt. Einmal in der Woche macht sie sich auf den Weg ins Atelier – manchmal erfindet sie andere Beschäftigungen, um die allzu häufigen Besuche bei Klimt zu verbergen. Gustav ist überrascht, er war fest davon überzeugt, dass Adele einen Rückzieher machen würde. Aber nein, Adele ist da, hingebungsvoll und offen, ebenso entschlossen zur Lust wie zuvor in ihrer Ablehnung. Dieses Abenteuer flößt ihr ungeahnte Kräfte ein, setzt einen wahren Sturm von Gefühlen und Sehnsüchten frei. Gustav ist ganz offensichtlich derjenige, der ihren Körper und ihre Seele zum Strahlen bringt. Jeder Kuss macht sie glücklich, jedes Gespräch mit ihm bereichert sie. Weder Schuldgefühle noch Sorge beeinträchtigen ihre Beziehung. Adele scheint unersättlich, ist von einem nicht genau zu benennenden, anmaßenden Verlangen getrieben. Vom Verlangen zu schweben. Aufzusteigen, davonzufliegen, die Erde nicht mehr zu berühren, selbst wenn dieser Zustand nur einen Tag, einen Augenblick lang währen sollte.

Sie treffen sich stets in seinem Atelier.

Jedes dieser Rendezvous übertrifft das vorhergehende, wobei Adele zunehmend die Kontrolle über ihre Gefühle verliert. Und Gustav hört nicht auf, ihr zu beteuern, er sei verrückt nach ihr und sie die schönste Frau, die er je gekannt habe. Sie glaubt ihm nicht, sie lacht und küsst ihn, murmelt, wie glücklich sie ist.

So liegen sie sich stundenlang in den Armen und lieben sich.

Und wenn dann die Mattigkeit die Oberhand gewinnt, folgt Klimts Hand zärtlich Adeles Kurven, ganz so, als halte er einen Pinsel. Er liebt es, sich nackt von hinten an sie zu schmiegen. Dann spürt sie seinen Bauch an ihrem Hinterteil und sein Geschlecht an ihrem Oberschenkel. Mit ihm ist das Leben noch faszinierender und aufregender als in all ihren Träumen. Die Realität ist schöner, als sie je gedacht hätte.

Natürlich gibt es den Auftrag für das Gemälde, der zu erfüllen ist. Und bevor ihre Geschichte eine andere Wendung nahm, hatte Klimt auch vor, eine sittsame, fast distanzierte und kühle Adele zu porträtieren.

»Aber jetzt würde ich Sie am liebsten nackt und auf dem Rücken liegend malen. Die langen Haare über den Brüsten und Ihr schönes Gesicht mir zugewandt.«

Adele lacht, sie hat ihm verboten, sie nackt zu zeichnen. Nicht einmal heimlich.

»Verwechseln Sie mich nicht mit Ihren Modellen, oder ich verschwinde, und Sie sehen mich niemals wieder. In dieser Pose dürfen Sie mich nur im Kopf behalten.«

»Sie sind unvergleichlich, Adele, wie könnte ich Sie je mit diesen Frauen auf eine Stufe stellen?«

Adele ist nicht eifersüchtig. Sie ist es nicht mehr, dafür bewundert sie diesen Mann zu sehr, und sie versteht, dass er seinem Verlangen nachgeben muss, denn es ist Ursprung und Inspiration seiner Kunst.

Wiederholte Male bittet Klimt sie, ihn zu duzen. Doch das will Adele nicht gelingen, außer ihren Geschwistern duzt sie niemanden. Eines Tages jedoch erhebt sie sich vom Diwan und zieht sich die Kutte des Malers über, die – obwohl sie auf Zehenspitzen geht – noch immer über den Boden schleift. Sie greift nach einem Blatt und einem Stück Kreide und schreibt gewissenhaft *du, du, du, du* … auf das Papier, bis es voll ist. Dann reicht sie ihm das Blatt:

»Hier, ich habe es ehrlich versucht!«

Und so bleibt es in ihren Gesprächen für gewöhnlich beim Sie, obwohl Gustav häufiger ein »Du bist schön« entschlüpft oder ein »Du«, auf das verheißungsvolle erotische Anspielungen folgen.

Abwechselnd nutzen sie ihre Treffen, um sich zu lieben und für die Fertigstellung des Gemäldes. Adele ist zum ersten Mal wieder so glücklich wie damals während ihrer Schwangerschaft. Ihre intensiven Gespräche sind für sie genauso bereichernd wie die Lust. Sie hat das Gefühl, dass er sie trotz ihres Altersunterschiedes und ihrer Unerfahrenheit als gleichwertig und weder als verwöhntes Kind noch als Dummerchen behandelt. Zum hundertsten

Male bittet sie ihn, ihr seine Vorstellung von Kunst darzulegen. Und er erklärt ihr, dass für ihn die Kunst und das Liebesspiel ein und dasselbe sind. Alles an diesem Verschmelzen der Körper scheint ihm von unglaublicher Schönheit, eine Art Irrgarten der Liebe. Manchmal zeigt er ihr auch einige seiner Zeichnungen, um ihr zu verdeutlichen, was sich so schlecht in Worte fassen lässt. Verschlungene oder voneinander gelöste Leiber in ekstatischen und lasziven Posen, festgehalten unmittelbar nach der körperlichen Vereinigung. Doch auch wenn sich Adele sehr verändert hat, gelingt es Gustav nicht, sie dazu zu überreden, nackt vor ihm auf und ab zu gehen. Im Bett erscheint ihr nichts anstößig, aber sobald sie es verlässt, hüllt sie sich in ihre Schüchternheit. Sie hat gelernt, nicht mehr die Augen zu schließen, wenn Klimt sie berührt, egal, welcher Teil ihres Körpers es auch sein mag. Und gern lässt sie nun auch ihren Blick über seinen Körper schweifen, nichts an diesem Mann erscheint ihr unschön oder gar abstoßend, obwohl er nicht gerade athletisch gebaut ist. Nach und nach bringt er ihr bei, sich über Tabus hinwegzusetzen. Sie sagt »Schamgefühl«, er entgegnet »Prüderie«. Als in Liebesdingen erfahrener Mann lenkt er geschickt ihre zarte Hand zunächst auf sein Geschlecht, dann auf ihr eigenes. Das ist alles neu für sie, nicht im Traum hätte sie gewagt, sich selbst Lust zu bereiten. Immer wieder Verbote, auch Unwissenheit. Er ist es, der sie in die Geheimnisse der Wollust einführt, sie deren Wunder lehrt. Für Adele existiert nichts anderes mehr. Ihr Leben beschränkt sich auf ihre Sitzungen im Atelier und auf das Warten, ihn endlich wiederzusehen. Die Zeit scheint stillzustehen, eine Jahreszeit im Leben einer Frau. Ihre Traurigkeit und Melancholie sind durchbrochen von jenen Kleinigkeiten, die das Glück ausmachen. Ein Aufblitzen, ein Hauch dieser so seltenen und kostbaren Unbekümmertheit, die man Freude nennt.

Ferdinand erkundigt sich, wie es mit dem Gemälde vorangeht. Sicher, manchmal findet er, Adele verhalte sich seltsam, aber ist sie nicht einfach eine außergewöhnliche Persönlichkeit, der das Leben böse mitgespielt hat? Sie könnte seine Tochter sein, und ihre Beziehung ist gelegentlich von diesem Altersunterschied geprägt.

Bei diesem zweiten Porträt möchte Klimt auf keinen Fall, dass es etwas von ihrer Liebesbeziehung verrät. Anhand der Skizzen zeigt er Adele, wie er sie darstellen möchte. Er hat sie gebeten, bei den Sitzungen ihren breitkrempigen Hut zu tragen und das wassergrüne Kleid, das er auf seine Art interpretiert. Er möchte sie nicht lächelnd präsentieren und auch nicht mit dem Funkeln, das seit einiger Zeit in ihren Augen zu sehen ist. Denn diesen Zauber, der jetzt von ihr ausgeht, möchte er für sich behalten. Er hat eine Adele entdeckt, die sich niemand vorstellen konnte. Doch er ahnte durchaus, dass in dieser jungen Frau eine Flamme loderte, die nun nicht mehr zu löschen ist. Ihm gefällt alles an ihr. Als sie das letzte Mal nackt ausgestreckt neben ihm lag, griff er zu einem seiner Pinsel und fuhr mit ihm über ihren Körper, zwischen ihre Schenkel. Immer und immer wieder. Ohne sie zu berühren, begleitete sein Blick nur das Wogen ihres Beckens, das durch die Lust noch verstärkt wurde. Er beobachtete, wie ihre Hände sich bewegten auf der Suche nach Haut, nach Sex, nach Lust. Er wartete, bis sie ihn anflehte, sie auf der Stelle und mit aller Kraft zu lieben.

Dann kommt der Winter, und er wütet in diesem Jahr so heftig, dass er sie daran hindert, den Mann zu treffen, den sie liebt. Franz hat die dicke Decke aus glitzernden weißen Kristallen gemessen, sie ist einen halben Meter hoch, an manchen Stellen sogar noch höher. Die Stadt ist darunter begraben, und man sieht so gut wie nichts mehr, obwohl die Gaslaternen mitten am Tag brennen. Auch Ferdinand ist davon betroffen, seine Reise nach Böhmen musste verschoben werden, die meisten Wege im Kaiserreich sind blockiert. So verbringt er viel Zeit in der Schwindgasse vor dem wärmenden Kamin; in der einen Hand ein Buch, in der anderen eine Zigarre, beschließt er, das Beste aus der Lage zu machen. Die Geschäfte können ruhig etwas warten. Er nutzt die Zeit, um ein paar Dinge mit seinem Bruder zu klären und sich um Adele zu kümmern. Am Abend schlägt er ihr vor, einen Empfang für den nächsten oder übernächsten Monat vorzubereiten. Es ist schon lange her, dass ganz Wien bei ihnen zu Gast war.

»Eine mondäne Abendgesellschaft, ja, warum nicht, das wird sicher sehr unterhaltsam«, stimmt Adele ihm zu.

Als Datum schlägt sie den 21. März vor, dann könnten sie zugleich den Frühlingsbeginn feiern. In Wien ist das Ende des unendlich langen Winters immer ein Fest wert. Ferdinand möchte möglichst bald die Gästeliste erstellen. Adele verzieht keine Miene, als er den Namen Klimt erwähnt, denn sie hat gelernt, an der Seite ihres Mannes ihre Emotionen zu kontrollieren.

Bislang hat Adele nicht gewagt, Gustav ihre Empfindungen von damals beim Anblick der nackten Frau in seinem Atelier zu gestehen. Sie hätte nicht sagen können, ob sie nach all der Zeit noch immer eifersüchtig auf diesen

Zwischenfall ist. Und sie hat ihm noch nichts von jenem Traum erzählt, in dem die schlanken blonden Wesen seiner Gemälde sie heimgesucht hatten. An jenem Nachmittag dürfen sie sich nicht lieben, denn sie haben sich geschworen, vernünftig zu sein und am Porträt zu arbeiten. Bislang hat Klimt nur ihre Silhouette und ihr Gesicht skizziert. Adele trägt – wie besprochen – das Kleid, in dem er sie sehen wollte, den großen schwarzen Hut und keinen Schmuck außer ein paar unauffälligen Ohrringen. Doch es genügt ein Blick, um ihre Begierde zu entfachen. Nach dem Liebesspiel kann Adele nicht anders und beichtet ihm alles. Sie erzählt Gustav zunächst, bis ins kleinste Detail, was sie durch das Fenster des Ateliers beobachtet hatte. Dann berichtet sie ihm von jenem merkwürdigen Traum, der sie so verwirrt hat, und von dem Verlangen, das die sich umarmenden nackten Frauen in ihr geweckt haben. Gustav will wissen, ob es eine ihrer Phantasien ist. Er flüstert ihr zu, er sei bereit, all ihre Wünsche zu erfüllen, sogar die geheimsten und die, von denen sie glaubt, sie sich nicht eingestehen zu können. Er könne ihr eine seiner Freundinnen vorstellen, und sie würden sich zu dritt den Freuden der körperlichen Liebe hingeben.

Adele sieht ihn fassungslos an und fragt sich zunächst, ob er wohl scherze. Rasch wird ihr jedoch klar, dass er es vollkommen ernst meint. Entsetzt springt sie auf und greift nach ihren Kleidern, um sich wieder anzuziehen.

»Wie können Sie es wagen, mich in Ihre Perversitäten miteinzubeziehen? Sie lieben mich also nicht, sondern geben nur Ihren Trieben nach. Schön, dann gehen Sie doch zu Ihrer Freundin und all den anderen und treiben Sie mit ihnen, was Sie wollen. Aber vergessen Sie vor allem mich. Was für ein Mann sind Sie bloß?«

Gustav Klimt versucht, sie zurückzuhalten, murmelt, sie habe ihn missverstanden, aber Adeles Empörung ist noch stärker als die Worte, die sie dafür findet. Mit einer wütenden Geste befreit sie sich aus seinem Griff, nimmt ihre letzten Sachen und schlägt die Tür hinter sich zu.

Er sucht seine Malutensilien zusammen und beginnt mit ihrem Porträt. Vom Zorn seines Modells inspiriert, arbeitet er mit ausladenden Pinselstrichen, die zugleich präzise und fahrig sind.

Tagelang lässt Adele nichts von sich hören.

Sie reagiert nicht auf den ersten Brief, den er ihr schickt:

Adele, kommen Sie zurück, ich brauche Sie. Ich liebe Ihren Körper, vor allem aber Ihren Geist.

Nervös zerknüllt sie das kleine weiße Stück Papier, will es schon wegwerfen, ehe sie es sich anders überlegt. Mit der Hand streicht sie es glatt und versteckt es in dem Geheimfach ihrer Schublade. Und dann raucht sie ununterbrochen zwei Stunden lang eine Zigarette nach der anderen.

Ihr Empfang rückt näher. Die Bestellungen für das Buffet sind schon lange aufgegeben. Schließlich ringt sich Adele dazu durch, Klimt wiederzusehen, am Vorabend ihres Empfangs.

Sie möchte nicht riskieren, wie beim letzten Mal von ihrer Verwirrung eingeholt zu werden, wenn sie sich doch eigentlich um ihre Gäste kümmern soll. Klimt hat ihr noch weitere Nachrichten zukommen lassen, die sie aber alle unbeantwortet ließ. Bis er ihr jenes Geschenk schickte, das sie unendlich berührt hat. Eingewickelt in Zeitungspapier fand sie eine silberne, in Koralle und Perlmutt gefasste Brosche mit Lapislazuli aus der Wiener Werkstätte. Sie, die nur Edelsteine trägt, ist bezaubert von dieser Geste und dem Schmuckstück. Zum ersten Mal hat Gustav ihr etwas geschenkt. Noch dazu hat er es eigens für sie entworfen.

Vor dem Spiegel steckt Adele sich die Brosche an – auf der Herzseite. Obwohl sie zornig auf diesen Mann ist, vermisst sie ihn schrecklich, doch jedes Mal, wenn sie sich an sein unsittliches Angebot erinnert, hasst sie ihn umso intensiver. Ihr Gemüt ist unentschlossen, und ihre Meinung schwankt von einem Augenblick zum anderen.

Dann, am nächsten Morgen, ruft sie ihn an. Die Haushälterin nimmt das Gespräch entgegen und teilt ihr mit, er sei außer Haus, wie häufig am Vormittag, wo er gerne einen Spaziergang zum Botanischen Garten unternimmt.

»Sagen Sie ihm bitte, dass ich vor dem Mittagessen vorbeikomme.«

Als Adele eine Viertelstunde vor dem Zwölf-Uhr-Glockenschlag bei ihm eintrifft, erwartet Gustav sie bereits. Entgegen seiner Gewohnheit trägt er nicht seine lange Kutte, sondern einen Anzug. Sie wechseln ein paar beinahe banal anmutende Worte miteinander, ehe sie sich in die Arme fallen. Die gegenseitige Anziehung hat alle Widerstände besiegt.

16.

Im Laufe der Zeit

Es ist Mitte Februar, und nach der großen Kälte ist das Wetter jetzt ungewöhnlich milde. Die Schneehaufen auf den Straßen sind verschwunden, und Adele kann ausgehen, ohne sich dick einzumummen oder beim Heimkommen eiskalte Füße zu haben. Nur die kahlen Bäume erinnern daran, dass der Frühling noch länger auf sich warten lassen wird. Mittlerweile ist es schon eineinhalb Jahre her, dass Klimt erneut in ihr Leben getreten ist und es derart verändert hat. Sie fühlt sich stärker denn je.

Heute will sie ihren Toten einen Besuch abstatten, wie sie es ausdrückt. Die Liste ist im letzten Jahr noch länger geworden, denn am 31. März ist ihr dritter Bruder David unter furchtbaren Qualen gestorben. Seine achtmonatige Krankheit war durch nichts zu heilen oder zu lindern. Sie war darauf vorbereitet gewesen. Dennoch hatte sie der Anblick ihrer Mutter Jeanette am Krankenbett eines weiteren ihrer Kinder zutiefst verstört. Adele kennt das Leid einer Mutter, die Leben schenkt, das dem Tod geweiht ist. Und sie muss sich schützen, damit die alten Wunden nicht wieder aufreißen. Jedes Jahr zu Fritz' Geburtstag denkt sie daran, dass er jetzt drei Jahre, vier Jahre alt wäre, bis hin zu jenem 3. Oktober 1911, an dem er mit sieben Jahren das schulpflichtige Alter erreicht hätte. Sie hätte ihm Bücher empfohlen, und er hätte gemeinsam mit ihr *Wolfsblut* entdeckt, einen Roman, den vor einigen Jahren ein Amerikaner namens Jack London geschrieben hatte. Durch dieses Buch verwandelten sich alle kleinen Jungen der Welt in Abenteurer.

In den letzten Jahren hatte Adele ein gewisses Ritual geschaffen – an seinem Geburtstag begibt sie sich nicht zu seinem Grab, sondern holt die Neugeborenenwäsche heraus, streichelt sie und verstaut sie dann wieder sorgsam in der Kommode. Sie weint, doch es sind befreiende Tränen, die ihr klarmachen, dass Fritz für immer bei ihr ist.

Seit das Automobil die Kutsche ersetzt hat, dauert der Weg zum Zentralfriedhof nicht mehr so lang. Thedy, die sie kurz angerufen hat, erklärt sich bereit, sie zu begleiten, sie haben sich schon länger nicht gesehen. Adele erkundigt sich nach dem Befinden ihrer drei Neffen und natürlich nach der kleinen Luise, die ein kleiner Wildfang ist. Karl dagegen, Adeles Liebling, ist mit seinen zehn Jahren schon fast ein echter Herr.

Plaudernd steigen die beiden Schwestern in den Wagen. Sie sind so ausgelassen, dass man annehmen könnte, sie würden zu einer Landpartie aufbrechen und nicht zum Friedhof. Adele erzählt von den letzten Renovierungsarbeiten im Schloss, Therese berichtet vom Kauf eines weiteren Exemplars jener Taschenuhren, nach denen sie ganz verrückt ist. Sie kann nicht genug davon bekommen, und ihre Sammlung ist sicher eine der schönsten von ganz Wien.

Als der Wagen in den Zentralfriedhof einfährt und Kurs auf den jüdischen Teil nimmt, schlägt Adele ihrer Schwester vor, den Rest des Weges zu Fuß zurückzulegen, und so schreiten sie eingehakt energisch aus. Über die Reihenfolge müssen sie gar nicht sprechen, sie besuchen zuerst das Grab des kleinen Fritz. Therese tritt ein wenig zur Seite, um ihre Schwester allein zu lassen, damit sie ihres Kindes gedenken kann. Es folgt ein langes, lastendes Schweigen, das nur schwer zu brechen ist.

In Gedanken versunken gehen sie zur letzten Bleibe der

Bauers. Das Grabmal ist eines der eindrucksvollsten in der ganzen Allee, es besteht aus einer einzigen Gewölbeeinheit mit einem großen Rundbogen und vier Blendpfeilern – das Ganze überragt von einem klassischen, mit einem Fries verzierten Frontispitz. Adele bückt sich und reißt ein wenig Unkraut aus, das am Rande wächst, aus.

»Aber Adele, was machst du denn da? Sei vernünftig, das ist nicht deine Arbeit, wir schicken Max her, der sich darum kümmern wird.« Adele lässt die Pflänzchen hastig fallen, reibt sich die Hände und wendet den Blick erneut zu dem Grabmal. Hier ruhen nun schon drei Männer der Familie: Moritz, der Vater, und seine beiden ältesten Söhne sowie Mira. Wie schafft ihre Mutter es nur, weiterzuleben? Sie hat nicht nur ihren Mann, sondern auch drei ihrer Kinder beerdigen müssen.

Die beiden Frauen halten sich bei der Hand. Therese drückt die ihrer Schwester noch fester, als diese sagt: »Jetzt bleiben uns nur noch unsere Brüder, wenn ihnen auch etwas zustößt, wird der Name Bauer aussterben.«

»Daran habe ich auch schon gedacht. Aber das wird nicht geschehen.«

»Was haben wir getan, um so viele Katastrophen auf uns zu ziehen? Manche, wie etwa dieser Karl Kraus, wären froh, wenn es uns nicht mehr gäbe, ich werde ihm nie verzeihen, dass er unseren Vater derart angegriffen hat.

Mit welcher Brutalität! Das hat ihn letztlich umgebracht! Es ist zu einfach, Zeitungen für die persönliche Rache zu benutzen. Wie hat er ihn der Bestechlichkeit beschuldigen können? So als wäre Bankier ein Synonym für Korruption, dabei ist dieser Karl Kraus doch nur ein kleiner Schreiberling.«

»Auch wenn Raphael nicht mehr so recht zu uns gehört, seit er nach New York ausgewandert ist, werden die Bauers nicht ausgelöscht, das schwöre ich. Wenn nur wir Frauen übrig bleiben, nehmen wir einfach den Namen unserer Familie wieder an und verbinden ihn mit dem der Blochs, wir nennen uns Bloch-Bauer!«

Adele hat ihre Schwester, die sonst so besonnen und ruhig ist, nur selten in einem solch erregten Zustand erlebt.

»Bloch-Bauer? Glaubst du, das ist möglich?«

»So machen wir es. Ich werde gleich heute Abend Gustav fragen, was er davon hält. Aber jetzt lass uns nach Hause fahren, sonst erkälten wir uns noch.«

»Und wenn wir zum Mittagessen bei einem Gasthaus anhalten würden?« Adele hat keine Lust, schon wieder heimzugehen, in die Langeweile und Einsamkeit. Erst Anfang nächster Woche wird sie Klimt wiedersehen, und sie zählt die Tage bis dahin.

Das Mittagessen verläuft heiter und redselig, auch wenn die Küche nicht sehr raffiniert und der Ort altmodisch ist. Adele bestellt Seezungenröllchen, Therese Perlhuhn. Beide sind enthusiastisch bei der Aussicht, diesen Doppelnamen zu tragen, und betonen jede Silbe, während sie ihn ständig wiederholen. Kichernd vertrauen sie sich Geheimnisse über ihre Ehemänner an und ergehen sich dann erneut in Klagen über Karl Kraus. Adele ist versucht, sich ihrer Schwester anzuvertrauen und ihre Liaison mit Klimt einzugestehen. Das Glas Wein, das sie getrunken hat, löst ihre Zunge. Sie will ihr Geheimnis nicht länger für sich behalten, überlegt es sich dann aber anders. Therese, die perfekte Ehefrau und Mutter, würde sie sicher nicht verstehen …

Sie haben den Moment des Aufbruchs immer weiter hinausgezögert, aber bald wird es dunkel werden.

Außerdem hat es sich empfindlich abgekühlt, und so ist Adele froh, nach Hause ins Warme zu kommen.

Hannah erwartet sie an der Tür, sie erkennt das Geräusch des Automobils unter allen anderen. Das ist nicht schwer, denn in Wien gibt es noch nicht viele davon. Sie wagt nicht zu fragen, ob die gnädige Frau einen angenehmen Tag verbracht hat, das würde sich nicht ziemen. Sie nimmt ihr den Mantel ab und reicht ihr die Post und die Zeitung. Eigentlich will Adele sich zunächst hinlegen, aber einer der Briefe macht sie neugierig, da die Adresse in einer hastigen, schrägen Schrift geschrieben ist, die sie nicht kennt. Rasch öffnet sie den Umschlag, die Schrift auf dem Bogen im Inneren ist dieselbe.

Gnädige Frau.
Ganz Wien weiß, dass Sie sich sehr oft in das Atelier von Gustav Klimt begeben. Sie sind eine ehrbare Frau, die Wertvorstellungen hat, und Sie sind mit einem Mann verheiratet, dessen Einfluss und Integrität stadtbekannt sind. Und es ist auch bekannt, dass Sie schwere Zeiten durchgemacht haben, die Sie mit großer Würde durchgestanden haben. Doch Sie müssen wissen, dass man heute in den Salons Ihren Namen nicht mehr im Zusammenhang mit dem Wort Würde erwähnt.

Adeles Herz schlägt schneller, ihre Hand beginnt zu zittern. Ihr Blick sucht nach der Unterschrift, doch es gibt keine. Automatisch wendet Adele den Bogen um, doch auch auf der Rückseite findet sie nichts. Ein anonymes Schreiben – das ist so widerwärtig, dass sie es auf der Stelle ungelesen zerreißen sollte. Aber die Neugier siegt, und sie setzt ihre Lektüre fort.

Es ist Ihnen sicher nicht entgangen, dass Gustav mit Emilie Flöge liiert ist, und Sie wissen bestimmt auch, dass er regelmäßig Frischfleisch braucht, er schiebt dafür seine Kunst vor, doch damit macht er es sich ein wenig zu leicht. Ich spreche nicht von den Modellen, die gerne die Zusatzaufgabe übernehmen, die er ihnen abverlangt. Ich spreche von standesgemäßen Damen wie Ihnen, die sich kompromittieren, ohne zu bemerken, dass er keine Gefühle investiert und es auch nie tun wird. Anschließend brüstet er sich mit seinen zahlreichen Eroberungen, die er am Arm ihrer Männer in der Oper trifft. Aber Sie werden niemals sein Herz erobern – aus dem einfachen Grunde, weil er keines hat. Er gehört zu jenen egoistischen Männern, die nur an sich selbst denken und sich gerne mit hübschen Frauen zeigen, und wenn sie ihm noch dazu gutbezahlte und angesehene Aufträge einbringen, ist das noch besser für ihn.

Ich gehöre nicht zu Ihren Freundinnen, sondern ich bin eines seiner Opfer, und ich werde ihm nie verzeihen. Er hat mich mit Ihnen betrogen oder Sie mit mir, verstehen Sie es, wie Sie wollen. Ich weiß es, weil er es mir selbst gestanden hat. Er ist unersättlich und denkt nie an den Schmerz, den er anderen zufügt.

Ich habe Sie gewarnt.

Adele ist drauf und dran, in Klimts Atelier zu eilen, um ihm den Brief zu zeigen, seine Reaktion zu sehen und Erklärungen zu verlangen. Wie konnte er sich ihr gegenüber so verhalten und über ihre Liaison sprechen? Für wen hält er sie denn? Für eine jener Frauen, die Ruhm zu erlangen hoffen, weil ein beliebter Maler sie verewigt? Nein, sie hat es nicht nötig, sich auf dieses Niveau herabzubegeben. Innerhalb weniger Minuten überschlagen sich die widersprüchlichsten Gefühle und Gedanken in ihrem Kopf. Einerseits kann sie unmöglich warten. Doch nach einem Blick aus dem Fenster in die Dunkelheit entscheidet sie sich anders, und plötzlich spürt sie ohne jede Vorankündigung eine heftige Migräne.

Nach zwölf Jahren Ehe erkennt Ferdinand auf den ersten Blick, ob seine Frau wieder eine Attacke hat. Die Schmerzen kündigen sich stets auf die gleiche Art an – er sieht, dass sie blinzelt und sich seufzend mit der Hand über die Stirn fährt. Sogleich schlägt er vor, einen Arzt zu rufen, doch Adele lehnt ab. Er könne ihr ohnehin nicht helfen, und außerdem hat sie vor einiger Zeit beschlossen, sich solidarisch mit jenen zu zeigen, die kein Geld haben, um sich behandeln zu lassen. Seitdem sie häufig mit Julius Tandler verkehrt, hat sie die Armut eines großen Teils der Wiener Bevölkerung kennengelernt, was sie sehr erschüttert hat. Sie kennt nur ein Heilmittel für ihre Migräneanfälle, nämlich, sich mit einem feuchten Tuch auf der schmerzenden Stirn in ein abgedunkeltes Zimmer zu legen und zu warten, bis die Qualen vergehen.

Sie verbringt eine unruhige Nacht. Und am nächsten Morgen ist sie entschlossen, Klimt den Brief zu zeigen, egal, ob die Spuren der Schlaflosigkeit noch auf ihrem Gesicht zu sehen und ihre Züge angespannt sind.

Eine Stunde später öffnet Adele das Tor, dessen Quietschen ihr so vertraut ist. Sie ignoriert das Schild, auf das Klimt geschrieben hat »Klopfen sinnlos, wir öffnen nicht«, sie ist durch nichts aufzuhalten. Und trotz seines zuweilen unberechenbaren Charakters verzichtet sie auch darauf, sich ankündigen zu lassen. Sollte sie ihn eventuell mit einer anderen überraschen, macht das nichts, oder ganz im Gegenteil, vielleicht wäre es ihr sogar recht, ihn in einer misslichen Lage anzutreffen. Noch bevor Hermine Klimt Bescheid geben kann, stürmt Adele an ihr vorbei, läuft durch den Salon, dann durch das Vestibül. Die Zimmer sind leer, aber es ist ja noch früh, und sie muss feststellen, dass Klimt nicht in seinem Atelier ist.

»Der gnädige Herr ist noch nicht heruntergekommen, ich werde ihm Ihren Besuch ankündigen«, sagt Hermine, die ihr aufgeregt gefolgt ist.

Zehn Minuten später erscheint Klimt mit struppigem Haar, ganz offensichtlich hat sie ihn aus dem Schlaf gerissen. Normalerweise ist er Frühaufsteher und bleibt nicht so lange im Bett.

»Ist etwas Schlimmes passiert?«

»Haben Sie Ihre Brille?«, fragt Adele kurz angebunden und reicht ihm den Brief.

Klimt öffnet die Schublade seines Arbeitstisches, holt ein Etui heraus und setzt seine Brille auf. Dann beginnt er den Brief halblaut, doch kaum verständlich zu lesen. Als er fertig ist, ruft er aus:

»Adele, und wegen eines solchen Unfugs sind Sie schon so früh am Morgen hergekommen? Sie dürfen solchem Geschwätz keine Bedeutung schenken!«

»Aber verstehen Sie denn nicht, dass wir entdeckt worden sind und der nächste Brief an Ferdinand gehen könnte?«

»Das sind doch nur die Worte einer armen Irren, das dürfen Sie nicht ernst nehmen. Bleiben Sie ganz ruhig! Was hätte aus mir werden sollen, wenn ich mich mein Leben lang über alle anonymen Beleidigungen derart aufgeregt hätte?«

»Wer ist es? Sagen Sie es mir!«

»Ich habe keine Ahnung, es kann sich nur um eine jener Damen handeln, deren Porträt ich nicht malen wollte.

Ich versichere Ihnen, dass ich, Emilie ausgenommen, niemanden außer Ihnen treffe.«

Hat er sich so gut im Griff, ist er ein so guter Lügner, dass er keinerlei Verunsicherung zeigt?, fragt sich Adele. Er hat weder mit der Wimper gezuckt noch hat ihn sein Gesichtsausdruck verraten. Sagt er vielleicht doch die Wahrheit? Sie ist plötzlich verunsichert und weiß nicht mehr, wem sie noch glauben soll.

Wäre Klimt überhaupt in der Lage, sich in Wien mit ihrem Verhältnis zu brüsten und so die Großzügigkeit ihres Mannes auszunutzen? Jedes Porträt soll ihm den Gegenwert einer Villa am Attersee einbringen, erzählt man sich. Sie hat die Frage des Geldes weder mit ihm noch mit ihrem Mann je besprochen, das geht sie nichts an.

Je länger sie aber darüber nachdenkt, desto sicherer ist sie, dass er sie nicht derart zum Narren halten und so unehrlich sein kann. Er hat ihr schließlich seine Liebe erklärt, das hat sie ja nicht erfunden.

»Gustav, verkaufen Sie mich nicht für dumm, das ist alles, was ich von Ihnen verlange. Ich werde nachdenken, und dazu muss ich alleine sein.«

»Sie kennen mein Leben, und Sie wissen, dass ich viele Frauen geliebt habe, aber seit ich Sie in den Armen gehalten habe, gibt es keine andere mehr.«

»Da wäre noch Emilie.«

»Emilie rühre ich schon seit langem nicht mehr an. Ich schlafe nur neben ihr, sie ist meine Freundin, meine Begleiterin in diesem ermüdenden Leben.«

Beim letzten Satz tritt er zu ihr und zieht sie an sich. Doch Adele steht wie erstarrt da, die Arme zum Schutz vor der Brust verschränkt – damit er sich nicht ihrem Herzen nähern kann.

»Lassen Sie mich, ich fahre nach Hause.«

Beim Hinausgehen wirft sie noch einen raschen Blick auf ihr Porträt, seit dem letzten Mal ist er gut vorangekommen. Sie ist sich nicht sicher, ob ihr dieser neue Stil wirklich gefällt, doch was hat das schon zu sagen?

Hundert Mal? Adele weiß nicht, wie oft sie den vermaledeiten Brief gelesen hat. Wie kann sie herausfinden, wer ihn ihr geschickt hat? Welche List könnte sie ersinnen, um die Verfasserin ausfindig zu machen? Auch wenn Vorsicht und Vernunft ihr gebieten, ihn zu zerreißen, tut sie es nicht. Sie hat den Umschlag sorgsam in einer Schublade ihres Sekretärs versteckt, der abgeschlossen in ihrem Boudoir steht. Hier ist Ferdinand so gut wie nie.

Gustav hat sie nicht wieder getroffen. Die Anschuldigungen quälen sie und lassen ihr keine Ruhe, denn sie kann nicht glauben, dass er sie derart manipuliert. Sie lässt ihm eine Chance und hofft, dass er sich melden wird. Er zog von Anfang an die Fäden in ihrem Spiel, und wieder ist es sie, die wartet, doch sein Schweigen ist ihr unerträglich. Zum wiederholten Male fragt sie sich, wie Emilie Flöge das Verhalten ihres Gefährten erdulden kann. Diesmal jedoch fühlt sie sich fast als ihre Verbündete.

Langsam nimmt der Gedanke Gestalt an. Adele braucht plötzlich ein neues Kleid, und das wird sie sich im Salon von »Frau Klimt« machen lassen.

Beim Abendessen erwähnt sie die Idee, und Ferdinand ist auf der Stelle begeistert. Er freut sich, wenn seine Frau Wünsche hat, egal welcher Art. Und so ermuntert er sie und erkundigt sich sogleich, welche Farbe und Form ihr denn vorschwebten. Darüber hat Adele noch nicht nachgedacht, sie will sich von Emilie beraten lassen.

Innerhalb der letzten Tage sind die Temperaturen erheblich gesunken, doch das hält sie nicht davon ab, ihren Plan umzusetzen. Wieder einmal bestellt sie das Automobil und lässt sich zu den Schwestern Flöge in die Mariahilfer Straße fahren. Mit den Autos, die zu der Straßenbahn und den Pferdekutschen dazugekommen sind, ist der Verkehr in Wien jetzt sehr viel dichter geworden – ganz zu schweigen von den inzwischen zahlreichen Fahrrädern und den Fußgängern, die völlig unerwartet zwischen den Fahrzeugen auftauchen.

Als das Automobil der Blochs vor dem Modesalon hält, eilen sogleich zwei Türsteher herbei, um die gnädige Frau zu empfangen. Seit der Fertigstellung des Gemäldes ist Adele in Wien zur Berühmtheit geworden, was einigen Neid erregt.

Emilie Flöge kommt ihr entgegen.

»Welche Freude, Sie hier zu sehen! Es hat mich sehr betrübt, Sie nicht zu meinem Kundenkreis zählen zu dürfen. Was kann ich für Sie tun?«

»Eigentlich bin ich Stammkundin bei den Pariser Couturiers und bei der Wiener Werkstätte, aber diesmal vertraue ich mich Ihnen an. Ich habe keine präzisen Vorstellungen, machen Sie mir doch ein paar Vorschläge.«

»Sehr gerne, doch zunächst wollen wir Ihre Maße nehmen. Eine der Schneiderinnen wird sich um Sie kümmern, und ich hole indessen mein Modellbuch. Wissen Sie, ich bin gerade aus London zurückgekommen. Nehmen Sie doch bitte im grünen Salon Platz.«

Kurz darauf bekommt Emilie Flöge von der Schneiderin Adeles Maße.

»Das sind ja Idealmaße, meine liebe Adele. Ich verstehe, dass Gustav es liebt, Ihren Körper zu skizzieren.« Adele geht nicht auf den Wink mit dem Zaunpfahl ein, sondern begnügt sich statt einer Antwort mit einem Lächeln.

Die Modeschöpferin blättert in einem Heft und hält schließlich bei einem Modell inne.

»Sehen Sie sich mal dieses Kostüm an, es scheint wie für Sie gemacht. Es verbindet Schwarz und Weiß – Sünde und Reinheit, das ist doch wundervoll, nicht wahr?«

Bei dieser plumpen Anspielung hätte sich Adele fast verschluckt, doch sie beugt sich über das Heft, um sich auf die Skizze zu konzentrieren. Der schwarze Rock reicht bis zum Knöchel, dazu gehört eine weiße Bluse mit Puffärmeln. Doch vor allem die dreiviertellange Jacke mit einem geometrischen Muster und einem Kragenbesatz von schwarzen Tüllblumen erregt ihre Aufmerksamkeit.

»Es gefällt mir sehr gut, das Modell würde ich gerne tragen.«

»Dann dürfen Sie es schon als das ihre betrachten. Möchten Sie es als Einzelstück? Ich würde es Ihnen empfehlen, es ist zu ausgefallen, um von zwei Frauen getragen zu werden, vor allem von zwei Damen der gehobenen Gesellschaft. Bei Männern ist das etwas anderes, auch wenn sie Einzelstücke sind, verstehen sie es, sich zu teilen.«

»Wann würde das Kostüm denn fertig sein?«

»Weil Sie es sind, in etwa drei Wochen. Haben Sie die Puffärmel gesehen? Sie haben mich schon inspiriert, als ich Gustavs Kutten entworfen habe. Nur er trägt sie. Und Sie werden sehen, er wird der Nachwelt in diesem Gewand erhalten bleiben.«

Adele bedankt sich, sie will dieses Gespräch, dem sie nicht gewachsen scheint, nicht länger fortsetzen. Sie hatte sich für die Stärkere gehalten, doch jetzt begreift sie Klimts Bindung an diese so wortgewandte, raffinierte Frau. Vor allem aber ist sie sich nun ganz sicher, dass nur Emilie Flöge die Verfasserin des anonymen Briefs sein kann.

Als Adele gerade das Atelier verlassen will, hält Emilie Flöge sie am Arm zurück.

»Gustav hat seinen Aufenthalt bei Ihnen sehr genossen, und er war in Hochform, als er zurückkam.«

Diese Erklärung trifft Adele mitten ins Herz, doch sie bewahrt Haltung.

»Das freut mich sehr. Selbstverständlich sind auch Sie beim nächsten Mal wieder herzlich eingeladen.«

Mit der Zeit schwinden die Spannungen zwischen Gustav und Adele, und sie treffen sich wieder. Im Moment ist Klimt auf Reisen, nach einem Aufenthalt in Wodolka und in Rom ist er nun in Böhmen. Er war besorgt, weil er mit seinem Atelier umziehen musste, das ist furchtbar für ihn, aber ihm wurde gekündigt, und er hat keine andere Wahl. Glücklicherweise hat er ein anderes gefunden, das zwar etwas außerhalb liegt, ihm aber gut gefällt und über einen etwas größeren Garten verfügt. Es befindet sich in der Feldmühlgasse 11, direkt hinter Schloss Schönbrunn. Der angrenzende Park ist noch weitläufiger als der des Belvedere, und häufig nutzt Klimt die Gelegenheit, sich die Beine zu vertreten, wenn er stundenlang auf seinem Hocker gesessen hat. Als Adele ihn in seiner neuen Bleibe besuchte, fühlte sie sich nicht fremd, denn alles war unverändert. Doch zwischen ihnen ist nichts mehr wie früher, der Brief hat Adele misstrauisch gemacht und die Magie ihrer Leidenschaft zerstört. Die Körper haben ihre Gewohnheiten, doch Adele gibt sich nicht mehr so bedingungslos hin wie zuvor. Und trotzdem ist sie nicht bereit, mit ihm zu brechen, sie fürchtet sich zu sehr vor der Leere, die er in ihrem Leben hinterlassen würde. Manchmal fragt sie sich sogar, ob sie Gustav noch immer liebt oder ob nicht die ständige Gefahr, entdeckt zu werden, für sie notwendig, wenn nicht gar unerlässlich geworden ist.

17.

Wie ein Kimono

Die Liebenden treffen sich jetzt immer seltener. Außerdem ist Gustav klargeworden, dass er das zweite Porträt möglichst rasch fertigstellen muss, um Adeles zahlreiche Besuche zu rechtfertigen. Und in seinem Atelier stapeln sich auch andere unvollendete Gemälde, er ist mit der Arbeit in Verzug geraten und muss nun die verlorene Zeit aufholen. Am 14. Juli wird er seinen fünfzigsten Geburtstag feiern, und das Gefühl, ein alter Mann zu sein, quält ihn. Lange haben seine Verhältnisse mit jüngeren Frauen ihn sein Alter vergessen lassen, doch das reicht jetzt nicht mehr. Vor allem muss er viel häufiger als sonst an seinen Bruder Ernst denken. Ob sie noch immer Weggefährten wären? Die dreißig Jahre seit seinem Tod sind so schnell vergangen. Klimt sieht sich in seinem Atelier um und macht, wie von einem Gefühl der Dringlichkeit getrieben, eine Bestandsaufnahme dessen, was ihm noch zu vollenden bleibt.

In einem Monat will er Ferdinand das zweite Porträt übergeben, auch wenn er der Ansicht ist, dass ein Gemälde nie vollendet ist. Ein guter Mann, dieser Ferdinand Bloch. Klimt ist ihm dankbar für seine Unterstützung, denn er hat gerade ein weiteres Bild mit dem Titel *Apfelbaum* gekauft. Gewissensbisse hat er nicht, denn er kennt keine Gemütszustände, wenn es um seine Beziehung oder das Verlangen geht, und für Klimt ist es immer eine Beruhigung, den Ehemann einer seiner Eroberungen zufriedenzustellen – ganz so, als würde dadurch der Betrug zum Teil wiedergutgemacht. Er darf Ferdinand auf keinen Fall enttäuschen, denn seit dem Tod seines wichtigsten Mäzens, Ludwig Hevesi, wird das Geld allmählich knapp. Gustav Klimt beugt sich erneut über Adeles Porträt und tritt dann ein paar Schritte zurück, um es aus der Ferne zu betrachten. Mit diesem Gemälde hat er seinen Stil erneuert, der sich jetzt dem Naturalismus annähert. Für das grüne Rechteck, das die Landschaft symbolisiert, hat er, ebenso wie für den blauen Teppich zu Adeles Füßen, Halbtöne verwendet. Hingegen ist er dem

Prinzip der Arabesken, die er so gerne in seine Gemälde integriert, treu geblieben. Die Farben erinnern an die von Matisse, den der Maler in Paris zugleich mit den Vertretern des Fauvismus entdeckt hat. Die abgestuften Rosatöne, die den Hintergrund bilden, sind von Adeles Lieblingsblumen inspiriert, denn sie hat ihm ausführlich von ihrem Plan erzählt, in ihrem Schloss einen Rosengarten anzulegen. Dazu hat sie Kataloge aus England angefordert, damit sie Sorten aussuchen und dann die Wurzelstöcke bestellen kann, die so wertvoll sind wie die Edelsteine, die sie trägt. Klimt, der sich schon seit einiger Zeit für die Gartenarbeit begeistert, hat ihr erklärt, wie sie die Farbtöne kombinieren soll: im Vordergrund die helleren, dahinter die dunkleren – die Natur als Gemälde. Adele kennt jede Zeile dieses Verses von Hofmannsthal, der ihm jetzt wieder einfällt:

Und warum sollten nicht die Farben Brüder der Schmerzen sein, da diese wie jene uns ins Ewige ziehen?

Auf dem Porträt wirkt sie so stolz. Sie steht steif, ja fast erstarrt da, um die Schultern trägt sie eine lange Stola, die wie ein Kimono über ihr Kleid herabfällt und an die japanischen Holzschnitte erinnert, die Klimt so sehr liebt. Man sieht fast nichts von Adeles Haut, nur ihre

Hände. Diese betörende Haut, die er so gut kennt, die er stundenlang gestreichelt hat, ist ihm allein vorbehalten ... Doch am eindrucksvollsten ist ihr Ausdruck, Adele ist auf dem Gemälde, ohne wirklich präsent zu sein. Der Blick ist in die Ferne gerichtet, und das Gesicht zeigt nicht den Anflug eines Lächelns. Sie scheint keine Gefühle zu haben.

18.

Zerbrechliches Glück

Adele ist gerade einunddreißig Jahre alt geworden. Wie zu jedem Geburtstag, schenkt Ferdinand ihr Schmuck – dabei hat sie schon so viel. Doch was sie insgeheim erfreut, ist mehr wert als alles Gold der Welt. Sie erwartet wieder ein Kind! Endlich ist sie schwanger, wie sehr hat sie es sich nach Fritz' Tod gewünscht! Welches Glücksgefühl, als Doktor Bruden ihr bestätigt hat, dass sie ein Kind unter dem Herzen trägt. Nach fast neun Jahren.

Nach der Mitteilung des Arztes ist sie zum Grab ihres kleinen Jungen gegangen, um dort einen Strauß Veilchen niederzulegen und seiner zu gedenken. Sie wollte ihm erklären, dass dieses neue Kind in ihrem Herzen niemals seinen Platz einnehmen wird.

Zu Anfang wollte Adele Ferdinand nichts sagen, um keine falschen Hoffnungen zu wecken. Das Leben hat sie Vorsicht gelehrt. Gleichzeitig distanziert sie sich von Klimt.

Für das Ehepaar Bloch geht das Leben weiter, als sei nichts geschehen. Eines Abends beschließt Ferdinand, seine Gemahlin zum Abendessen ins Restaurant des Hotel Sacher auszuführen, wo sie Stammgäste sind. Der Oberkellner geleitet sie sogleich zu ihrem Lieblingstisch. Seit der Eröffnung dieses Luxushotels drängt sich die vornehme Gesellschaft Wiens in den gemütlichen Salons. Kaum hat der weißbehandschuhte Kellner die Vorspeisen serviert, spürt Adele heftige Übelkeit in sich aufsteigen. Sie möchte es Ferdinand natürlich nicht sagen, weil sie ihr Geheimnis noch für sich behalten will. Das Wissen, dass sich erneut ein kleines Wesen unter ihrem Herzen entwickelt, macht sie so stark. Und während sie die Tische um sie herum beobachtet, flüstert eine kleine Stimme in ihrem Inneren: Ich bin schwanger. Ich bin schwanger.

Doch die Übelkeit wird schlimmer.

»Ferdinand, ich fühle mich nicht wohl, lassen Sie uns nach Hause fahren.«

»Aber mein Liebling, wir sind doch gerade erst gekommen.«

»Ich bitte Sie, gehen wir. Ich habe furchtbare Kopfschmerzen.«

Ferdinand sieht sie besorgt an, ohne etwas zu ahnen. Sie leidet so oft unter diesen Attacken.

»Soll ich einen Arzt rufen?« Er stellt die Frage, obgleich er die Antwort schon weiß.

»Nein, ich denke, es ist nur Müdigkeit, ich habe mich sicher im Park des Belvedere erkältet.«

Adele ist keine launische Frau, auch wenn sie manchmal etwas eigenartig ist, und diese Kopfschmerzen machen Ferdinand Sorgen. Er isst noch schnell, so viel er kann, ehe er sich erhebt, zu Adeles Stuhl geht und ihr beim Aufstehen behilflich ist. Der Abend ist beendet, ehe er richtig begonnen hat. Im Automobil lehnt Adele ihren Kopf an Ferdinands Schulter, der sofort von Zärtlichkeit übermannt wird und sie sanft an sich zieht. Auch noch nach so vielen Ehejahren bringt ihn jede Geste der Zuneigung seitens seiner Frau völlig durcheinander.

Dann ist die Zeit gekommen, Ferdinand die große Neuigkeit mitzuteilen. Wie sie an jenem Tag seine Rückkehr herbeisehnt! Adele ist so ungeduldig, der Abend soll ein

Fest werden, das ihr Mann und sie ihr ganzes Leben lang nicht vergessen werden. Sie lässt einen rosé Jahrgangschampagner servieren – Roederer Cristal. Ferdinand bestellt ihn direkt in Reims und schenkt ihn nur bei großen Gelegenheiten aus. Ihre Haltung verrät Ferdinand schnell, was sie ihm sagen will. Damit hat er nicht mehr gerechnet, aber die furchtbaren Ereignisse haben auch ihn Zurückhaltung gelehrt, und so fällt es ihm schwer, seine Freude zu zeigen. Doch Adele scheint so sicher, so vertrauensvoll, dass er keine andere Wahl hat, als ihr Glück mit ihr zu teilen. Sie werden ein Kind haben, einen Erben, einen kleinen Schatz, den sie verwöhnen können. Ein Bloch wird das Licht der Welt erblicken, und diesmal nicht bei Therese und Gustav, sondern bei Adele und Ferdinand. Welch eine Freude!

War sie seit Fritz' Geburt jemals wieder so glücklich, so beschwingt? Adele schwebt in einem Rausch der Glückseligkeit. Sie hatte die kaum wahrnehmbaren Veränderungen ihres Körpers gespürt und war sich ihrer Sache sicher.

Kaum ist sie morgens zwei Stunden auf, hat Adele das unüberwindliche Bedürfnis, sich wieder hinzulegen und zu schlafen. Sie kann nicht einmal lesen. Liegt das an ihrem Alter oder an der Erinnerung an die früheren dramatischen Ereignisse? Dabei hat sie andere Frauen erlebt, vor allem ihre Schwester Therese, die während der Schwangerschaft vor Energie nur so strotzten. Thedy ist – neben Hannah, die es schnell erraten hat – die Einzige, die in das Geheimnis eingeweiht ist. Mit jedem Tag steigt Adeles Glücksgefühl. Klimt scheint ihr so weit entfernt … sein Bild war in jenem Augenblick verschwunden, als sie von ihrer Schwangerschaft erfuhr.

Mit der Zeit wird auch Ferdinand zuversichtlicher. Er bittet sie, ihren Bauch berühren zu dürfen, und murmelt dabei seiner »angebeteten Geliebten«, wie er sie nennt, zärtliche Worte zu. Für sie scheint es keine größere Erfüllung zu geben, als nach so vielen Jahren ein Kind zu erwarten.

Adele muss Ferdinand morgens regelrecht drängen, ins Büro zu gehen, am liebsten würde er den ganzen Tag dasitzen und sie ansehen, so wie man eine Blüte betrachtet, die sich langsam öffnet. Kaum hat er an diesem Vormittag das Haus verlassen, klingelt es, und ein Bote bringt einen riesigen Strauß Teerosen, den die Kammerzofe so im Zimmer der gnädigen Frau aufstellt, dass sie ihn gut sehen kann.

Adele und ihr Mann erleben die Tage in einem Rausch des Glücks, weitab vom Weltgeschehen. Sie verzichten jetzt auf Empfänge, um die Schwangere, deren Bauch sich langsam rundet, nicht zu ermüden.

Doch an einem Dienstag – Adele wird bis zu ihrem Lebensende nicht vergessen, dass es ein Dienstag war – spürt sie zunächst stechende, dann unerträglich starke Schmerzen im Unterleib. Sie hat das Gefühl, eine unsichtbare Hand würde ihr mit einem langen Messer die Eingeweide herausreißen. Adele bittet, den Arzt zu holen, fleht, er solle möglichst schnell kommen. Das Personal versucht, seine Unruhe zu verbergen, und man schickt Franz zu Doktor Bruden. Dieser unterbricht auf der Stelle seine Behandlung, doch er kommt zu spät. Adele ist keine werdende Mutter mehr. Sie hat viel Blut verloren und damit auch ihr Kind.

Doktor Bruden versucht sie zu trösten, so gut er kann.

»Wir wissen nun sicher, dass Sie wieder schwanger werden können. Lassen Sie ein paar Monate vergehen, bis Sie sich wieder erholt haben.«

Adele antwortet nicht. Beinahe zehn Jahre hat sie auf diese erneute Schwangerschaft gewartet. Man soll sie in Ruhe lassen, sie will nur noch allein sein – allein mit ihrem Traum von einem Kind. Die Schmerzen reihen sich nicht aneinander, sie multiplizieren sich. Diese wiederholten Verluste, die Erinnerung an ihre vor der Zeit totgeborene Tochter und an Fritz, den sie nur wenige Stunden an sich drücken konnte. Die Zartheit seiner Haut unter ihren Fingern.

Als sich der Arzt anschickt, das Zimmer zu verlassen, fragt sie flehentlich:

»War es ein Junge oder ein Mädchen?«

»Das kann man nicht sagen, der Embryo war noch nicht genügend entwickelt.«

In einem Aufschrei, der das stille Haus erschüttert, macht Adele ihrem Schmerz Luft:

»Es war kein Embryo, es war mein Kind! Mein Kind, hören Sie!«

Sie greift nach einer Figur aus Biskuitporzellan, die auf ihrem Nachttisch steht und zwei aneinanderlehnende Engelsköpfe darstellt, und schleudert sie an die Wand. Das Porzellan zerbricht in tausend Scherben. Es ist das erste Mal, dass Adele die Beherrschung verliert. Dann bricht sie in lautes Schluchzen aus.

Als Ferdinand mit aufgelöster Miene nach Hause kommt, läuft er direkt zum Zimmer seiner Frau. Hannah hat es nicht gewagt, ihm Hut und Mantel abzunehmen. Sie wechseln nur einen raschen Blick. Entgegen seinen sonst so guten Manieren tritt Ferdinand ein, ohne anzuklopfen. Das Beruhigungsmittel wirkt, und Adele schläft friedlich zusammengerollt, das Kinn an die Brust gedrückt, die Arme um den Bauch geschlungen, als gäbe es dort noch etwas zu schützen. Er streicht vorsichtig eine Haarsträhne zur Seite, die das Gesicht verdeckt, betrachtet die Frau, die er über alles liebt, und drückt ihr einen Kuss auf die Stirn. Auch er empfindet tiefen Kummer, denn wie sie hatte er gehofft, dass diesmal alles gut werden würde.

Und wie ihr ist auch ihm klar, dass es kein nächstes Mal mehr geben wird. Er wendet den Kopf ab, und da Adele schläft, sieht sie die Tränen ihres Mannes nicht. Zum dritten Mal in seinem Leben als erwachsener Mann weint Ferdinand Bloch.

Nach diesem grauenvollen Tag weigert sich Adele achtundvierzig Stunden lang, ihr Zimmer zu verlassen. Sie durchlebt erneut denselben Alptraum wie in den Jahren 1903 und 1904. Und Fritz' Gesicht, das sie vergessen glaubte, sucht sie erneut heim.

Wie beim letzten Mal zieht Adele sich vollkommen zurück. Es fällt Ferdinand schwer, die richtigen Worte zu finden, doch ständig bringt er ihr neue Beweise seiner Liebe. Und er sagt dasselbe wie schon zu Anfang ihrer Ehe – er liebt sie, egal ob sie ein Kind haben oder nicht.

Therese ist ebenfalls da und hält die Hand ihrer Schwester. Wieder und wieder stellt diese sich vor, wie ihr Kind wohl ausgesehen hätte. Sicher hätte es seinen Cousins geähnelt, denn in den Adern seiner Mutter und seines Vaters fließt schließlich dasselbe Blut. Sie denkt an ihre eigene Jugend zurück und versucht sich zu erinnern, wann sie aufgehört hat, ein Kind zu sein. Zu welchem Zeitpunkt hat sie den Kokon verlassen, der vor den Unbilden des Lebens schützt? Sie hat so jung geheiratet – ist das eine der Ursachen ihres Unglücks? Trägt sie Schuld an diesem Fluch? Sie hat Etappen übersprungen, ganz so, als hätte sie den Lauf des Lebens nicht respektiert und der Faden wäre irgendwo gerissen. Nicht zerfranst, sondern eindeutig zerstört – und sie mit ihm zur gleichen Zeit.

Adele versucht, nicht an das Offensichtliche zu denken, denn das, was sie sich vorwerfen muss, hat einen Namen, ein Gesicht und einen Körper. Ihre Liaison mit Klimt ist unmoralisch, und dafür muss sie nun den Preis bezahlen. Sie ist keine ehrbare Frau mehr, zumindest nicht in dem Sinne, wie sie es sein sollte. Sie hat sich nicht nur einem einzigen Mann hingegeben, aber welche Frau, Therese ausgenommen, ist ihr Leben lang tugendhaft? Sie liebt Ferdinand, so gut sie kann, selbst wenn sich die große Leidenschaft nie eingestellt hat. Für die Zeit, in der sie lebt, und für die Schicht, aus der sie stammt, hat sie eine perfekte Ehe geschlossen. Und sie schwört sich, dass die Affäre mit Klimt definitiv beendet ist, sie nie wieder mit ihm zusammen sein wird.

Dennoch lässt die Verzweiflung sie nicht los. Sie verbringt einen weiteren Monat in Abgeschiedenheit, den sie dazu nutzt, um ihre Bibliothek umzuräumen. Sie sortiert die Bücher nach einem neuen System. Doch eigentlich versucht sie damit, Ordnung in ihr Leben zu bringen. Klimt hat sie mitteilen lassen, sie sei leidend, aber er weiß nicht, was ihr zugestoßen ist.

Die Zeit vergeht, und Therese besucht erneut ihre Schwester. Sie versucht, sie mit dem neuesten Wiener Tratsch zu zerstreuen.

»Weißt du eigentlich, dass euer Freund Klimt Vater geworden ist?«

Adele ist wie erstarrt, sie bringt kein Wort heraus.

»Seine Mätresse Consuela Huber hat vor einigen Monaten ein Kind zur Welt gebracht. Anscheinend besucht er sie von Zeit zu Zeit. Ach, du wusstest nicht, dass er ein Verhältnis mit ihr hatte?«

Adele hat das Gefühl, ihr Kopf würde in einem Schraubstock stecken. Sie bittet Therese, sie allein zu lassen – mal wieder die Migräne.

Welch ein Verrat! Der schlimmste überhaupt. Sie war

also nicht die einzige Frau in Klimts Leben. Gustav hatte eine Mätresse, eine Mätresse, die er geschwängert hat!

Wie gern würde sie ihn zur Rede stellen, aber Klimt ist auf der Internationalen Kunstmesse in München, wo er – Ironie des Schicksals – das zweite Porträt von Adele ausstellt.

Und was würde sie tun, wenn er ihr jetzt gegenüberstünde? Adele kann sich genau vorstellen, was Gustav zu ihr sagen würde. Er würde mit einem Wort diesen »Klatsch« von sich weisen, den Therese ihr zugetragen hat. »Unsere Verbindung ist zu wertvoll«. Er hat zu viel Macht über sie, und sie liefe Gefahr, sich erneut überzeugen zu lassen und nicht mit ihm zu brechen.

Wie sehr sie ihn hasst, wie sehr sie ihn dafür hasst, was er ihr angetan hat. Sie will ihn nie wiedersehen.

In diesem Augenblick sehnt sie den Tod herbei, doch sie hört ihre Atemzüge und weiß, dass sie lebt und zum Leiden verurteilt ist. Sie hat gelesen, dass sich in Wien die Selbstmorde häufen, vor allem bei Frauen, bei jüdischen Frauen. Weil sie zu empfindsam seien, heißt es.

Adele leidet nicht mehr an Liebeskummer, aber sie stirbt vor Kummer um ihr Kind.

Also nimmt sie an ihrem Schreibpult Platz, greift zur Feder, wählt statt der parfümierten Bögen einen schlichteren und schreibt dann in einem Zuge.

Gustav,
ich habe wundervolle Stunden an Ihrer Seite verbracht. Sie haben mich in eine Welt entführt, die nicht die meine ist. Ohne Sie hätte ich nicht den Rausch des Lebens, die Erfüllung, geliebt zu werden, kennengelernt, jene einfache Verbundenheit, in der Worte und Gesten sich ganz natürlich entsprechen. Die Quelle war rein, und Ihr Wildbach hat mich mitgerissen. Ich empfinde weder Bedauern noch Bitterkeit.

Aber jetzt ist dieses Intermezzo beendet. Seltsamerweise hege ich gegenüber Ferdinand keinerlei Schuldgefühle, dabei müsste ich das vielleicht ... Wie könnte er es je verstehen, wenn er es erfahren würde?

Ich könnte Ihnen auch Ihr Verhalten vorwerfen, aber das werde ich nicht tun. Ich habe gelernt, dass Frauen sich mit sich selbst begnügen können und so zu einer Art Abgeklärtheit finden. Und genau so ist es. Männer müssen ständig erobern, egal, ob es sich um ein Trugbild oder eine Frau handelt: Sie müssen jagen, zielen, erlegen und weitermachen. Ferdinand, Sie, Mahler, Freud – Sie alle gleichen sich in ihrem Stolz.

Seit einigen Wochen ist der Himmel nicht mehr so rein. Die Bäume haben erneut ihre ursprüngliche Farbe angenommen. Und ich sehe Sie wieder als einen Mann, einen armen Menschen, der sich nicht von den anderen unterscheidet – genial als Maler, aber sonst nicht mehr wert als der erstbeste Dahergelaufene. Ich muss die Augen schließen, um eine Magie wiederzufinden, die nicht mehr existiert. Ich habe geweint, ich habe Sie verflucht. Und ich habe den höchsten Preis gezahlt, der für mich vorstellbar ist. Aber das ist nicht Ihre Schuld. Ich glaube an keinen anderen Gott als an die Absurdität des Lebens. Diese Weitsicht erspart mir nicht das Leid. Seit jeher beobachte ich die Bäume in den Parks, in denen ich so gerne spazieren gehe. Sie sind älter als wir, also auch weiser. Bei ihnen ist keine Verletzung tödlich – ein abgesägter Ast, eine Einkerbung, ein vom Wind abgerissener Zweig, eine abgeknickte Krone, nichts ist endgültig. Die Rinde schließt sich wieder.

Ich werde altern wie sie, die Rinde wird sich über meinen Wunden schließen. Ich habe mich für eine andere gehalten, und das war köstlich und eitel. Ich bitte Sie, keinen Versuch zu unternehmen, mich wiederzusehen.

Vielleicht können wir später einmal eine unverbrüchliche Freundschaft aufbauen, eine, die die Geheimnisse überdeckt.

Adele

19.

Grau und Schwarz

Wie jeden Morgen öffnet Hannah auch an diesem 28. Juni 1914 die Vorhänge, um die gnädige Frau zu wecken. Ein paar vorwitzige Sonnenstrahlen stehlen sich ins Zimmer und streifen Adeles Bett. Diese fühlt sich leicht und heiter, geradezu berauscht. Sie genießt diesen Rausch, diese Leichtigkeit und die flüchtige Euphorie, die sie so selten verspürt. Die Aussicht auf einen blauen Himmel verheißt einen schönen Tag. Und das, obwohl kein besonderes Ereignis für heute ansteht. Adele nimmt sich fest vor, unverzüglich mit den Vorbereitungen ihres nächsten Aufenthalts in Böhmen zu beginnen. Seit Ferdinand das Schloss gekauft hat, unternehmen sie dort vormittags mit Begeisterung ausgedehnte Spaziergänge. Sie sieht sich schon durch die Gräser laufen, die ihr bis zur Hüfte reichen, und durch die Blumen, die sie mit ihrem groben Schuhwerk nicht zertreten will.

Sie hat ihr Versprechen gehalten und ihre Liaison mit Klimt beendet. Er hat ihre Entscheidung verstanden und nicht weiter insistiert. Und sie hat gelernt, sich mit dem kleinen Glück zufriedenzugeben, mit den vielen unbedeutenden Belanglosigkeiten, die das Leben schöner machen. Oft denkt sie darüber nach, was sie alles mit Klimt erlebt hat. Ein Raubtier lässt sich nicht zähmen, so ist es nun mal. Aber er hat ihr so viel gegeben, von dem sie noch immer zehrt.

Immer häufiger verbringt sie ihre Nachmittage nun lesend, und bei der Auswahl der Lektüre sucht sie oft nach Gemeinsamkeiten mit ihrer eigenen und ihrer gemeinsamen Geschichte. Sie bestellt zwei bis drei Bücher pro Woche, darum hat man auch ihre Bibliothek vergrößern müssen.

Hannah hat gerade ihr Frühstücksei gebracht. Als sie es aufschlagen will, klingelt das Telefon. Die Kammerzofe eilt hinaus, kehrt außer Atem und aufgewühlt zurück.

»Es ist der gnädige Herr, er sagt, es sei etwas Schlimmes passiert und die gnädige Frau soll sofort an den Apparat kommen.«

»Was ist denn geschehen, Hannah? Ein Unfall?«

»Ich weiß nicht, gnädige Frau, Sie sollen kommen.«

Adele eilt ins Vestibül und greift nach dem schweren Hörer.

Sie hat gerade noch Zeit, »Hallo« zu sagen, ehe Ferdinand mit einem tiefen Seufzer verkündet:

»Adele, es ist schrecklich, wir steuern geradewegs auf einen Krieg zu. Erzherzog Franz Ferdinand ist bei seinem Besuch in Sarajevo ermordet worden. Sie haben auch seine Gemahlin Sophie umgebracht. Es ist barbarisch, das kann nicht ungesühnt bleiben.«

Adele gelingt es nicht, einen Schrei zu unterdrücken. »O mein Gott, wie entsetzlich.«

»Sie saßen beide in ihrem Wagen, den Erzherzog traf eine Kugel mitten ins Gesicht und Sophie in den Unterleib. Sie haben den Anschlag nicht überlebt. Dabei waren sie doch gerade erst einem Bombenattentat entkommen.«

»Was ist heute für ein Tag? Der 28. Juni, mein Gott, das ist das Datum, an dem ihre Verlobung bekanntgegeben wurde. Ich erinnere mich daran, als wäre es erst gestern gewesen, denn es war nicht lange nach unserer Hochzeit.«

»Mein Liebling, ich lasse Sie nun, um mich nach dem neuesten Stand der Dinge zu erkundigen, aber es werden sicherlich keine guten Neuigkeiten sein.«

»Aber warum sollten die Könige sich bekriegen, sie sind doch alle Cousins?«

»Zu meinem Bedauern fürchte ich, dass die Kriegsbefürworter die Oberhand gewinnen werden.«

In den nächsten Tagen wartet Adele jeden Abend ungeduldig auf Ferdinands Heimkehr. Seine Reise nach Böhmen hat er verschoben, denn er befürchtet, dass der Konflikt eskalieren wird. Außerdem braucht er Zeit, um einige seiner Geschäfte zu konsolidieren, falls das Kaiserreich in Aufruhr geraten sollte.

Adele versucht in den kommenden Tagen möglichst viel über die politische Entwicklung zu erfahren, allein die Lektüre der Zeitungen reicht ihr nicht mehr.

Jeden Abend, in der Bibliothek oder bei Tisch, diskutiert sie mit ihrem Mann über das drohende Gewitter, das sich bereits mit dem ersten Grollen ankündigt. Adele versteht nicht, warum das am siebten Juli im Kronrat beschlossene Ultimatum die Serben noch nicht erreicht hat.

»Das ist eine heikle Angelegenheit, zunächst muss man sich auf die Bedingungen einigen, die dann vom Ministerrat aufgesetzt werden. Es soll sich um zehn verschiedene Punkte handeln, bei denen jedes einzelne Komma von großer Bedeutung ist.«

»Aber was sagen die westlichen Länder?«

»Ich glaube, momentan reagieren sie nicht wirklich. Sie halten das alles für eine weitere Balkankrise, die sie nicht wirklich betrifft.«

»Und ich frage mich, ob Kaiser Franz Joseph wirklich ein Interesse hat, den Tod des Erzherzogs zu vergelten, der ihm seit seiner Mesalliance ja nicht mehr wirklich nahestand.«

»Die Entscheidung, ob Krieg geführt wird oder nicht, hängt nicht von Gefühlen ab, Adele.«

»Und schon wieder fangen Sie an, mich für gedankenlos zu halten. Sie werfen mir meine Verbundenheit zu Julius Tandlers Ideen vor, aber er zumindest hält mich nicht für dumm. Lassen Sie uns zu Abend essen!«

Während des restlichen Abends schweigt Adele. Diesmal wird sie nicht den ersten Schritt machen. Ferdinand könnte ihrer Meinung wirklich mehr Achtung entgegenbringen, es ist furchtbar.

Am 23. Juli erreicht das österreichische Ultimatum schließlich Belgrad. Zwei Tage später lässt die serbische Regierung verlautbaren, dass sie nur acht der zehn verlangten Bedingungen akzeptieren wird. Die Kriegsmaschinerie setzt sich in Gang, und nichts kann sie mehr aufhalten. Jedes Land beginnt, in Eroberungslaune, seine Truppen zu mobilisieren. Am 28. Juli erklärt Kaiser Franz Joseph I. Serbien den Krieg.

Adele läuft nervös im Zimmer auf und ab. Wann ruft Ferdinand sie endlich an? Hastig wählt sie die B-20-3-67 und hört nach ein paar Minuten endlich die Stimme ihres Mannes, der ihr die Kriegserklärung bestätigt und ihr befiehlt, zu Hause zu bleiben und nicht auf ihn zu warten. Doch Adele hört nicht auf ihn und macht sich auf den Weg zu Therese, denn sie kann nicht allein herumsitzen, während Europa ins Wanken gerät. Besorgt halten sich die beiden Frauen bei den Händen, und Therese teilt ihrer Schwester mit, dass sich ihre Männer im Café Central treffen.

Von draußen ist das Stimmengewirr in den Gassen zu hören, das immer näher kommt. Die Schwestern laufen ans Fenster, beugen sich hinaus und sehen, wie sich eine fahnenschwingende Menschenmenge formiert – wie man sie sonst nur am Nationalfeiertag sieht. Manche singen, andere applaudieren. Die Cafés füllen sich mit beschwingten Männern, die glücklich sind, weil »die Serben es nicht anders verdient haben«.

Thereses Haushälterin Inge erscheint bei den Damen.

»Gnädige Frau, die Kinder wollen wissen, ob sie auch mitfeiern dürfen.«

Adele und Therese sehen einander fragend an. Was sollen sie den Kindern sagen? Krieg ist doch kein Fest!

Am nächsten Tag erträgt es Adele nicht länger, dass man sie von allem fernhalten will. Sie schickt Franz los, um die neuesten Tageszeitungen zu besorgen, um so über präzise Informationen für ihre abendliche Diskussion mit Ferdinand zu verfügen. Schließlich gehört sie nicht zu den Frauen, die die Ohren verschließen, sobald sich das Gespräch um Politik dreht. Schon immer hat sie sich für das Weltgeschehen interessiert, sich für neue Ideen und die Emanzipationsbewegung begeistert und zu jedem Thema eine eigene Meinung gehabt, und angesichts dessen, was gerade passiert, kann sie es nicht ertragen, uninformiert zu sein.

Franz muss sich seinen Weg durch die Menge bahnen, scheinbar ist die ganze Stadt auf den Beinen. Die Zeitungsverkäufer strömen von allen Seiten herbei und rufen mit lauter Stimme:

»Lesen Sie das Manifest unseres Kaisers!«

Franz tut sein Bestes, um die drei Zeitungen heil nach Hause zu bringen, die er für die gnädige Frau erstanden hat. Bei seiner Rückkehr läuft Adele ihm entgegen und reißt sie ihm geradezu aus der Hand. Jede veröffentlicht auf der Titelseite Kaiser Franz Josephs Manifest »An Meine Völker«: Ein Text, den er in der Kaiservilla in Ischl – seinem Paradies auf Erden – am 28. Juli 1914 verfasst und unterzeichnet hat. Der alte Mann rechtfertigt seine Kriegserklärung. Er kann sich in jenem Moment nicht vorstellen, dass sich das kleine Feuer in Österreich-Ungarn und Serbien zu einem riesigen Flächenbrand in ganz Europa ausweiten würde.

Adele ist allein in ihrem Boudoir, doch sie liest sich dieses Manifest laut vor: »… Die Umtriebe eines hasserfüllten Gegners zwingen Mich, zur Wahrung der Ehre Meiner Monarchie, zum Schutze ihres Ansehens und ihrer Machtstellung, zur Sicherung ihres Besitzstandes nach langen Jahren des Friedens zum Schwerte zu greifen.«

Sie liest den Text ein zweites Mal leise murmelnd.

Vielleicht ist Adele durch die Häufung persönlicher Schicksalsschläge zur unverbesserlichen Pessimistin geworden, auf alle Fälle warnt sie noch am gleichen Abend Ferdinand, dass dieser Krieg mörderischer werden könne, als alle Welt glaubt. Männer denken stets, dass schon morgen alles besser wird und sich nach einer Krise das vorherige Gleichgewicht wiederherstellen lässt. Frauen hingegen neigen eher zur Sorge. Leben schenken heißt, die Zerbrechlichkeit des Seins am eigenen Leib zu erfahren. Von der erlittenen Trauer geprägt, weiß Adele nur zu gut, das Schlimmste kann jederzeit passieren. Sie ahnt voraus, dass dieser Konflikt für das Kaiserreich kein gutes Ende nehmen wird.

»Sie irren sich, mein Liebling. Wir werden siegen, und zwar schnell. In weniger als zwei Monaten ist diese Angelegenheit geregelt. Die Generäle behaupten, für die Zerschlagung des Feindes nicht mehr als sechs Wochen zu benötigen. Alle Welt begrüßt die Entscheidung, sogar das Volk.«

»Ich teile deinen Enthusiasmus nicht, etwas macht mir Angst. Ich weiß nur nicht, was es ist.«

»Das ist verständlich. Kriege sind nun mal keine Frauensache.«

Und schon wieder fängt er damit an! Sobald ihr Mann eine Diskussion durch die Hervorhebung der Unterschiede zwischen Mann und Frau ersetzt, beendet Adele das Gespräch. In beinahe fünfzehn Ehejahren hat sie gelernt, dass es sich nicht lohnt, ihre Energie auf überflüssige Unterhaltungen mit Ferdinand zu verschwenden, dessen Standpunkte so offensichtlich im letzten Jahrhundert verankert sind.

Am 31. Juli stürzt sich Adele wieder auf die Zeitungen. Täglich lässt sie sich nun zwei Ausgaben besorgen, manchmal sogar drei. Deutschland hat gleich zwei Ultimaten gestellt, eins an Frankreich und eins an Russland. Zwei Tage später marschiert Deutschland in Luxemburg ein, und am 3. August erklärt es Frankreich den Krieg. Das Nichtwiedergutzumachende ist geschehen.

»Nein.« Adele weigert sich entschieden, nach Schloss Jungfern-Breschan aufzubrechen.

»Was haben wir auf den Straßen zu suchen, wenn unsere Männer in dieses Gemetzel geschickt werden? Und Sie wollen es sich unterdessen gutgehen lassen?«

»Werfen Sie mir etwa vor, dass ich nicht eingezogen worden bin? Ich bin zu alt. Es ist schon schmerzlich genug für mich, nicht mehr für das Kaiserreich kämpfen zu dürfen.«

Adele kann sich nicht vorstellen, Wien zu verlassen oder sich in Sicherheit zu bringen. Sie will die Lage sehen, spüren, erleben, ja, die Konsequenzen gegebenenfalls auch erleiden.

Sie hat vor, dabei zu sein, wenn die ersten Soldaten aufbrechen – so wie alle Wiener. Seit der ersten Mobilmachung drängt sich die Bevölkerung am Wegesrand, wenn die Soldaten vorbeiziehen, um sie zu verabschieden, zu ermutigen und ihnen Blumen zuzuwerfen, die sie sich ins Knopfloch oder in den Lauf der Gewehre stecken. Sie werden bald zurückkommen, daran besteht kein Zweifel. Österreich-Ungarn ist doch eine der größten Militärmächte Europas!

Gegen die Freude der Soldaten steht die Sorge der Frauen, die ihre Söhne, Männer und Brüder in den Krieg ziehen sehen. Jeden Tag erwartet Adele mit größter Ungeduld das Erscheinen der Tageszeitungen. Der Wunsch nach Vergeltung ist riesengroß. Als sie die Erklärung ihres Freundes Sigmund Freud liest, kann sie die Dimensionen ermessen. »Meine ganze Libido gilt Österreich-Ungarn.«

Der Schriftsteller Thomas Mann spricht von einer »notwendigen Reinigung«.

Nur Stefan Zweig, bekennender Pazifist, fürchtet die schrecklichen Auswirkungen dieses Krieges, der ihn von seinen französischen und belgischen Freunden trennt. Wenigstens er, sagt sie sich, versteht, dass wir alle auf eine Katastrophe zusteuern.

Um sich zu beruhigen, würde Adele gerne glauben, dass dieser Krieg nicht länger als sechs Wochen dauert, so wie es Ferdinand voraussagt. Und er ist nicht der Einzige – das behaupten alle, sowohl die Preußen als auch die Franzosen. Das Ganze wird schnell über die Bühne gehen.

In jenem August ist es unglaublich heiß in Wien. Die drückenden Temperaturen lösen bei Adele erneute Migräneanfälle aus. X-mal am Tag lässt sie die hohen Fenster öffnen, um sie gleich darauf wieder schließen zu lassen, denn statt des ersehnten Durchzugs, der ihr Erfrischung bringen könnte, dringt lediglich drückende Wärme ins Zimmer. Sie erstickt förmlich, reduziert aber nicht ihren Zigarettenkonsum. Im Gegenteil, seit Kriegsbeginn greift Adele doppelt so oft zu ihrer eleganten Zigarettenspitze. Wenn sie sie nicht an ihre Lippen führt, dreht sie sie nervös zwischen ihren Fingern hin und her. Manchmal stellt sie sich ans Fenster, um zu rauchen, und beobachtet dabei das geschäftige Treiben auf der Straße. Vielleicht hätte sie doch besser dem Vorschlag zustimmen sollen, nach Jungfern-Breschan aufzubrechen.

Klimt hat mit Emilie Flöge Zuflucht am Attersee gesucht. Vor seiner Abreise hatte sie noch kurz mit ihm telefoniert, aber seitdem nichts mehr von ihm gehört. Aus ihrer Liaison ist eine respektvolle Freundschaft geworden. Wien ist ein Dorf, und so liefen sie sich schneller über den Weg, als ihr lieb war. Zuerst in der Oper, dann im Theater und schließlich bei Abendeinladungen zum Essen. Sie war gezwungen, ihm und allen anderen gegenüber Haltung zu bewahren, und letztlich trugen die politischen Ereignisse zu einer Normalisierung ihrer Beziehung bei.

Angesichts des alles bestimmenden Aufruhrs hat Gustav das Bedürfnis, zu entfliehen und Ruhe zu finden. Außerdem ist er nicht so kriegslustig wie die Wiener Intellektuellen, die ihre Freude öffentlich kundtun. Er hat beschlossen, bis zu seiner Rückkehr keine Zeitungen mehr zu lesen. Danach wolle er sehen.

Mitte September, als die Blätter der Kastanienbäume sich schon ockergelb und golden färben, kündigt Klimt Adele seine Rückkehr nach Wien an. Er schlägt ihr ein Treffen für den kommenden Nachmittag im Café Central vor. Die Abwesenheit der Männer gibt nun den Frauen die Möglichkeit, diese Treffpunkte für ihre Gespräche aufzusuchen. Der Krieg, von dem man gedacht hatte, er sei nach den Sommerferien schon wieder vorbei, ist das alles beherrschende Gesprächsthema. Da Damen eine zehnminütige Verspätung zugestanden wird, erscheint Adele nicht als Erste. Gustav erwartet sie bereits an einem Tisch im hinteren Teil des Lokals. Sein gequälter Gesichtsausdruck verrät seine trübselige Stimmung. Tatsächlich sieht er mitgenommen aus und ist dicker geworden. Mit überraschend tonloser Stimme erkundigt er sich bei Adele, wie es ihr geht und was sie trinken möchte.

»Nur einen schwarzen Tee, danke.«

»Sie haben Egon Schiele eingezogen. Der Unglückliche! Zunächst hatte man ihn noch ausgemustert, doch nun muss er Gräben ausheben. Es ist ein Verbrechen, ein Verbrechen an der Kunst. Ein solches Talent darf keine Minute daran gehindert werden zu malen. Er übertrifft mich schon längst, ich bin in großer Sorge um ihn.«

Adele weiß, wieviel der junge Maler Klimt bedeutet.

»Er kehrt sicher bald zurück.«

»Ich glaube nicht daran. Meine Bemühungen, nichts über diesen verdammten Krieg zu erfahren, waren vergeblich! Sehen Sie sich doch nur das Blutbad der ersten Wochen an! Wir haben an der serbischen und an der russischen Front jämmerlich versagt! Ich weiß wirklich nicht, wohin das noch alles führen soll.«

Ohne es zu merken, ist Klimt laut geworden, so dass sich die Gäste an den Nachbartischen schon nach ihnen umdrehen. Sich derart negativ in der Öffentlichkeit zu äußern, nährt in den Augen der Österreicher den Verdacht, kein Patriot zu sein, und Defätismus gilt als Verbrechen. Adele will auf keinen Fall, dass Klimt sich weiteren Ärger zuzieht.

»Wann kommen Sie mich in meinem Atelier besuchen? Ich möchte Ihnen mein nächstes, großformatiges Gemälde zeigen. Es heißt *Leben und Tod.* Ich würde gerne Ihre Meinung dazu hören.«

»Sie wissen doch, dass ich eine begeisterte Verehrerin Ihrer Kunst bin, meine Meinung zählt da nicht. Ich kann Ihre Malerei nicht kritisch sehen.«

»Ihre Freundschaft und Ihre Unterstützung bedeuten mir viel. Auch wenn ich weiß, dass ich auf Ihre Liebe nicht mehr zählen kann.«

»Nein, lassen Sie uns nicht darüber sprechen, Gustav, wir sind nicht mehr böse aufeinander, das ist schon viel. Wir haben uns verändert, wir haben uns beide verändert. Das ist ein Glücksfall. Wir können einander nicht mehr belügen. In der jetzigen Zeit, in der jeder versucht, blinder zu sein als sein Nachbar, ist das ein Privileg. Wie war Ihr Aufenthalt in Oberösterreich?«

»Ich habe drei Landschaften gemalt, die ich Ihnen ebenfalls zeigen werde.«

Das nächste Jahr bringt kaum Aufheiterung an dem durch Kugel- und Kanonenhagel verdüsterten Himmel. Klimts Mutter verstirbt. Das teilt Gustav Adele unverzüglich mit, wie er es bei einer langjährigen Freundin tun würde. Aber ist sie das wirklich für ihn geworden – eine Art Freundin? Als Adele sieht, wie sehr dieser Tod Gustav trifft, begreift sie, dass man sich – egal, in welchem Alter – als Waise fühlen kann. Für diesen dreiundfünfzigjährigen Mann, der noch mit seinen Schwestern bei seiner Mutter lebte, wenn er nicht im Atelier war, ist es ein gewaltiger Verlust. Der Tod des Vaters und des Bruders vor dreiundzwanzig Jahren hat den Klimt-Klan noch fester und unverbrüchlicher zusammengeschweißt.

Adele versucht, besonders tröstende Worte zu finden, aber Klimt ist am Boden zerstört. Noch nie hat sie ihn in einem solchen Zustand gesehen. Dann treffen Emilie Flöge und ihre Schwester ein. Und auch wenn es keine Feindseligkeiten mehr zwischen den Frauen gibt, fühlt sich Adele dennoch fehl am Platz, so, als sei sie unrechtmäßig hier. Aber weiß sie eigentlich, wo ihr Platz ist? Sie ergreift die Hände des Malers und sieht ihm in die Augen. Sofort senkt er seinen Blick. Sein Lebensmut hat ihn verlassen, er hat nicht einmal mehr die Kraft, die ihm entgegengebrachte Güte anzunehmen.

»Gustav, lassen Sie mich rufen, wenn Sie mich brauchen. Ich werde da sein. Sie können auf mich zählen, das wissen Sie.«

Nach den ersten Wochen der Trauer legt Klimt wieder seine Kutte an und beginnt zu malen. Seine Gemälde werden düsterer. Er verwendet keine kräftigen, fröhlichen Farben mehr wie bei Adeles zweitem Porträt. Grau und Schwarz sind nun die vorherrschenden Töne. Selbst seine Pinselführung ist anders, hat ihre Leichtigkeit verloren und ist ernsthafter geworden. Die goldene Periode, jene Phase, in der sein Leben voller Frauen war, ist definitiv vorbei. All das scheint sehr weit weg, und er fühlt sich erschöpft. Seine Inspiration ist nicht mehr wie ein fröhlich sprudelnder kristallklarer Gebirgsbach, sondern eine unterirdische Quelle, ein mit Schlamm gefülltes Rinnsal.

20.

So gut wie möglich

Der Krieg beeinträchtigt Ferdinands florierende Geschäfte nicht im Geringsten, ganz im Gegenteil. Er baut sein Zucker-Imperium sogar noch aus, indem er hier eine Fabrik und dort eine Manufaktur aufkauft. Dennoch, die Versorgung ist schwieriger und der Absatz geringer geworden.

Adele sieht Gustav Klimt in letzter Zeit kaum noch, und das, obwohl dieser Wien nicht mehr verlässt, da der Krieg seine europaweiten Ausstellungen verhindert. Somit unternimmt er weniger Auslandsreisen und gibt sich mit Auftragsarbeiten für Porträts zufrieden. Adele fragt sich, wann dieses freudlose und eintönige Leben endlich ein Ende hat. Immerhin rafft sie sich jeden Tag zu einem Spaziergang im Volksgarten auf, wenn auch oft allein. Nur Hannah folgt ihr im gebührenden Abstand. Therese, die sie gelegentlich begleitet, ist erneut schwanger und steht kurz vor der Entbindung. Inzwischen hat sich Adele damit abgefunden, dass sie niemals Kinder haben wird, und ihre Nichte und die Neffen werden ihr immer wichtiger.

Draußen ist es bitterkalt, und die Temperaturen liegen unter dem Gefrierpunkt. Wie alle Österreicher ist Adele zwar daran gewöhnt, aber dennoch verzichtet sie heute lieber auf ihren täglichen Spaziergang. Hannah hat ihr gerade die Liste mit den Menüvorschlägen für diese Woche gebracht, als das Telefon klingelt. Am anderen Ende der Leitung ist ihr Schwager Gustav, der ihr mitteilt, bei Thedy hätten die Wehen eingesetzt. Sie kommen bereits in regelmäßigen, kurzen Abständen, weshalb es sicher nicht mehr lange dauern wird, bis das Kind da ist.

Adele lässt Franz rufen, damit er sie unverzüglich zu ihrer Schwester fährt. Sie will sie unterstützen und die Erste sein, die das Baby zu Gesicht bekommt. Kaum eine Stunde später trifft sie, ein wenig außer Atem, weil sie sich so beeilt hat, bei Thedy ein.

»Ruhig Blut, Adele, Sie scheinen ja fast nervöser als

Ihre Schwester zu sein«, meint Gustav und schließt sie zur Begrüßung herzlich in die Arme.

»Das bin ich ja auch! Ich will auf der Stelle zu ihr.«

Als Adele Thereses Schreie hört, läuft sie unaufgefordert in ihr Zimmer. Sie sieht das schmerzverzerrte Gesicht ihrer Schwester und die zwei Hebammen, die sich mit aufmunternden Worten und ausgekochten Tüchern um die werdende Mutter kümmern.

Mein Gott, ob ich das noch einmal durchstehen würde?, fragt sich Adele.

Sie ergreift Thedys Hand, die diese fest umklammert. Zwei Stunden später hält sie ein kleines Mädchen im Arm, dessen Züge so zart sind, dass sie an eine jener Puppen erinnert, die man in den schönsten Wiener Geschäften kaufen kann.

Therese betrachtet Adele, die ihre Gefühle nicht verbergen kann. Der Anblick keines der vier anderen Kinder hatte Adele derart erschüttert.

»Sie ist dir wie aus dem Gesicht geschnitten«, meint Adele, »dein perfektes Ebenbild.«

Adele hatte ihrer Schwester gegenüber nie Eifersucht empfunden, und wenn in diesem Moment dennoch Tränen fließen, sind es Tränen des geteilten Glücks. Adele nimmt die Kleine in die Arme und betrachtet sie mit unendlicher Zärtlichkeit. Therese ertappt ihre Schwester bei dieser mütterlichen Geste. Und in diesem Augenblick könnten ihre Empfindungen nicht gegensätzlicher sein. Therese ist betrübt über das harte Schicksal ihrer Schwester, während sich Adele aufrichtig über Thedys neues Glück freut.

»Wirst du kommen und mir helfen, die kleine Maria zu versorgen? Ich habe schon so viel mit den Jungen und Luise zu tun!«, fragt Therese.

Adele lässt sich nicht hinters Licht führen. Sie ist nicht dumm, sie weiß ja, dass Therese über ausreichend Personal verfügt, um nicht überfordert zu sein, doch sie stimmt begeistert zu. Die Kleine hält sich an dem Finger fest, den sie in ihr winziges Händchen geschoben hat. Oder ist es Adele, die sich an der Kleinen festhält?

Alle zwei Tage besucht sie ihre Schwester, um die Entwicklung der kleinen Maria zu begutachten. Sie freut sich schon auf die zwei Monate, die sie alle zusammen in Jungfern-Breschan verbringen werden. Die drückende Stimmung, die sich über Wien gelegt hat, lastet auf ihr, und sie hat es eilig, der Stadt zu entfliehen. Im Juni dieses Jahres hat die russische Armee die österreichischen Truppen vernichtend geschlagen und hätte beinahe auch die Grenze zu den Karpaten überschritten, um in Ungarn einzufallen. Ferdinand kann sie beruhigen, die Gefahr ist gebannt, aber in den letzten Gefechten sind siebenhundertfünfzigtausend Österreicher gefallen oder verwundet. Der Kanonendonner wird ihr unerträglich, und sie findet, es ist an der Zeit, sich mit der Familie zurückzuziehen, Maria zu umsorgen und zu beobachten, wie die Jungen, gefolgt von Luise, durch die Felder laufen. Die Unbekümmertheit der Kinder ist die beste Ablenkung, wenn um sie her der Tod regiert.

In diesem Sommer scheint die Zeit stillzustehen. Auf dem Land leben sie autark und ernähren sich von dem, was sie selbst jagen und fischen. Ihre Neffen verspeisen ihre ersten Trophäen – zu Ferdinands großer Freude, der glücklich darüber ist, ihnen das Jagen beigebracht zu haben. Und der Gemüsegarten gibt mehr her, als die mehrköpfige Familie verzehren kann. Den ganzen Sommer über gibt es Himbeeren im Überfluss! Adele kocht, zusammen mit den Köchinnen, selbst Marmelade, da die Obsternte ausgesprochen ergiebig ist. Der Natur ist der Krieg egal, sie frohlockt, ohne sich um die Dramen zu scheren.

Nach acht Wochen geht es zurück nach Wien. Der Alltag kehrt wieder ein, und das bedeutet auch, dass Adele von Maria Abschied nehmen muss. Sie fehlt ihr sehr.

Noch dazu bringt jeder Tag schlechte Nachrichten von der Ostfront. Rumänien hat sich dem Feind angeschlossen. Bei seiner Rückkehr will Adele Ferdinands Meinung wissen – wann hat diese Tragödie endlich ein Ende? Er weiß darauf keine Antwort mehr, er hat seine Siegesgewissheit, die er noch zu Beginn des Konflikts hatte, inzwischen verloren. Nur seine Geschäfte laufen unter den derzeitigen Umständen besser denn je. Die Zuckerknappheit hat die Preise in die Höhe schnellen lassen, sie muss sich also keine Sorgen machen.

Doch Adele denkt nicht an ihr Vermögen, sondern an ihre Neffen und Nichten.

Was soll aus den Kindern werden, wenn alles um sie herum auseinanderbricht?

Das Jahr neigt sich langsam dem Ende zu. Die Kälte setzt sich fest, und Wien versinkt im tristen Grau. Jeden Morgen fragt sich Adele, was der Tag bringen wird, und dann erreicht sie an diesem 21. November 1916 die Nachricht vom Tod Kaiser Franz Josephs I.

Im Alter von sechsundachtzig Jahren rafft ihn eine Lungenentzündung dahin. Als Adele geboren wurde, war er vierunddreißig Jahre alt und herrschte bereits über Österreich-Ungarn … mit vierunddreißig! Die Habsburger waren stets Bestandteil des Wiener Lebens. Sie gehört nicht zu den Tausenden von Österreichern, die den Begräbnisfeierlichkeiten beiwohnen, und sie erwartet auch nichts von seinem Großneffen und Nachfolger, Erzherzog Karl. Im tiefsten Inneren träumt sie schon von der Republik und davon, diese alte Welt hinter sich zu lassen.

21.

Rebekka

War die Geburt der kleinen Maria der Auslöser dafür, dass sich die beiden Schwestern entschließen, bei den Wiener Behörden vorzusprechen? Schon seit längerem spukt dieses »Bloch-Bauer«-Projekt wieder in ihren Köpfen herum, und keine der beiden wird müde, mit kindlicher Freude die aneinandergehängten Namen zu wiederholen.

Zunächst jedoch mussten sie Gustav und Ferdinand überzeugen. Das Vorhaben schien den beiden Männern zunächst sonderbar, vor allem Gustav, der solche exzentrischen Ideen von seiner Frau nicht gewohnt war. Ferdinand wiederum dachte, es handele sich um eine neue

Marotte von Adele, die bald vorübergehen würde. Man musste nur abwarten. Er war der festen Ansicht, dass sich dahinter einer dieser feministischen Einfälle verbarg, mit denen sich die Frauen dem Einfluss ihrer Ehemänner entziehen wollten.

Doch die beiden Schwestern ließen nicht locker, bis Ferdinand schließlich begriff, dass sie nach dem Tod ihrer drei Brüder nicht nur den Familiennamen bewahren, sondern vor allem der verstorbenen Männer der Familie Bauer auf diese Weise gedenken wollten.

Gustav kümmert sich darum, diesen doch sehr ungewöhnlichen Antrag für die Behörden zu formulieren. Und Adeles und Thereses Aufgabe ist es dann, ihr Anliegen einem mürrischen Beamten vorzutragen. Es bedarf Wochen beharrlichen Nachfragens und Insistierens, bis die Akte »Bloch-Bauer« endlich den üblichen Amtsweg geht. Und das Geschick und die Beziehungen der Bloch-Brüder tun ein Übriges. Und schließlich ist es so weit: Die beiden Paare und ihre Kinder dürfen sich von nun an Bloch-Bauer nennen.

Die Feier zur Würdigung dieses Ereignisses wird von Therese ausgerichtet, und auch die Kinder dürfen mit dabei sein. Als man einen Toast ausbringen will, ist Adele auf einmal verschwunden. Therese findet sie schließlich an der Wiege der friedlich schlafenden Maria und nimmt an, ihre Schwester gedenke ihrer toten Kinder, aber sie irrt. In diesem Augenblick beneidet Adele das kleine Mädchen nur um seine Zufriedenheit und um dieses Glück, ohne Alpträume schlafen und der unsicheren Realität entfliehen zu können.

Adele sitzt an ihrem Schreibtisch und betrachtet gedankenverloren ihre neuen Karten mit dem Doppelnamen. Schon seit einiger Zeit beunruhigen sie die Dinge, die sich in Wien zutragen. Über hunderttausend osteuropäische Juden haben in der Stadt Zuflucht gesucht, und ihre Lebensbedingungen sind noch sehr viel schlechter als die der Bedürftigen, die sie vor dem Krieg in Josefstadt aufgesucht hat. Die meisten von ihnen kommen aus Böhmen, Mähren oder Ungarn. Gestern flohen sie vor dem Elend, jetzt vor den Kämpfen und Repressalien.

Als Adele den Kolonnen von Familien mit ihren in Lumpen gehüllten Kindern begegnet, steigen ihr Tränen in die Augen. Tatenlos zuzusehen, ist ihr ebenso unerträglich wie die belanglosen Unterhaltungen in den Salons oder der Egoismus derjenigen, die ein warmes Bett haben.

Wenn sie einige ihrer Freunde sagen hört, dass sie sich in Wien »nicht mehr zu Hause fühlen«, wird ihr übel. Mittlerweile vermeidet sie es jedoch, Ferdinand gegenüber dieses Thema anzuschneiden. »Sie sollten lieber an der Seite unserer Männer stehen und kämpfen, um das Kaiserreich zu verteidigen«, hatte er ihr bei der letzten Auseinandersetzung über die in den Straßen der Stadt herumvagabundierenden Flüchtlinge entgegnet.

Mit Julius Tandler begibt sich Adele in eines dieser am Stadtrand errichteten Lager, in denen Tausende von Flüchtlingen untergebracht sind. Einige eilig errichtete Baracken bieten den Schwächsten Schutz, doch die Lebensbedingungen dort sind katastrophal. Bei minus zehn Grad stehen einige Männer mit nacktem Oberkörper im Freien, um sich notdürftig zu waschen. Adele weiß nicht, wohin sie ihren Blick richten soll, denn eigentlich beschämt sie alles, was sie sieht. Es ist eine Schande, dass es Menschen wie sie gibt, die im Überfluss leben, während andere gar nichts haben. In einigen Verschlägen aus Brettern oder Pappe drängen sich die Familien und warten. Hände, die über die Kohlenbecken gehalten werden, um wenigstens ein bisschen von der Wärme abzubekommen. Aber auf was warten sie? Was erhoffen sie sich alle hier? Dieser Krieg wird nie enden.

Dann bemerkt sie eine Gruppe von betenden Männern. Einige von ihnen tragen einen Tallit, das traditionelle Gebetstuch. Von weitem sieht sie, wie sich die Lippen der Männer bewegen. Welches Gebet sie wohl gerade sprechen? Sie weiß so wenig über diese Religion, obwohl es auch die ihre ist. Sie hatte nicht gewollt, dass man bei Fritz' Beerdigung das Kaddisch, das Gebet für die Toten, sprach. Kein Gebet der Welt konnte ihr ihren Sohn zurückbringen, und keines vermag, das Unglück aufzuhalten.

Auf dem Weg zu den Unterkünften der Frauen kommt sie an einem koscheren Gemischtwarenladen vorbei, dessen provisorische Auslagen fast leer sind. Im Barackenlager fällt ihr Blick auf eine Frau, die unter einer dünnen Decke auf zwei Brettern liegt. Ihr Mann wurde von den Russen getötet. Rebekka, so heißt sie, ist hier mit ihren zwei kleinen Kindern angekommen, das dritte ist unterwegs. Sie wirkt so jung und so schwach. Adele setzt sich neben sie und sucht noch nach Worten des Trostes, als die junge Frau sie unvermittelt anspricht:

»Kommen Sie wieder, und nehmen Sie mein Kind mit«, fleht sie. »Ich kann es hier, wo es an allem fehlt, in diesem Elend und diesem Dreck, nicht aufziehen, hier wird es sterben. Wir werden alle sterben. Kommen Sie wieder, und holen Sie es, wenn es geboren ist, ich flehe Sie an. Ich bin am Ende meiner Kräfte.«

Adele ergreift die Hände der Frau, während sie Tandlers Blick sucht. Wie soll man solcher Verzweiflung begegnen? Sie holt tief Luft, um die Trauer, die sie überkommt, zu unterdrücken:

»Sie behalten natürlich Ihr Kind. Verlieren Sie nicht die Hoffnung! Wir werden eine Möglichkeit finden, Ihnen zu helfen.«

Adele kramt in ihren Taschen und holt einen Fünfzigkronenschein hervor, den sie unter die Decke der Unbekannten schiebt.

»Hier ist schon mal etwas Geld, damit Sie in den nächsten Tagen Essen für sich und Ihre Kinder kaufen können. Ich werde Ihnen außerdem Lebensmittel bringen lassen.«

Natürlich bemühen sich die jüdischen Vereinigungen um diese Flüchtlinge und wollen ihnen helfen. Aber wie soll man noch an ein Jenseits glauben, wenn es schon im Diesseits so viel Elend gibt?, denkt sich Adele. Es zerreißt ihr fast das Herz, und sie fühlt sich gegenüber dieser gewaltigen Not so ohnmächtig. Rebckkas Worte – »Kommen Sie, mein Kind holen« – klingen in ihr nach. Sie könnte natürlich dieses Kind großziehen, als wäre es ihr eigenes, und ihm damit eine Chance im Leben bieten. Die Welt ist so ungerecht, Adele hätte die finanziellen Mittel für eine ganze Schar von Kindern ... Aber dazu hat sie kein Recht. Wie könnte sie es wagen, dieser Frau ihr Kind wegzunehmen? Könnte sie nach solch einer Tat je wieder glücklich werden? Von der Not dieser Frau zu profitieren, schafft nur neues Leid. Stattdessen will sie ihr Bestes tun, um ihr zu helfen.

Sie muss an das Gemälde von Klimt denken, das er ihr vor ein paar Jahren gezeigt hat. An die Flüchtlingsmutter mit ihren beiden Kindern, in Decken gehüllt und vom Schlaf übermannt – genauso wie jetzt Rebekka. Das gleiche ausgemergelte Gesicht. Wirklich beeindruckend. Klimt war tatsächlich ein Visionär, ein Magier, der die Dinge voraussehen konnte.

Adele verlässt mit Julius Tandler das Lager und fragt ihn, wie es nun weitergehen soll.

»Das Beste wäre, die Frau und ihre Kinder bis zur Geburt und in den darauffolgenden Wochen irgendwo sicher unterzubringen. In der Hoffnung, dass sie, wenn dieser verdammte Krieg endlich vorbei ist, nach Hause zurückkehren kann.«

Adele will versuchen, eine kleine Wohnung zu finden, ein Zimmer würde schon reichen, um der Familie einen warmen Unterschlupf zu bieten. Wohnraum ist in Wien zwar schon seit mehreren Monaten knapp, aber sie wird etwas ausfindig machen. In den folgenden Tagen entwickelt sie eine unglaubliche Energie. Rebekka und ihre Kinder zu retten, wird für sie schon fast zur Obsession.

Adele hat ihren Notar beauftragt und lässt ihre Beziehungen spielen. Keine acht Tage später zieht die Familie in den 13. Wiener Bezirk, in eine winzige Wohnung am Ende eines Innenhofs.

Adele hat alles organisiert, so als wäre ihr Lebensfaden mit dem von Rebekka verknüpft. In den vergangenen sieben Nächten hat sie vor lauter Sorge kein Auge zugetan, weil sie das Schlimmste befürchtete. Wenn ihre Hilfe nun zu spät käme?

Julius Tandler beglückwünscht sie, warnt sie aber auch, wie es früher Therese tat. Adele soll ihre persönlichen Gefühle außen vor lassen und Distanz wahren, das muss sie ihm versprechen. Und so kümmert sich Adele darum, die Familie mit Lebensmitteln und dem Nötigsten zu versorgen, sonst nichts. Manchmal gestattet sie sich einen Besuch, um nach dem Rechten zu sehen, aber sie achtet sorgsam darauf, dass die Abstände groß genug sind.

Zwei Monate später, als sie erfährt, dass Rebekka einen Sohn zur Welt gebracht hat, spürt Adele, dass es an der Zeit ist. Nach langem Zögern holt sie die Neugeborenenwäsche von Fritz heraus. Die Sachen, die sie an jedem Geburtstag aus der Kommode nimmt und streichelt. Nun packt sie sie in einen kleinen Lederkoffer für Rebekka und ihren Sohn Roman. Adele wird niemals Mutter werden, so ist es nun mal. Sie ist mit sich im Reinen bis auf einen Punkt – niemand, wirklich niemand soll ihr sagen, es sei Gottes Wille gewesen. Es gibt keinen Gott auf dieser Welt.

22.

Ich bin keine Jüdin mehr

Januar 1918. Seit nunmehr bald vier Jahren sterben Tausende von Soldaten elendig an der Front.

Am 11. des Monats verständigt Emilie Flöge Adele als eine der Ersten davon, dass Gustav Klimt einen Hirnschlag erlitten hat und in die Notaufnahme des Krankenhauses eingeliefert wurde. Er ist halbseitig gelähmt und sein Überleben nicht sicher. Nach dem ersten Schock bedrängt Adele, in einer Hand den Hörer, die andere auf das freie Ohr gepresst, Emilie mit Fragen. Ihre Hände und ihre Stimme zittern.

»Wie ist das passiert?«, fragt sie zum zweiten Mal.

Emilie Flöge erklärt ihr, beim Anziehen habe Gustav

einen Schmerz im rechten Arm gespürt und sei dann zusammengebrochen. Als die Haushälterin Hermine, durch den Lärm aufgeschreckt, herbeigelaufen kam, habe sie ihn bewusstlos am Boden liegend vorgefunden. Sie habe sogleich ärztliche Hilfe gerufen und zwanzig Minuten lang vergeblich versucht, ihn wieder wach zu bekommen.

Emilie ist erschüttert und vermag ihre Tränen nicht länger zurückzuhalten. Adele und sie haben sich letztlich zu dieser eigenartigen Freundschaft bekannt – eine Freundschaft voller Verschwiegenheit und Geheimnisse, doch letzten Endes verbinden die unausgesprochenen Worte ebenso wie Vertraulichkeiten.

So fragt Adele dann auch Emilie, ob sie den Maler im Krankenhaus besuchen darf. Sie will nicht lange bleiben, ihm nur ihre Freundschaft versichern und ihn ermutigen, ins Leben zurückzukehren. Emilie verspricht ihr, sie anzurufen, sobald sie mit den Ärzten sprechen konnte.

Adele legt den Hörer auf, nimmt ihn aber sofort wieder ab, um Ferdinands Nummer zu wählen. Die Reaktion ihres Mannes empört sie.

»Was für eine furchtbare Neuigkeit, wir haben gut daran getan, seine Bilder zu erwerben, solange er noch da war.«

Sollte ihre Liebesgeschichte nur eine Geldanlage gewesen sein? Ist also für Ferdinand das Gold auf dem Bild nicht die Farbe der Gefühle, sondern nur Bestandteil seines Vermögens?

Die Leidenschaft, die sie und Klimt verband, war sicher dazu verdammt, ihren Höhepunkt zu erleben und dann zu erlöschen. Aber Adele mag nicht glauben, dass für den Mann, den sie so sehr geliebt hat, das Ende naht. Jäh fallen ihr wieder die leidenschaftlichen Umarmungen während ihrer nachmittäglichen Sitzungen ein.

Und sie erinnert sich an ein Theaterstück, das sie gesehen hat – *Man spielt nicht mit der Liebe* von diesem Franzosen Alfred de Musset, der mit Chopin seine große Liebe zu derselben Frau teilte. Später hatte sie den Text gesucht, und zwar wegen einer bestimmten Passage, die sie sehr berührt hatte. Sie findet sie in ihrem Sekretär:

Alle Männer sind Lügner, sind unbeständig, falsch, schwatzhaft, scheinheilig, hochmütig oder feige, verächtlich und sinnlich; alle Frauen sind treulos, hohl, eitel, neugierig und verderbt; die Welt ist nur eine grundlose Kloake, in der die unförmigsten Robben herumklettern und sich in Schlammbergen wälzen; aber eine heilige und erhabene Sache gibt es in der Welt, das ist die Vereinigung zweier so schrecklicher und unvollkommener Wesen. Oft täuscht man sich in der Liebe, oft wird man ver-

letzt und oft unglücklich; aber man liebt, und wenn man am Grabesrand steht, so dreht man sich um und blickt zurück und sagt sich: ich habe oft gelitten, habe mich manchmal getäuscht, aber ich habe geliebt. Ich habe gelebt, ich und nicht ein Schemen, den mein Stolz und meine Langeweile schuf.

Nach Fritz' Tod war Gustav in ihr Leben getreten, und ohne ihn hätte sie nicht die Kraft gefunden, weiterzumachen. Mit ihm hat sie die Lust entdeckt, die wahre Lust, er lehrte sie, das Leben zu lieben.

In den folgenden Tagen erholt sich Klimt nach und nach von seiner halbseitigen Lähmung. Man gibt ihm ein Wasserbett, damit er sich nicht wundliegt. Emilie Flöge hat ihr versprochen, bald sei ein Besuch erlaubt.

Wenn Adele Zeitung liest, hat sie die Eigenart, oder besser gesagt die zerstreute Geste, beibehalten, ihren Tee umzurühren, obwohl sie keinen Zucker nimmt. Als sie plötzlich auf eine kurze Meldung stößt, erstarrt sie. *Der Gesundheitszustand des Malers Gustav Klimt hat sich verschlechtert. Eine Lungenentzündung ist hinzugekommen, und er wurde ins Allgemeine Krankenhaus verlegt.* Diese Nachricht wühlt sie derart auf, dass sie ihre Tasse umstößt. Diesmal hat ihr niemand Bescheid gegeben.

Sie läuft zum Telefon und ruft im Modesalon von Emilie Flöge an, wo ihr eine Sekretärin erklärt, es sei vorbei: Gustav Klimt ist am 6. Februar 1918 gestorben. Sie hat sich nicht von ihm verabschieden können.

In einem Telegramm spricht Adele Emilie Flöge ihr Beileid aus, und am nächsten Tag versammeln sich Adele und Ferdinand vor Klimts sterblichen Überresten. Allerdings wäre sie bei diesem letzten Lebewohl lieber allein gewesen, sie hat ihm noch so viel zu sagen. Aber natürlich darf sie ihre innere Verzweiflung nicht zeigen. Als sie wieder zu Hause ist, vertieft sich Adele in die Lektüre der Zeitungen, und ein Nachruf erregt besonders ihre Aufmerksamkeit:

Was der Betrachter als Erstes bemerkte und Klimt zuschrieb, war nicht von ihm, sondern irgendetwas anderes, dem er verbunden war. Japan, China, auch Byzanz und sonst alter und neuer Orient. Italienisches Präraffaelitentum und neues englisches. Französische Schmuck- und Zaubermalerei der Moreau-Art, niederländische Mystik mit Kolonial-Gütern und -Göttern dazwischen. Aber wenn er von alldem nahm, so war er doch nichts weniger als ein Eklektiker. Er nährte sich nur daraus, er verwandelte es in Gustav Klimt.

Sind Journalisten nicht in der Lage, ein Genie zu würdigen, ohne ihre eigene Bildung unter Beweis stellen zu müssen?

Sie liest nichts über den Mann selbst, über den, der die Secession mitgegründet und von Konventionen befreit hat, über den Erforscher aller Formen, den Visionär, den Feinfühligen, den Verliebten, den Hochpreisigen, den wundervollen Egoisten.

Adele sammelt sich in stillem Gedenken vor den beiden Porträts. Auf den Gemälden sieht sie nicht sich selbst, sondern ihn – ihn in seiner schöpferischen Trance, in seiner so besonderen Kutte. Sie erinnert sich an die gestohlenen Augenblicke an seiner Seite, an sein wertvollstes Geschenk: die Liebe. Und sie begreift, dass er, indem er sie auf seinen Gemälden festhielt, ihr im Grunde die Freiheit schenkte. Er malte Landschaften, aber ihr bot er einen Horizont. Wie sehr sie an seiner Seite doch erwachsen geworden ist!

In enormem Tempo verbreitete sich das Gerücht, Klimt sei an Syphilis gestorben. Als ihr eine Freundin zum ersten Mal davon erzählt, empfindet Adele einen geradezu körperlichen Schmerz. Sie wendet den Kopf ab und kommt schnell auf ein anderes Thema, den Krieg, zu sprechen. Beim zweiten Mal hingegen ist sie selbstsicherer und erzählt, sie sei mit Emilie Flöge im Krankenhaus gewesen und habe dort gehört, wie die Ärzte von einem Blutgerinnsel im Gehirn sprachen.

Doch die Wahrheit kann nichts gegen das Gerücht ausrichten, das ihn besudelt.

Bei einem Abendessen bei den Munchers hätte sie sich fast verschluckt, als einer der Gäste erzählte, Klimt habe allein in Wien über zehn uneheliche Kinder, was am Tisch allgemeines höhnisches Gelächter auslöst. Sie will nichts mehr mit diesem Klatsch zu tun haben. Und sie erträgt es nicht, dass man in ihrer Anwesenheit sein Andenken beschmutzt und sie ihn nicht verteidigen kann, ohne sich zu verraten. Also verzichtet sie lieber auf die mondänen Abende und zieht sich erneut zurück. Sie ist in Trauer. Und das wäre auch Klimt, würde er noch leben, denn sein Schützling Egon Schiele ist an der Spanischen Grippe gestorben, kurz darauf Koloman Moser. Was für eine traurige Zeit.

Vollständig von den italienischen Truppen umzingelt und besiegt, hat Österreich am 3. November 1918 den Waffenstillstand unterzeichnet. Das Reich ist in rasantem Tempo zerfallen. Die Völker können jetzt selbst über ihr Schicksal bestimmen, und das haben sie schnellstmöglich getan. Von den sechzehn Provinzen sind nur noch sieben übrig geblieben.

Am 12. November wird die Österreichische Republik ausgerufen, nachdem Erzherzog Karl I. abgedankt hat. Adele wollte unbedingt dabei sein und steht jetzt im strömenden Regen, ihren Schirm in der Hand, in der Menge vor dem Parlament. Einige Männer sind auf die Pferdestatuen aus Marmor oder auf den Brunnen geklettert. Julius Tandler hat ihr angeboten, ihn zu begleiten, aber Adele will sich lieber unter das Volk mischen. Sie beobachtet ihre Umgebung, betrachtet das Banner »Es lebe die sozialistische Österreichische Republik«.

Dass ich das noch erleben darf!, sagt sie sich.

Sie ist glücklich über diesen Umbruch und die Veränderung der Welt.

Also war der Krieg doch nicht ganz sinnlos. Sofort überkommt sie ein schlechtes Gewissen; wie kann sie so etwas denken, wo sie um sich herum Verletzte sieht, die gerade von der Front zurückgekehrt sind? Der eine trägt eine Augenklappe, der andere hat das rechte Bein verloren und läuft auf Achselkrücken gestützt.

Dennoch herrscht im »roten« Wien ein Freudentaumel. Die Männer schwingen ihre Hüte oder werfen sie in die Luft, Kinder laufen umher und suchen die, die den

Vätern entwischt sind. Adele ist überwältigt von diesem Überschwang.

Ferdinand teilt ihre Freude nicht, denn für ihn sind die Folgen dramatisch. Die Tschechoslowakei hat ihre Unabhängigkeit zurückerlangt. Das Abkommen ist zwar noch nicht ratifiziert, aber mit dem Zerfall des österreichisch-ungarischen Reiches wird sich auch ihre Lage verändern, und sie werden zwischen zwei Vaterländern wählen müssen.

»Adele, wir nehmen die tschechoslowakische Staatsbürgerschaft an. Dort sind meine Wurzeln, und ich kann kein Österreicher werden. Ich bitte Sie, meinem Beispiel zu folgen. Wir werden unseren Wohnsitz ab jetzt nach Jungfern-Breschan verlegen.«

»Wir verlassen Wien?«, fragt Adele sofort beunruhigt bei der Vorstellung, sich von dieser aufgeklärten Stadt, vor allem aber von ihrer Schwester und deren Kindern entfernen zu müssen.

»Nein, keine Sorge, aber wir werden sicher mehr Zeit auf dem Schloss verbringen. Wir haben den Krieg verloren, und das wird nicht ohne Folgen bleiben, zu denen wir stehen müssen. Das Klima in Wien ist verdorben, und ich höre immer mehr antisemitische Reden.«

»Ich bin keine Jüdin mehr, Ferdinand.«

»Adele, ich verstehe, dass Sie nicht mehr bekennend

sind, ebenso wenig wie ich im Übrigen. Aber Sie sind Jüdin, genauso, wie ich Jude bin.«

Adele sagt nichts mehr. Sie ist keine Jüdin mehr, Punktum! Und sie wird weder Katholikin noch Protestantin werden. Wohl aber Tschechoslowakin, wenn es Ferdinand denn so wichtig ist.

23.

Fernes Glück

Die Behördengänge dauerten mehrere Monate, aber nun sind Adele und Ferdinand Bloch-Bauer offiziell Tschechoslowaken. Adele hat von Julius Tandler erfahren, dass Österreich im Begriff ist, den Frauen das Wahlrecht zu gewähren. Sie erinnert sich an ihre Gespräche mit Ferdinand zur Zeit der Suffragetten und wie er sich vehement gegen die Autonomie der Frauen ausgesprochen hatte. Welche Ironie des Schicksals! Nun dürfte sie in Österreich wählen!

Ferdinand schaut weiterhin nach vorn. Er möchte Adele aus ihrer selbstgewählten Zurückgezogenheit befreien, die anmutet, als wäre sie in Trauer. Schon seit längerem hegt er den Wunsch umzuziehen. Der 4. Bezirk ist eigentlich nicht vornehm, und deshalb möchte er in den 1. Bezirk, nach Stubenbastei, dorthin, wo auch sein Bruder und Therese wohnen. Adele und er haben in der Schwindgasse genügend Leid durchlebt. Wie konnte so viel Unglück über eine einzige Familie hereinbrechen?

Auch Ferdinand könnte trübsinnig werden, wenn er daran denkt, wie sein Leben verlaufen wäre, wenn er Kinder und einen Erben hätte, dem er alles beibringen könnte, was man im Geschäftsleben braucht. Aber er hat keine Wahl, denn er muss ein Vorbild sein, auch wenn er nicht mehr genau weiß, für wen eigentlich. Endlich hat er ein Wohnhaus in der Elisabethstraße gefunden, in unmittelbarer Nähe zu seinen Büros. Dort möchte er zukünftig gerne wohnen, dort werden sie die Trauer um das Kind verwinden und sich ein neues Leben aufbauen.

Adele ist sofort und ohne jeglichen Widerstand einverstanden. Der Burggarten ist nur fünf Minuten zu Fuß entfernt und der Volksgarten fünfzehn Minuten, dann kann sie die Entwicklung der Rosen in diesen blühenden Gärten beobachten, die wiederum in unmittelbarer Nähe zur Hofburg liegen, und sich dort auf einem der schmiedeeisernen Stühle niederlassen, gleich neben dem

Theseustempel. Sie stellt keine Fragen und ist gleich am nächsten Morgen zu einer Besichtigung des Ortes bereit, der ihrem Mann so gut gefällt. Das Gebäude ist erst im Jahr 1862 im Stil der Neorenaissance erbaut worden. Das Moderne begeistert Adele. Als sie eintrifft, bleibt ihr nicht die Zeit, die Ädikulafenster zu zählen. Ferdinand zieht sie weiter, ist so glücklich, ihr das neue Heim zeigen zu können. Er rühmt die Vorteile dieses Stadtpalais mit seinen fast zweitausend Quadratmetern Wohnfläche in einer der prächtigsten Straßen Wiens. Die mit einem Gewölbe versehene Einfahrt ist breit und hoch genug sowohl für eine Kutsche als auch für ein Automobil. Adele wird nicht nur ein Zimmer für sich allein haben, sondern gleich eine ganze Zimmerflucht.

»Aber Ferdinand, was sollen wir mit so einem großen Palais anfangen?«, erkundigt sich Adele beunruhigt.

»Sie werden schon sehen, hier wird es uns gutgehen. Wir werden ganz Wien empfangen. Ich bin nur einen Katzensprung von meinem Büro entfernt, und wir können zusammen zu Mittag essen. Ich werde mich um Sie kümmern.«

Adele betrachtet diesen Mann, den sie vor zwanzig Jahren geheiratet hat. Nie schien er ihrer überdrüssig zu werden, und noch immer liebt er sie genauso wie am Anfang. Sie sieht seine überschäumende Begeisterung, die sie stets mitgerissen hat, wenn sie schon nicht mehr an das Leben glaubte.

Wie in Schloss Jungfern-Breschan verliert sich Adele in den vielen Zimmern.

»Ferdinand, ich möchte Sie um einen Gefallen bitten. Ich möchte, dass wir Emilie Flöge eines der Gemälde von Gustav Klimt abkaufen, die sie nach seinem Tod geerbt hat. Sie benötigt unsere Unterstützung.«

»Selbstverständlich, wissen Sie schon, welches?«

»Ja, eine Landschaft am Attersee. Es wird Ihnen gefallen, da bin ich sicher.«

Adele liefert ihm keine weitere Erklärung, und Ferdinand fragt auch nicht nach.

Und dann beschließt die andere Hälfte der Familie Bloch-Bauer, in die Etage unter ihnen einzuziehen. Die Vorstellung, auf diese Weise zusammenzuwohnen, macht Adele überglücklich. Drei Monate später ziehen beide Parteien in der Elisabethstraße ein. Jeder ist für sich, aber dennoch den anderen so nah.

Adele vergöttert ihre Nichte Maria, die ihr vom Aussehen und Charakter so ähnlich ist. Die Zweijährige, die für ihr Alter schon sehr gut spricht, kommt regelmäßig ihre Tante Adele besuchen. Sie sieht so gerne zu, wenn diese sich an ihrem Frisiertisch das Gesicht pudert.

Manchmal nimmt Adele sie auf den Schoß und bürstet der Kleinen sanft das halblange, lockige kastanienbraune Haar. Dann öffnet sie eines der Parfums, die aus Paris kommen, und lässt sie daran schnuppern, und Maria ruft »noch mal«. Adele gibt dem Wunsch der Kleinen nach, ehe sie sie sanft nach unten schickt.

»Schluss, mein Kätzchen, deine Mama wartet sicher schon auf dich.«

Sie gibt Maria einen Kuss auf die Stirn, nimmt ein letztes Mal ihr Patschhändchen in ihre Hand und lässt es erst los, wenn die Kleine mit ihrem Kindermädchen an der Tür steht. Adele winkt ihr zum Abschied noch hinterher.

Und von Zeit zu Zeit erfasst sie wieder diese tiefe Melancholie, von der sie sich schon geheilt glaubte. Aber diese Wunde wird sich niemals schließen, der Schmerz über diesen Verlust für immer bleiben. Sie hat kein Leben schenken können, sie hat es nicht verdient, Ehefrau zu sein, ihr ist es nicht vergönnt, Frau zu sein. Die Frage der Schuld und das Unbewusste sind Themen, die sie faszinieren. Wenn sie könnte, würde sie auch eine Analyse bei Freud machen, aber sie steht ihm zu nahe.

Und so konzentriert sie ihr Interesse auf die Arbeit von Tandler. Er leitet eine Untersuchungskommission über Kriegsverletzte, die sich absichtlich verstümmelt haben, und über Fahnenflüchtige. Darf man sie verurteilen? Er hat Freud als Fachmann hinzugezogen. Für den Psychoanalytiker sind diese Männer keine Drückeberger, ihre Neurose ist in erster Linie eine Flucht in die Krankheit, sie haben aus »unbewussten Gründen« gehandelt.

Um sich nicht in ihren Stimmungsschwankungen zu verlieren, durchstreift Adele jene Viertel Wiens, wo die Armut wie Lepra grassiert. Die Not äußert sich in allen Bereichen. Es gibt keinen Wohnraum, aber sie lebt in einem Palais. Es gibt keine Kleidung, doch ihre Kleiderschränke quellen über. Es gibt kein Heizmaterial, aber sie öffnet die Fenster, um frische Luft hereinzulassen. Es gibt nichts zu essen, doch in ihrer Küche werden die raffiniertesten Speisen zubereitet. Die Händler haben nichts mehr, was sie verkaufen könnten. Und Ferdinand wettert gegen den Generalstreik, der die Stadt lähmt.

Adele versteht die Wut der Österreicher, die sich dem Marxismus zuwenden. Julius Tandler hat ihr die Ideen ihres Namensvetters Otto Bauer nahegebracht. Seine Schwester Ida, der Adele schon begegnet ist, ist der von Freud untersuchte berühmte »Fall Dora«. Otto Bauer, Kopf der Sozialdemokratischen Arbeiterpartei, vertritt die Idee der Revolution. Wien ist inzwischen eine rote

Stadt. Seitdem kauft Adele Zeitungen, die den Revolutionären nahestehen. Sie besorgt sich Bauers Buch »Der Weg zum Sozialismus«, das sie aufmerksam studiert. Tandler schickt ihr außerdem die Rede des Franzosen Léon Blum, die dieser auf dem Kongress der französischen Sektion der Arbeiter-Internationalen gehalten hat. Adele ist beeindruckt von den Worten dieses Mannes, der die Sehnsüchte und Wünsche des Volkes so gut zu verstehen scheint. Zwar glaubt sie, dass Gewalt, wie sie Otto Bauer propagiert, kein Ausweg sei, aber die Vorstellung der Diktatur des Proletariats – warum nicht? Der so kultivierte Blum ist ein Verfechter dieser Idee, warum sollte man nicht dem Volk die Macht überlassen? Sie hat so viel Elend gesehen. Und Adele begeistert sich auch für Rosa Luxemburg. Diese leidenschaftliche Verfechterin des Marxismus ist aus dem Gefängnis entlassen worden und hat in Deutschland wieder ihren Kampf für die Arbeiter aufgenommen. Adele bewundert diese Frau, die sich furchtlos für ihre Ideen und ihre Geisteshaltung einsetzt:

Was für eine Frau! Sie hat das Recht, diesen Krieg abzulehnen, der so viele Menschenleben gekostet hat.

Ohne dass sie es sich wirklich eingesteht, wäre auch sie gerne eine solche Frau gewesen, die, intelligent und voller Elan, unter Einsatz des eigenen Lebens für andere eintritt. Eine Unbezwingbare, die nicht nachgibt. Doch leider gehört sie, Adele, dem Großbürgertum an und hat nie etwas anderes kennengelernt als ein komfortables Leben. Sie findet sich erbärmlich.

Fast hat sie das Gefühl, zwei Persönlichkeiten zu haben, so widersprüchlich erscheint ihr ihr Leben. Einerseits faszinieren sie die sozialistischen Ideen, andererseits führt sie weiter ein Leben in unschicklichem Überfluss, inmitten des Elends. Sie verzichtet nicht auf ihre Empfänge, und ihre geladenen Gäste repräsentieren den gesamten finanziellen und intellektuellen Reichtum der Stadt.

In der vergangenen Woche war Oskar Kokoschka ihr Gast, Ferdinand ist von seinem Malstil begeistert. Auch Richard Strauss, Stefan Zweig, Arthur Schnitzler und seine Frau Olga waren geladen sowie Hugo von Hofmannsthal. Er hatte Adele sein letztes Buch geschenkt, *Frau ohne Schatten*, und ihr von seinem Vorhaben erzählt, in Salzburg Festspiele gründen zu wollen. Und sogar Julius Tandler, nicht häufig Gast solcher Soireen, war geladen. Ferdinand hat sich inzwischen mit ihrer Freundschaft abgefunden.

Leicht vom Wein berauscht, ließ Adele, die Zigarettenspitze im Mund, eine Hand in die wohlgeformte Hüfte gestützt, ihren Blick über diese illustre Gästeschar schweifen. Sie war fasziniert von der intellektuellen Elite, fühlte sich aber dennoch ihrer Selbstsicherheit und ihrem Glück so fern.

24.

Schnee

Adele ist gerade Zweiundvierzig geworden. Sie meidet jetzt den Blick in den Spiegel, aus Furcht, dem Bild einer Frau zu begegnen, die nicht mehr so aussieht, wie Klimt sie gemalt und geliebt hat. Die letzten Jahre haben ihr zugesetzt. Leben zu schenken, diese Hoffnung hat sie nun endgültig aufgegeben. Sie ist vom Tod umgeben – ihre zwei Kinder, ihre vier Brüder, Leopold, Karl, David und dann Eugen, ihr Vater, Klimt und schließlich ihre Mutter Jeanette. Der Tod streift ihr ganzes Leben lang um sie herum. Immer wieder hofft sie, die Wunden würden verheilen, doch der Kummer holt sie stets wieder ein. Das geht nun schon seit Jahren so.

Oft denkt Adele, dass Klimt ein Künstler der Lüge war, denn eigentlich hätte er sie nicht in ihrer Jugend darstellen dürfen, sondern so, wie sie sich jetzt fühlt: wie ein unheilbringender Schatten, ein weiblicher Janus mit zwei Gesichtern. Wie die Todesfiguren auf dem *Beethovenfries* oder aber die Frau, die auf dem Gemälde *Die Hoffnung* klein vor der Schwangeren zu sehen ist, das ist sie. Ganz genau sie.

Sie würde all ihren unendlich wertvollen Schmuck hergeben, die Meisterwerke, die wertvollen Gemälde, das Porzellan, das Schloss Jungfern-Breschan, um das Glück eines eigenen Kindes erleben zu dürfen.

Ihre Bücher sind ihr immer wichtiger geworden, die meisten der Schriftsteller, die sie verehrt, sind aber in andere Teile der Welt geflohen. Den Antisemitismus, den sie stets abgestritten hat, bekommt sie jetzt am eigenen Leib zu spüren. In allen Cafés wird nur noch über Zionismus diskutiert.

Das Leben scheint langsam aus ihr zu entweichen, doch sie raucht doppelt so viel wie früher. Ferdinands erbitterten Kampf gegen ihren Tabakkonsum ignoriert sie, trotz ihrer Migräne, der Schmerzen in der Brust, sie spürt, wie ihre Lebensfreude langsam erlischt.

Immer öfter träumt sie vom Tod und denkt an ihre eigene Beerdigung. Auf jenem Friedhof, den sie so gut kennt, stellt sie sich ihren trauernden Mann in der ersten Reihe vor, gestützt von Therese. Dann folgen ihre Schwägerinnen und die gehobene Wiener Gesellschaft, die sie in ihrem Salon empfangen und bisweilen auch gemieden hat.

Doch sie will sich nicht vorstellen, dass ihr Körper einmal in der Erde verwest. Mit höchstem Interesse hat sie die Eröffnung und Polemik um das erste Wiener Krematorium, die Feuerhalle Simmering, verfolgt. Noch hat niemand in ihrer Familie eine Einäscherung gewagt, doch ihr scheint das die einzig angemessene Lösung. Auch im Tod will sie sich gegen alle anderen behaupten. Der Gedanke, in der Erde zu vermodern, ist ihr unerträglich, und an ein Jenseits glaubt sie ohnehin nicht. Und wer würde Blumen auf ihr Grab stellen, wenn Ferdinand einmal nicht mehr da sein wird?

Von dem Gefühl der Dringlichkeit getrieben, verfasst Adele ihr Testament. Ohne mit Ferdinand darüber zu sprechen, hat Adele für die nächste Woche einen Termin beim Notar ausgemacht, denn natürlich kann sie sich in diesem Fall nicht an ihren Schwager Gustav wenden. Und der Notar soll auch nicht in die Elisabethstraße kommen, sondern sie wird ihn in seiner Kanzlei aufsuchen. Adele denkt täglich über ihren Letzten Willen nach. Wenn sie

Kinder hätte, und sei es auch nur ein einziges, wäre alles einfach, dann wären sie ihre Erben, aber so …

Eines Morgens wartet Adele, bis Ferdinand das Haus verlassen hat, und bittet Hannah, sie allein zu lassen. Sie holt ihre beiden Schmuckschatullen heraus und breitet den Inhalt sorgsam auf ihrem Bett aus. Dann sortiert sie die Stücke – Ringe, Armbänder und Ketten jeweils zusammen, daneben die Gürtel und die sechs Uhren. Auf einem Blatt Papier hat sie die Namen ihrer Nichten und Schwägerinnen notiert, denen sie nach ihrem Tod Schmuck hinterlassen will. Das, was sie von ihrer Mutter geerbt hat, legt sie beiseite, denn es steht, wie es sich gehört, Therese zu. Gewissenhaft ordnet sie die Schmuckstücke der einen und der anderen zu. Bei einem Armband zögert sie, entscheidet dann, dass Maria es erben soll. Bleibt das Halsband. Das mit den fünfhundert Perlen, das sie auf Klimts erstem Gemälde trägt. Seit Gustavs Tod hat Adele es nicht mehr angelegt, sondern es in einer Schatulle aufbewahrt. Eigentlich müsste Therese es bekommen, wer denn sonst?

Als Adele es vorsichtig aus dem Etui nimmt, ist sie geblendet von den funkelnden Edelsteinen und der großen Menge an Gold. Plötzlich scheint das Schmuckstück das zu zerreißen, was noch von ihrem Herz übrig geblieben ist. Sie sieht vor sich, wie Gustav es ihr zum ersten Mal abnimmt ... Sie spürt jede seiner Gesten, die Wärme seiner Hand, als er den Verschluss in ihrem Nacken sucht. Mit einer solchen Woge der Emotionen hat sie nicht gerechnet. All das liegt schon so weit zurück, Gustav ist bereits seit fünf Jahren tot. Doch jetzt, als sie das Schmuckstück in den Händen hält, erinnert sie sich an einen ganzen Teil ihres Lebens. Manchmal glaubt man alles vergessen, verschüttet und von der Zeit besiegelt, doch plötzlich tauchen die Gefühle unversehrt und überwältigend wieder auf. Die Erinnerungen übermannen und erschüttern sie. Nein, dieses Halsband wird niemand bekommen.

Ferdinand soll damit machen, was er will. Vielleicht schenkt er es einer anderen, wenn er noch einmal heiratet, denn er ist nicht dafür geschaffen, allein in diesem großen Haus zu bleiben. Er braucht eine Frau, die ihn jeden Abend erwartet, und die Wärme der Zweisamkeit. Sie wird ihm das nicht mehr lange schenken können – das spürt sie. Es sind nicht die Falten um die Augen, obwohl sie den Trost von der »Schönheit des Alters« noch nie nachempfinden konnte. Welche Schönheit bleibt, wenn die Haut jeden Tag schlaffer wird? Aber ihre Kopfschmerzen haben an Heftigkeit zugenommen und fesseln sie oft tagelang ans Bett.

Und trotzdem setzt Adele – entschlossen und unversöhnlich gegenüber dem Leben – ihre Arbeit fort. Ihr Bett hat sich in eine wahre Sortierbank verwandelt, und jedes Schmuckstück hat seine künftige Besitzerin gefunden. Bleibt noch die Brosche von Klimt, die als Einziges eigentlich keinen Wert hat. Was soll sie damit anfangen? Ferdinand würde ihren Wunsch, sie bei der Einäscherung tragen zu wollen, nicht verstehen …

Adele hat alles in ihrem kleinen roten Notizbuch niedergeschrieben, das sie zu ihrem Besuch beim Notar mitnehmen will, damit das Inventar ganz genau zugeordnet wird. Ihre Schwester und ihre Schwägerinnen werden entscheiden, was sie mit Adeles Kleidern und Pelzen anfangen, ob sie sie behalten oder verschenken, ist ihr egal. Die Darstellung ihres Kleides auf Klimts Bild hat mit dem Original nicht mehr viel gemein, da er es mit ägyptischen Ornamenten verfremdet hat. Soviel sie auch nachdenkt, sie weiß nicht, wem sie es hinterlassen soll. Doch dann kommt ihr plötzlich eine Idee: Nachdem dieses Kleid sie unsterblich gemacht hat, wird sie es im Sarg tragen, wenn die Flammen sie verschlingen. Ein Glücksgefühl breitet sich in ihr aus. Warum dann nicht auch das Halsband und die beiden Armreife? Sie zögert, überlegt es sich aber anders. Letztlich wird sie sie Ferdinand hinterlassen. Dann kann er entscheiden, ob die Verstorbene sie tragen soll oder nicht.

Und da sind auch die beiden Porträts, die Gustav gemalt hat. Ferdinand wird sie sicher behalten wollen, aber das möchte sie nicht. Adele hat ihn betrogen, und sie will nicht, dass die Lüge sie überlebt, dass er ihrer im Angesicht der beiden Bilder gedenkt, die ihr Liebhaber gemalt hat. Es ist besser, wenn sie nach ihrer beider Tod in den Besitz des Museums im Belvedere übergehen. Sie wird es mit dem Notar besprechen. Seit sie diese Entscheidung getroffen hat, fühlt sich Adele so erleichtert und unbeschwert wie schon lange nicht mehr. In zwei Tagen wird das Testament aufgesetzt. Bis dahin muss sie nur noch ein paar Kleinigkeiten für Hannah und Franz finden, die sich stets durch mustergültige Treue ausgezeichnet haben. Sie will ihnen einige wertvolle Porzellanobjekte hinterlassen, die sie, falls nötig, verkaufen können. Und die Bibliothek? Besser gesagt die beiden Bibliotheken, die in Wien und die in Jungfern-Breschan? Wer würde ihre Bücher haben wollen? Adele überlegt, sie liebt diese Werke, die ihr geholfen haben zu überleben, denn wie hätte sie ohne sie den ungeheuren Kummer überwinden sollen? Selbst wenn der Schmerz sie am Lesen hinderte, stapelte sie sie zum Trost auf ihrem Nachtkästchen. Oft griff sie nach ihnen, drehte, wendete und betrachtete sie. Sie schlug sie auf, versuchte, einige Zeilen zu lesen. Nachdem diese Bücher sie gerettet haben, könnten sie auch andere Menschen beschützen. Sie sollen denen Zuflucht bieten, die es am nötigsten haben, und sie vor ihrem Schmerz bewahren.

Langsam nimmt der Gedanke Form an. Adele will ihren Bücherbestand Vereinen übertragen, die sie an jene verteilen werden, die nicht das Glück haben, solche Schätze zu besitzen. Nach einigem Nachdenken entscheidet sie sich für den Wiener Volksbildungsverein, der mehrere Arbeiterbüchereien unterhält. Außerdem möchte sie zwei Vereine finanziell unterstützen: die Kinderfreunde-Bewegung und den Verein für soziale Arbeit und Verbreitung sozialen Gedankenguts. Immer wieder denkt sie an die Flüchtlinge, denen sie regelmäßig geholfen hat. Rebekka ist nach dem Krieg zum Rest ihrer Familie zurückgekehrt, und sie weiß nicht, was aus ihr geworden ist.

Nachdem sie alles für sich geregelt hat, ist Adele so glücklich wie schon lange nicht mehr, sie fühlt sich wieder genauso unbeschwert wie im Alter von fünfzehn Jahren – vor Karls Tod. Jetzt fehlt nur noch ein letzter Punkt in ihrem Testament: Sie will eingeäschert werden, und ihre sterblichen Überreste sollen außerhalb des jüdischen Friedhofsteils beigesetzt werden. Das ist unabänderlich!

Am Abend findet Ferdinand seine Frau heiterer vor als in den letzten Wochen. Er ist jetzt achtundfünfzig Jahre alt, und langsam stellen sich Gliederschmerzen ein. Die

Geschäfte gehen schlechter, und sogar während des Krieges war der Kurs nicht so instabil wie jetzt. Er macht sich Sorgen, denn zum einen verspricht die Konkurrenz der Neuen Welt hart zu werden, zum anderen vergiftet der Judenhass die Beziehungen mehr denn je. Vielleicht hatte Adele doch recht …

Adele war überzeugt, dass ihr Leben nicht lange währen würde, und sie hat sich nicht geirrt. Am 24. Januar 1925, mitten im Wiener Winter, stirbt sie im Alter von dreiundvierzig Jahren an einer Hirnhautentzündung. Sie hat den Tod kommen sehen, wusste, dass die Reihe an ihr war. Doch Adele hatte keine Angst, sie war bereit und erwartete ihn, denn sie wusste, das Nichts würde sie von allem erlösen. Warum sollte sie Angst davor haben, sich nicht mehr zu erinnern? Niemand hat je erfahren, dass das Kind, das sie mit einunddreißig Jahren verlor, nicht von Ferdinand, sondern von Gustav Klimt war.

Adele war der Grundpfeiler in Ferdinands Leben. Alles, was er seit zwanzig Jahren angestrebt und verdient hat, war nur für sie gedacht. Wie soll er ohne Adele weiterleben?

Als die Flammen den Sarg verschlingen, der die sterblichen Überreste seiner geliebten Frau birgt, ist der Schmerz unerträglich. Gustav und Therese stützen ihn. In eben diesem Augenblick versteht er Adeles Verzweiflung bei Fritz' Tod. Er wird von Gewissensbissen gequält, weil es ihm nicht gelungen ist, Adele auf ihrem Leidensweg so beizustehen, wie er es sich gewünscht hätte.

Warum war er so oft abwesend und hat Adele ihrem Kummer und ihren Kopfschmerzen überlassen? Er glaubte, ihre Kunstverbundenheit, das Ausgehen, die Empfänge, ihre Schwester und deren Kinder würden ausreichen, um ihr Leben zu erfüllen. Hat sie so viel geraucht und sich geweigert, wegen ihrer Kopfschmerzen einen Spezialisten aufzusuchen, weil sie ihre Qual abkürzen wollte?

Auf Adeles Sterbeurkunde ist, ihrem dringenden Wunsch entsprechend, »konfessionslos« vermerkt.

Noch am selben Nachmittag wird eine Tafel mit ihrem Namen an der Gedenkmauer angebracht – es ist eine der ersten, denn die Mauer, die sich über mehrere Meter erstreckt, ist noch fast jungfräulich. Nur die unbelaubten Zweige der großen Birke werfen ihre feingliedrigen Schatten auf die Steine.

Therese kann nicht verstehen, warum ihre Schwester nicht bei ihrem Sohn Fritz beigesetzt werden wollte, der jetzt zwanzig Jahre alt wäre. Doch Adele glaubte nicht mehr an das Leben, und schon gar nicht an ein Leben nach dem Tod. Mutter und Kind sind getrennt. Das waren sie schon nach dem ersten Tag. Man kann die verlorene Zeit nicht wieder aufholen. Die neue Gedenkmauer liegt auf der anderen Seite der Straße, außerhalb des Zentralfriedhofs. Ferdinand zittert. Er steht im Schnee, und der Wind pfeift eisig. Die Vorstellung, ohne Adele leben zu müssen, erdrückt ihn. In wenigen Stunden wird er sich in die Bibliothek zurückziehen und sein Herz am Anblick seiner Frau in Gold erwärmen können.

Epilog:
Nach ihr

Ferdinand trauert auf rührende und ungeschickte Art um Adele. Er hängt die beiden Porträts, die Gustav Klimt von ihr gemalt hat, in ihrem Zimmer auf. Jeden Tag nimmt er kleine Veränderungen vor, fügt einen Ziergegenstand oder ein Foto hinzu, die ihr gefielen. Er funktioniert den Raum zu einem wahren Mausoleum um. Abends nach dem Essen raucht er seine Zigarre im Angesicht der *Frau in Gold*, betrachtet dann das zweite Porträt und erinnert sich an Adele, an diese Aura, die von ihr ausging, an ihre Stimme, ihren Duft. Manchmal lässt er das Grammophon spielen, das sie als junge Frau so begeistert hatte, und seine Augen füllen sich mit Tränen.

Therese und Gustav laden ihn regelmäßig zum Essen ein. Jahr um Jahr sieht er die Kinder heranwachsen, seine Neffen sind schon fast junge Männer. Aber seine besondere Liebe gilt der kleinen Maria, die ihrer Tante so sehr ähnelt.

An Feiertagen weist er Hannah an, in Adeles Zimmer weiße Blumen aufzustellen – jene, die sie so sehr mochte –, und kommt mit den fünf Kindern her, damit sie ihrer Tante guten Tag sagen können. Er erzählt ihnen von ihr, davon, wie sie sein Leben verzaubert hat, und von ihrer Liebe.

Ab 1933 beeinträchtigt das Erstarken des Nationalsozialismus das Leben der Bloch-Bauers. Die mächtige Woge des Antisemitismus tritt jetzt offen zutage, wie eine schlimme Krankheit, die die Intelligenz infiziert. Fünf Jahre später werden die Nazis in Wien, wie auch im Rest Österreichs, mit Jubel empfangen. Es ist nicht gut, jetzt Jude zu sein.

Die Hitleranhänger fordern die Arisierung der österreichischen Gesellschaft, das Eigentum sowie die Firmen der Juden werden beschlagnahmt. Ab 1938 dürfen sie sich nur noch außer Landes begeben, wenn sie ihr Hab und Gut zurücklassen. Sie werden systematisch enteignet. Die hübsche Maria heiratet in der Elisabethstraße den Opernsänger Fritz Altmann. Es ist ein schönes Fest, in dessen Verlauf Ferdinand seine Nichte beiseitenimmt, um ihr das prachtvolle Halsband zu schenken, jenes, das Adele auf dem Gemälde trägt.

Eines Morgens tauchen Nazioffiziere in der Elisabethstraße auf. Maria empfängt sie in Abwesenheit ihrer Eltern. Sie verlangen die Herausgabe der Stradivari ihres Vaters, die der Butler sofort herbeibringt. Aus Angst diskutiert Maria nicht weiter, sondern übergibt ihnen auch das Halsband sowie ihren übrigen Schmuck. Später sollte Göring dieses Collier seiner Frau schenken …

Einige Wochen darauf werden Ferdinands Haus und seine Zuckerfabriken ebenso enteignet, wie seine umfangreiche Porzellan- und Kunstsammlung, darunter die fünf Bilder von Klimt. Ihm bleibt nichts mehr. Als die Deutschen seinen Rückzugsort, die Tschechoslowakei, besetzen, gelingt ihm die Flucht in die Schweiz. Sein Bruder Gustav verstirbt kurz nach der Beschlagnahmung seines Cellos, für das sein Herz schlug und mit dem er so viele prächtige Empfänge begleitet hat. Wie Klimt Jahre zuvor, wird jetzt auch Ferdinand zum Vormund der Familie seines verstorbenen Bruders. Maria und ihrem Mann, ihren vier Geschwistern und ihrer Mutter Therese gelingt ebenfalls die Flucht. Zunächst nach England und später nach Amerika. Ferdinand stellt bei den Nationalsozialisten einen Antrag auf Herausgabe der beiden Porträts seiner verstorbenen Frau. Doch die Nazis geben ihm nur sein eigenes, von Kokoschka gemaltes Bildnis zurück, das sie als »entartet« einstufen. Hitler »besitzt« jetzt fünftausend Meisterwerke, allesamt geraubte Beutekunst. Es ist die größte Sammlung der Welt. So glaubt er, sich an der Wiener Kunstakademie rächen zu können, die ihn in seiner Jugend zwei Mal abgelehnt hat.

1943 scheut sich die damalige sogenannte Ostmark nicht, eine Klimt-Ausstellung zu organisieren, in deren Mitte Adeles Porträt thront, das jetzt in *Frauenporträt vor goldenem Hintergrund* umbenannt wurde.

Ferdinand Bloch-Bauer verfasst sein Testament, in dem er – entgegen Adeles Wunsch – festlegt, dass die Bilder nicht dem Belvedere, sondern seinen Erben, den Nichten und Neffen, zukommen sollen. Einen Monat später stirbt er. An der Gedenkmauer der Trauerhalle wird, neben der Tafel seiner Frau und der seines Bruders Gustav, nun die mit seinem Namen angebracht.

Maria und Fritz Altmann versuchen, die Vergangenheit zu vergessen und sich als amerikanische Staatsbürger mit fünfunddreißig Dollar Wochenverdienst ein neues Leben aufzubauen. Mit Hilfe ihres Bruders und ihrer

Schwester beschließt Maria, einen Prozess gegen den österreichischen Staat anzustrengen, um ihr Eigentum zurückzuverlangen. Sie ist schließlich mit dem Bild ihrer Tante groß geworden. Die Gemälde sind im Museum des Belvedere ausgestellt, das sich auf Adeles Testament beruft, dessen Wortlaut Maria nicht bekannt ist. Der österreichische Staat bietet ihr einen Handel an: »Klimts Bilder gehören nicht Ihnen. Also verzichten Sie darauf, dann geben wir Ihnen die Porzellansammlung zurück.« Enttäuscht lässt sich die Familie auf das Angebot ein. Sie bekommen das Porzellan und sagen den Gemälden adieu. Sie verkaufen die seltenen Teller und Tassen, um anständig leben und die Anwälte bezahlen zu können.

Im Jahr 1969 enthüllt die Kunstzeitschrift *ARTnews* das Ausmaß des Kunstraubs durch die Nazis. Der Fall Klimt wird wieder aufgenommen. Wie man herausfindet, sind Hunderte von Werken eingelagert, ohne dass sich der österreichische Staat die Mühe gemacht hätte, die wahren Eigentümer herauszufinden. In die Enge getrieben, versteigert der Staat die Sammlung für vierzehn Millionen Dollar, die der israelitischen Religionsgesellschaft in Österreich zugutekommen. Doch die Klimt-Gemälde sind nicht darunter.

1998 stellt ein österreichischer Journalist Recherchen

zum Fall Bloch-Bauer an. Nach einem Jahr intensiver Arbeit in den Archiven des Museums im Belvedere hat er die nötigen Dokumente zusammengetragen und kann den Beweis dafür liefern, dass das österreichische Museum nicht der rechtmäßige Eigentümer der Bilder ist. Maria Altmann nimmt erneut den Kampf auf und verklagt 1998 mit Unterstützung eines der Familie nahestehenden Anwalts, Randol Schoenberg, das Museum. 1999 fliegt Adeles Nichte erstmals seit ihrer Flucht im Jahr 1938 wieder nach Wien. Sie entdeckt, dass das Haus in der Elisabethstraße, in dem sie ihre unbeschwerte Jugend verbracht hat, eine Zeitlang Sitz der Deutschen Reichsbahn war ... Jener Gesellschaft, die die Juden in die Todeslager beförderte. Maria ist übermannt von den Erinnerungen an ihre Jugend, ihre Hochzeit und die Zeit des Glücks. Doch in der öffentlichen Meinung steht sie als Diebin da. Sie ist nicht Adeles Tochter und auch keine Bloch-Bauer mehr, und die Österreicher, allen voran die Medien, beschuldigen sie, sich den nationalen Schatz aneignen zu wollen. Dabei braucht man sich nur die Fotos von ihrer Hochzeit anzusehen, auf denen sie, ebenso schön und stolz wie Adele, das einzigartige Halsband trägt. Trotz der großen Aggressivität seitens der Regierung und vor allem des Kultusministeriums, lässt sich Maria nicht beeindrucken.

Anfang der 2000er Jahre beschließt sie, die amerikanische Justiz einzuschalten, um die Genehmigung zu erwirken, den österreichischen Staat verklagen zu dürfen. Und wider Erwarten wird ihr das Recht zugestanden. Im Jahr 2006 erklärt ein österreichisches Schiedsgericht Adeles Testament für nicht rechtskräftig. Die fünf Klimt-Gemälde, darunter auch *Die Frau in Gold*, müssen der Familie zurückgegeben werden. Adeles letzte überlebende Erbin erfährt endlich Wiedergutmachung. Ein hartnäckiger, fast fünfzig Jahre währender Kampf geht zu Ende. Maria bringt die Werke sofort zur Versteigerung, bei der sie einen Gesamtwert von 327 Millionen Dollar erzielen. 135 Millionen entfallen auf *Die Frau in Gold* und machen es zum siebtteuersten Gemälde der Welt. 2011 veranlasst Maria im Alter von vierundneunzig Jahren, kurz vor ihrem Tod, verschiedene Schenkungen und verteilt diese kolossale Summe. Für sie kommt es nicht in Frage, Adeles Porträt wegzuschließen. Der Käufer, Ronald S. Lauder, ehemaliger amerikanischer Botschafter in Österreich und Mitglied der World Jewish Restitution Organization, stellt Klimts Meisterwerk in seiner wundervollen Neuen Galerie in der bekannten New Yorker 5th Avenue aus. Jetzt gehört Adeles unglaubliche Schönheit der Ewigkeit.

Nachwort

Ende Oktober 2016, als die Kastanienbäume jenen schon fast goldenen Ockerton angenommen hatten, den man auf Klimts Gemälden sieht, reiste ich nach Wien. Zu diesem Zeitpunkt hatte ich schon fast einhundert Seiten geschrieben. Monatelang hatte ich mich mit der klassischen österreichischen Literatur befasst und über Klimt und das Leben in Wien am Anfang des zwanzigsten Jahrhunderts gelesen. Ich hatte alle Informationen über Adele in französischer und englischer Sprache zusammengetragen, aber die Details zu ihrer Persönlichkeit und ihrem Privatleben waren recht spärlich. Ich hatte mich bei diesem Roman, der sich noch im Stadium des Entwurfs befand, von meiner Phantasie leiten lassen. Zwar stand der rote Faden der Geschichte fest, doch ich musste noch einige Thesen, die ich eher intuitiv aufgestellt hatte, auf ihre Stichhaltigkeit überprüfen. Auf der Suche nach weiteren Hinweisen lief ich mir, in Begleitung von Eva Knels, einer jungen deutschen Universitätsassistentin für Kulturgeschichte, täglich bei langen Märschen durch Wien die

Hacken ab. Wir bewunderten Klimts Bilder im Museum des Belvedere, in der Albertina, im Kunsthistorischen und im Leopold Museum sowie im Wiener Museum. Der Anblick der Gemälde – wie etwa *Der Kuss*, *Judith*, *Adam und Eva* – war schlicht überwältigend. Im Ausstellungsgebäude der Wiener Secession, jener Hochburg der künstlerischen Erneuerung, entdeckten wir Klimts *Beethovenfries* und im Österreichischen Museum für angewandte Kunst das kreative Schaffen der Jahre 1900 bis 1920, hier vor allem die Arbeiten von Josef Hoffmann und Koloman Moser. Im Burgtheater bewunderten wir die von Klimt, seinem Bruder Ernst und Franz Matsch geschaffenen Fresken und in der Oper eine prachtvolle Inszenierung von Christoph Willibald Glucks *Armide*. Wir liefen durch die Gassen und Straßen Wiens und hielten vor Adele und Ferdinands erster Wohnung an, dann vor der zweiten und durchstreiften schließlich den Park des Belvedere, den Volks- und den Burggarten. Und natürlich nahmen wir auch den Ring in Augenschein. Unseren Tee tranken wir in bekannten Wiener Cafés, in denen Künstler und Intellektuelle einst die Welt neu erfanden. Dann fuhren wir mit der U-Bahn zu Klimts letztem Atelier, der Farbgeruch war zwar verflogen, doch die Staffelei und der Diwan standen noch an diesem magischen Ort, der noch immer von Gustav und Adele beseelt ist.

In dem umfangreichen Fundus der Nationalbibliothek fahndeten wir nach Spuren der Bloch-Bauers und nach Dokumenten über das Wiener Leben in den Jahren von 1900 bis 1918. Und auf der Suche nach der letzten Ruhestätte von Fritz Bloch irrten wir auf dem Zentralfriedhof an den Gräbern der vor über einem Jahrhundert verstorbenen Kinder vorbei, doch die Zeit hat die Namen ebenso ausgelöscht wie die Erinnerungen. Die Vegetation, die die Grabsteine überwuchert, verleiht dem Ort eine ganz besondere Atmosphäre. Und in eben diesem Moment tauchte das Rehkitz auf, zugleich lebendig und doch irreal, wie in einem Traum. Es stand uns gegenüber und sah uns an, als wollte es fragen, was wir hier zu suchen hätten. Ganz so, als solle man diese kleinen Wesen, die die Wirren des zwanzigsten Jahrhunderts nicht erlebt haben, in Frieden lassen.

Dann versuchten wir das imposante Grabmal der Familie Bloch-Bauer ausfindig zu machen. Doch das Eindrucksvollste war, andächtig an Adeles letzter Ruhestätte in der Gedenkmauer zu stehen, vor der eine Eiche, eine Blautanne und ein riesiger Lorbeerbusch wachsen. Da hatte ich sie vor mir – für immer entschwunden mit ihren Geheimnissen. Ich legte meine Blumen nieder – Stiefmütterchen mit violetten Gesichtlein …

Klimt ist auf einem anderen Friedhof am entgegengesetzten Ende der Stadt beigesetzt. Es gibt kein Grab, nur einen Stein mit seinem Namen in derselben Jugendstilschrift, mit der er seine Bilder signierte. Zwei oder drei Mal pro Jahr kam Adele ihren alten Freund besuchen, der ihr sicher noch mehr bedeutete.

Doch wirklich begegnet bin ich Adele im winterlichen New York. Ich war nicht allein, sondern befand mich in einer langen Schlange Wartender vor der Neuen Galerie, wo Adele im Zentrum einer Ausstellung über Klimt und seine Frauen stand. Sie thronte in ihrem goldenen Kleid mitten in diesem grandiosen Werk, das keine Reproduktion exakt wiederzugeben vermag – weder die Feinheit der Reliefs noch die Leuchtkraft der Farben oder den Glanz des Goldes. Ich nahm dem Gemälde gegenüber Platz, um es zu betrachten und zu bewundern, wie vor mir Ferdinand und so viele andere. Doch eine kleine Stimme in meinem Inneren flüsterte mir zu, dass Adele und ich, so unterschiedlich wir auch sein mögen, von nun an verbunden sind. Adele ist nicht ich, und ich bin nicht Adele.

Ich bin nicht 1882 geboren.

Ich bin keine Österreicherin.

Ich bin keine Jüdin.

Ich gehöre nicht dem Großbürgertum an.

Aber ich habe monatelang mit ihr gelebt, und ab jetzt lebt sie in mir weiter.

Die Adele, die ich liebgewonnen habe, barg ausreichend Romanstoff in sich, um einen imaginären Faden zu spinnen. Natürlich einen goldenen, der nun mit dem Firmament verbunden ist.

Im Mai des Jahres 2017 schließe ich das Buch über ihr Leben ab und möchte mich bei Adele bedanken, dass sie mir geholfen hat, ein neues Kapitel in meinem eigenen Leben zu beginnen.

Danksagung

Mein Dank gilt zunächst Ihnen, den zahlreichen Lesern meines Essays *Merci pour ce moment* (*Danke für diesen Moment*).

Ihnen, die Sie den Mut hatten, sich in dieses Buch zu vertiefen, ohne über mich zu richten.

Ihnen, die mir Hunderte von Leserbriefen geschrieben haben, die ich alle, sorgfältig in hübschen Schachteln verstaut, aufbewahre.

Ihnen, bei denen ich mich entschuldigen muss, nicht allen geantwortet zu haben.

Mein Dank gilt auch:

- meinem Verleger Laurent Beccaria, für seine andauernde Unterstützung;
- Werner Spies, dem deutschen Kunsthistoriker und Essayisten, für seine Beratung;
- Eva Knels für ihre wertvolle Hilfe bei meinen deutschen Recherchen und für ihren Enthusiasmus;
- Irakli Nasidze, dem großen Couturier, für seine Beschreibung der Stoffe und seine Poesie;

- Christoph Lemaître, dem Juwelier, für seine große Kenntnis der Edelsteine;
- Tahar Ben Jelloun für seine Ermutigungen;
- Flore Gurrey für ihre Unterstützung und ihre Freundlichkeit;
- dem gesamten Team von *Les Arènes*, durch das ich diesen Verlag so sehr lieben gelernt habe;
- der Zeitschrift *Paris Match*, die mich auf diesen Weg gebracht hat;
- meinen Freunden, die mir stets zur Seite standen und so wichtig waren;
- meiner geliebten Familie.

Bibliographie

Für meine Recherchen:

Béranger, Jean: *L'Empire austro-hongrois 1815–1918*, Armand Colin, »Collection U«, Paris 2011.

Brandstätter, Christian: *Design der Wiener Werkstätte, 1903–1932*, Verlag Christian Brandstätter, Wien 2003.

Des Cars, Jean: *Le Roman de Vienne*, Éditions du Rocher, Perpignan 2005.

Le Rider, Jacques: *Kein Tag ohne Schreiben – Tagebuchliteratur der Wiener Moderne*, aus dem Franz. von Eva Werth, Passagen, Wien 2001.

Le Rider, Jacques: *Arthur Schnitzler oder die Wiener Belle Époque*, aus dem Franz. von Christian Winterhalter, Passagen, Wien 2007.

Le Rider, Jacques: *Les Juifs viennois à la Belle Époque*, Albin Michel, Paris 2013.

Natters, Tobias G.: *Gustav Klimt*, Taschen, Köln 2012.

Néret, Gilles: *Klimt*, Reihe: »*À l'école des grands peintres*«, Éditions les Vergeures, Paris 1982.

Roudinesco, Élisabeth: *Sigmund Freud, en son temps et dans le notre*, Seuil, Paris 2014.

Roudinesco, Élisabeth: *Retour sur la question juive*, Points Essais, Paris 2016.

Schorske, Carl E.: *Wien. Geist und Gesellschaft im Fin de Siècle*, Piper, München 1997.

Tretter, Sandra, Weinhäupl, Peter, Schreier, Felizitas (Hrsg.): *Gustav Klimt, Atelier Feldmühlgasse 1911–1918*, Christian Brandstätter Verlag, Wien 2014.

Weidinger, Alfred (Hrsg.): *Au temps de Klimt, la Sécession viennoise*, 24 ORE Cultura, Milano 2015 (Katalog zur Pariser Ausstellung 2015).

Entspannungslektüre:

Giroud, Françoise: *Alma Mahler oder die Kunst, geliebt zu werden*, aus dem Franz. von Ursel Schäfer, dtv, München 2000.

Hofmannsthal, Hugo von: *Die Frau ohne Schatten und andere Erzählungen*, Goldmann, München 2001.

Kraus, Karl: *In dieser großen Zeit, Aufsätze 1914–1925*, Tredition Classics, Hamburg 2012.

Lothar, Ernst: *Der Engel mit der Posaune – Roman eines Hauses*, btb, München 2017.

Prochnik, Georges: *Das unmögliche Exil – Stefan Zweig am Ende der Welt*, aus dem Amerik. von Andreas Wirthensohn, C.H. Beck, München 2016.

Sauvat, Catherine: *Rilke*, Fayard, Paris 2016.

Schnitzler, Arthur: *Gesammelte Werke.*, S. Fischer, Frankfurt am Main 1961–1977.

Zweig, Stefan: *Ausgewählte Werke in vier Bänden*, S. Fischer, Frankfurt am Main 2003.

Zweig, Stefan: *Die Welt von Gestern. Erinnerungen eines Europäers,* S. Fischer, Frankfurt am Main 1952.

Zweig, Stefan: *Briefwechsel mit Hermann Bahr, Sigmund Freud, Rainer Maria Rilke und Arthur Schnitzler*. (Hrsg. v. Jeffrey B. Berlin, Hans-Ulrich Lindken, Donald Prater), S. Fischer, Frankfurt am Main 1987.

Tallis, Frank: *Wiener Blut: Max Liebermanns zweiter Fall*, btb München 2007.

Als Ehrung:

Czernin, Hubertus: *Die Fälschung – Der Fall Bloch-Bauer (und das Werk Gustav Klimts)*, Czernin Verlag, Wien 1999.

O'Connor, Anne-Marie: *The Lady in Gold*, Vintage Books, London 2012.

Quellenangaben:

Das Zitat auf Seite 259 stammt aus: Hofmannsthal, Hugo von, Die Briefe des Zurückgekehrten, in: Hugo von Hofmannsthal, Gesammelte Werke in zehn Einzelbänden, hrsg. von Bernd Schoeller in Beratung mit Rudolf Hirsch, S. Fischer, Frankfurt a. M. 1949

Das Zitat auf Seite 315/316 stammt aus: Alfred de Musset, Man tändelt nicht mit der Liebe, übertragen von Hans Jacob (in 3. Bd. von: Gesammelte Werke, Hrsg. Alfred Neumann, Georg Müller Verlag, München 1925)

Das Zitat auf Seite 316 stammt aus: Gustav Klimt. Sämtliche Gemälde, Hrsg. Tobias G. Natter, Taschen Verlag

Das Zitat auf den Seiten 7 und 29 stammt aus: Rainer Maria Rilke Briefe an einen jungen Dichter
Inselbücherei 1929

Das Zitat auf Seite 131 stammt aus:
Barbey d'Aurevilly

LESEPROBE

KAPITEL EINS

In jenem Frühjahr kam der Regen in so schweren Sturmböen, dass er an den Dächern der Häuser riss und lärmte. Das Wasser drang bis in die kleinsten Ritzen und untergrub noch die stärksten Fundamente. Land, das die sichere Heimat mehrerer Generationen gewesen war, brach auf und häufte sich zu Schlackebrocken auf den tieferliegenden Straßen, riss Häuser und Autos und Swimmingpools mit sich. Bäume stürzten um, krachten auf Stromleitungen. Flüsse traten über ihre Ufer, überfluteten Gärten und zerstörten Häuser. Menschen, die einander liebten, gerieten in Streit miteinander. Unterdessen fiel der Regen unablässig, und das Wasser stieg weiter.

Leni war nervös. Sie war neu in der Schule, nur ein unbekanntes Gesicht in der Menge – ein rothaariges Mädchen mit Mittelscheitel, das keine Freunde hatte und jeden Tag allein zur Schule ging.

Sie saß auf ihrem Bett, die Knie umschlungen, die mageren Schenkel an die flache Brust gedrückt. »Unten am Fluss« lag aufgeschlagen neben ihr, eine Taschenbuchausgabe voller Eselsohren. Durch die dünnen Wände des Hauses hörte sie ihre Mutter sagen: *Ernt, Baby, bitte nicht. Hör doch …*

Dann die verärgerte Stimme ihres Vaters: *Lass mich zufrieden, verdammt noch mal.*

Es ging wieder los. Das Streiten. Das Gebrüll.

Bald würde es Tränen geben.

Wetter wie dieses brachte die dunkle Seite ihres Vaters zum Vorschein.

Leni schaute auf die Uhr an ihrem Bett. Wenn sie sich jetzt nicht auf den Weg machte, käme sie zu spät zur Schule. Sie würde auffallen, und das war das Einzige, was noch schlimmer war, als auf der Mittelschule die Neue zu sein. Zu dieser Erkenntnis war sie auf die harte Tour gelangt. In den letzten vier Jahren war sie auf fünf Schulen gewesen, und auf keiner war es ihr geglückt dazuzugehören. Doch sie gab nicht auf und hoffte noch immer, dass sie es eines Tages schaffen würde. Sie atmete tief durch und stand auf. Leise verließ sie ihr karg möbliertes Zimmer und überquerte den Flur. An der geöffneten Küchentür blieb sie stehen.

»Herrgott, Cora«, sagte Dad. »Du weißt doch, wie schwer es für mich ist.«

Ihre Mutter machte einen Schritt auf ihn zu und streckte die Hand nach ihm aus. »Du brauchst Hilfe, Baby. Es ist nicht deine Schuld. Die Alpträume –«

Leni räusperte sich, um auf sich aufmerksam zu machen. »Hey«, sagte sie.

Ihr Vater entdeckte sie und trat einen Schritt von Mom zurück. Leni erkannte, wie müde er aussah, wie abgekämpft.

»Ich … ich muss zur Schule«, sagte Leni.

Mom griff in die Brusttasche ihrer rosafarbenen Kellnerinnenuniform und holte ein Päckchen Zigaretten heraus. Sie wirkte erschöpft. Hinter ihr lag die Spätschicht und vor ihr die Mittagsschicht. »Lauf los, Leni. Sonst kommst du zu spät.« Ihre Stimme war ruhig, sanft und ebenso zart, wie sie selbst es war.

Leni wollte weder bleiben noch gehen, das eine wäre so unerfreulich wie das andere. Es war sonderbar, vielleicht sogar ein bisschen albern, aber manchmal kam es ihr vor, als wäre sie der ausgleichende Ballast, der das schlingernde Allbright-Schiff auf Kurs hielt, fast so etwas wie die einzige Erwachsene in ihrer Familie. Ihre Mutter war seit geraumer Zeit auf der Suche nach sich selbst. In den vergangenen Jahren war sie allen möglichen Theorien gefolgt, um ihr Entwicklungspotenzial auszuschöpfen, wie sie es nannte. Sie hatte es mit Überlebenstraining versucht und mit dem Human Potential Movement, mit spiritueller Unterweisung, auch mit Unitarismus. Sogar mit dem Buddhismus. Überall hatte sie mitgemacht und sich das Beste für ihre Selbstfindung herausgepickt. Nach Lenis Eindruck waren es vor allem T-Shirts und markige Phrasen, die sie mitgenommen hatte. Sätze wie *Was ist, ist, und was nicht ist, ist nicht.* Letztlich schien nichts davon einen Unterschied zu machen.

»Geh«, sagte Dad.

Leni nahm ihren Rucksack vom Küchenstuhl und lief zur Haustür hinaus. Als sie hinter ihr ins Schloss fiel, begann es drinnen von neuem.

Herrgott, Cora –

Bitte, Ernt, hör mir zu –

So war es nicht immer gewesen. Zumindest behauptete das ihre Mutter. Vor dem Krieg seien sie glücklich gewesen, sagte sie, damals, als sie in Kent im Wohnwagenpark wohnten und Dad eine gute Stelle als Mechaniker und Mom stets ein Lachen auf den Lippen getragen und beim Kochen zu »Piece of My Heart« getanzt hatte. In Lenis Erinnerung an diese Zeit war nur noch das Bild ihrer tanzenden Mutter lebendig.

Dann wurde ihr Vater eingezogen. Er ging nach Vietnam, wo er kurz darauf abgeschossen und gefangen genommen wurde. Ohne ihn an ihrer Seite zu wissen, verlor Mom ihren Halt. Damals begriff Leni zum ersten Mal, wie zerbrechlich ihre Mutter war. Eine Zeitlang zogen sie umher, Leni und ihre Mutter, von Job zu Job, von Ort zu Ort, bis sie zuletzt in Oregon in einer Kommune unterkamen. Dort kümmerten sie sich um die Bienenstöcke und fertigten Lavendelsäckchen, um sie auf dem Bauernmarkt zu verkaufen. Sie demonstrierten gegen den Krieg in Vietnam, und Mom passte sich ihrem politisch engagierten Milieu an.

Als ihr Vater zurückkehrte, erkannte Leni ihn kaum wieder. Der gutaussehende, lachende Schemen ihrer kindlichen Erinnerung war ein seinen Launen hilflos ausgelieferter Mann geworden, den mal Wutanfälle plagten, dann wieder blieb er kühl und distanziert. Alles an der Kommune schien ihm verhasst zu sein, und schon bald zogen sie fort. Und wieder fort. Und wieder. Und nie war etwas so, wie er es haben wollte.

Nachts konnte er nicht schlafen, am Tage konnte er keinen seiner Jobs behalten, obwohl Mom schwor, dass er der beste Mechaniker sei, den es je gegeben habe.

Darüber hatten sie und er an diesem Morgen gestritten. Ihm war wieder einmal gekündigt worden.

Leni zog sich die Kapuze ihrer Jacke über den Kopf. Auf ihrem Schulweg lief sie durch Straßen mit gepflegten Häusern und machte einen Bogen um ein dunkles Gehölz; von dem musste sie sich fernhalten, man wusste nie, was einem dort zustoßen konnte. Sie kam an dem Fastfood-Restaurant vorbei, wo die Schüler der Highschool sich am Wochenende trafen, und an einer Tankstelle, wo die Autos in einer Schlange darauf warteten, Benzin für vierzig Cent den Liter zu tanken. Das war etwas, was die Gemüter aller erregte – die hohen Benzinpreise.

Eigentlich waren ohnehin alle Erwachsenen unentwegt gereizt, jedenfalls empfand Leni es so. Und es war auch kein Wunder. Der Vietnamkrieg hatte das Land gespalten. Tag für Tag verkündeten die Schlagzeilen der Zeitungen neue Grausamkeiten: Mal waren es Bombenanschläge der linksradikalen Weathermen, dann wieder die der IRA, Flugzeuge wurden genauso entführt wie Menschen, etwa die Erbin Patty Hearst, die von einer terroristischen Guerillatruppe gefangen genommen worden war. Das Massaker bei den Olympischen Spielen in München hatte die ganze Welt erschüttert, eben dies schien sich auch bei der Watergate-Affäre abzuzeichnen. Und seit kurzem verschwanden im Bundesstaat Washington immer wieder junge Frauen, ohne eine Spur zu hinterlassen. Die Welt war gefährlich geworden.

Was hätte Leni darum gegeben, eine richtige Freundin zu haben. Es war ihr größter Wunsch. Sie wollte mit jemandem reden können.

Doch würde es ihr letztlich irgendetwas bringen, wenn sie mit jemandem über ihre Sorgen sprechen könnte? Wozu jemandem ihr Herz ausschütten? War es nicht einfach so, dass ihr Vater manchmal die Kontrolle verlor und herumbrüllte und sie nie genug Geld hatten und dauernd umzogen, um ihren Gläubigern zu entkommen? So war ihre Familie nun einmal, aber immerhin liebten sie einander.

Aber dann gab es Tage, solche wie diesen, an denen Leni Angst hatte. Es war ihr, als stünde ihre Familie an einem tiefen Abgrund, wo der Boden unter ihren Füßen jeden Augenblick nachzugeben und abzubrechen drohte und sie wie die Häuser an den aufgeweichten Hängen von Seattle in die Tiefe stürzen würden.

Nach der Schule lief Leni durch den Regen nach Hause. Allein.

Das flache, schlauchartige Haus, in dem sie wohnten, stand in einer Sackgasse, umgeben von deutlich gepflegteren Anwesen. Es war außen dunkelbraun und mit leeren Blumenkästen versehen, die Regenrinne war verstopft, das Garagentor ließ sich nicht schließen und stand stets halb offen. Zwischen den verrottenden grauen Dachpfannen wucherten Unkrautbüschel.

Leni entdeckte ihren Vater in der Garage. Er saß auf der Werkbank neben dem ramponierten Mustang ihrer Mutter. Das Dach des Mustang war mit Klebeband geflickt. An den Wänden der Garage reihten sich die Umzugskartons, gefüllt mit den Sachen, die sie seit ihrer Ankunft in Seattle noch nicht ausgepackt hatten.

Wie üblich trug ihr Vater seine abgewetzte Armeejacke und zerschlissene Levi's. Er saß gekrümmt, die Ellbogen auf die Knie gestützt. Sein langes schwarzes Haar war ein strähniges Durcheinander, und der Schnurrbart hätte dringend geschnitten werden müssen. Er hatte keine Schuhe an, und seine Füße waren verschmutzt. Doch selbst in diesem Aufzug und trotz seines erschöpften Gesichtsausdrucks hatte er immer noch das Aussehen eines Filmstars. Das sagten alle.

Er legte den Kopf schief, strich seine Haare zurück und schaute Leni an. Wenngleich sein Lächeln etwas angestrengt war, hellte es dennoch sein Gesicht auf. Und das war das Problem mit ihrem Vater: Er mochte launisch und jähzornig sein, mitunter sogar furchterregend, doch das war er nur, weil er Gefühle wie Liebe und Verlust und Enttäuschung so intensiv erlebte. Vor allem die Liebe. »Lenora«, sagte er mit seiner heiseren Raucherstimme. »Ich habe auf dich gewartet. Es tut mir leid. Heute früh war ich einfach außer mir. Ich habe meinen Job verloren. Du musst schrecklich enttäuscht von deinem Vater sein.«

»Nein, Dad.«

Leni wusste, wie leid es ihm tat. Sie konnte es von seinem Gesicht ablesen. Als sie noch kleiner war, hatte sie sich manchmal gefragt, wozu die vielen Entschuldigungen gut sein sollten, wenn sich doch nie etwas an seinem Verhalten änderte. Mom hatte es ihr erklärt. Der Krieg und die Gefangenschaft hatten in ihrem Vater etwas zerbrochen. *Stell dir vor, er wäre verletzt*, sagte sie. *Und einen Menschen, der leidet, hört man nicht einfach auf zu lieben. Im Gegenteil, man selbst wird stärker, damit er Halt bei einem finden kann. Er braucht mich. Uns.*

Leni setzte sich zu ihrem Vater. Er legte einen Arm um sie und zog sie an sich. »Die Welt wird von Verrückten regiert. Das ist nicht mehr mein Land. Ich möchte …« Er ließ den Satz unbeendet. Leni sagte nichts. Sie war diese Traurigkeit ihres Vaters, seine Enttäuschung von der Welt, gewöhnt. Ständig brach er mitten im Satz ab, als fürchtete er, sonst etwas allzu Beängstigendes oder Deprimierendes von sich zu geben. Leni verstand diese Verschlossenheit. Sie hatte längst begriffen, dass es oftmals besser war zu schweigen.

Ihr Vater griff in seine Jackentasche und zog ein zerdrücktes Päckchen Zigaretten hervor. Er steckte sich eine an. Leni stieg der vertraute beißende Geruch in die Nase.

Sie wusste, wie groß das Leid war, das er mit sich herumtrug. Manchmal wurde sie nachts von seinem Weinen geweckt, hörte, wie ihre Mutter ihn zu beruhigen versuchte. *Ganz ruhig, Ernt, es ist vorbei, du bist zu Hause, in Sicherheit.*

Dad schüttelte den Kopf und stieß eine blaugraue Rauchwolke aus. »Ich möchte einfach … mehr – verstehst du? Nicht nur einfach einen Job. Ein Leben. Ich möchte über die Straße gehen, ohne Angst haben zu müssen, dass mich irgendjemand ein imperialistisches Schwein oder einen Kindermörder nennt. Ich will …« Er seufzte. Lächelte. »Mach dir keine Sorgen. Alles wird gut. Wir schaffen das.«

»Du findest einen neuen Job«, sagte Leni.

»Natürlich, Rotfuchs. Morgen ist ein neuer Tag.«

Das sagten ihre Eltern immer.

An einem trüben und kalten Morgen Mitte April wurde Leni früh wach. Sie stand auf, hockte sich auf ihren Platz auf dem durchgesessenen Sofa mit dem Blumenmuster und stellte die *Today Show* an. Auf der Suche nach einem vernünftigen Bild richtete sie die beiden Antennenstäbe aus. Als das Bild endlich scharf war, hörte sie die Moderatorin Barbara Walters sagen: »Auf diesem Foto sieht man Patricia Hearst, die sich jetzt Tania nennt, bei einem kürzlich erfolgten Banküberfall in San Francisco mit einem Gewehr. Augenzeugen berichten, dass die neunzehn Jahre alte Enkeltochter des Medienmoguls William Randolph Hearst, die im Februar von der Symbionese Liberation Army entführt wurde …«

Leni war wie gebannt und konnte noch immer nicht glauben, dass eine »Armee« einfach in eine Wohnung marschieren und eine Neunzehnjährige mitnehmen konnte. Wie sollte man sich in einer solchen Welt noch sicher fühlen? Und wie wurde aus einer reichen jungen Frau eine Revolutionärin namens Tania?

»Es wird Zeit, Leni«, rief ihr ihre Mutter aus der Küche zu. »Mach dich für die Schule fertig.«

Die Haustür flog auf.

Dad kam herein und strahlte auf eine Weise, die es Leni unmöglich machte, ihn nicht auch anzulächeln. Der niedrige triste Flur mit seinen grauen Wänden voller Stockflecken stand in keinem Verhältnis zu seiner energischen, kraftvollen Erscheinung, er wirkte beinah überlebensgroß. Wasser tropfte aus seinem Haar.

Mom stand am Herd und briet Frühstücksspeck.

Dad stürmte in die Küche und stellte das Kofferradio auf dem Küchentresen lauter. Ein kratziger Rocksong ertönte. Er lachte und nahm ihre Mutter in die Arme.

Leni hörte, wie er: »Es tut mir leid. Verzeih mir«, zu ihr sagte.

»Immer«, antwortete Mom und umschlang ihn, als hätte sie Angst, er würde sie fortstoßen.

Er legte einen Arm um ihre Taille, führte sie zum Küchentisch und zog einen Stuhl hervor. »Leni, komm zu uns«, rief er.

Es bedeutete Leni viel, wenn ihre Eltern sie einbezogen. Sie verließ das Sofa und setzte sich zu ihrer Mutter. Dad zwinkerte ihr zu und überreichte ihr ein Taschenbuch von Jack London, »Ruf der Wildnis«. »Das wird dir gefallen«, sagte er.

Er ließ sich ihrer Mutter gegenüber nieder, rückte dicht an den Tisch heran und lächelte wie immer, wenn er irgendetwas vorhatte. Leni kannte dieses Lächeln. Offenbar hatte er wieder eine Idee, wie sie ihr Leben ändern könnten. Es hatte schon viele solcher Pläne gegeben. Einmal hatten sie alles verkauft und waren den Highway am Big Sur an der Westküste entlanggefahren, um dort zu zelten. Ein ganzes Jahr lang. Ein anderes Mal hatten sie Nerze gezüchtet, was ein echter Horror gewesen war. Als Nächstes hatte ihr Vater beschlossen, nach Kalifornien zu gehen und den Gärtnern dort Samentütchen zum Verkauf anzubieten.

Nun griff er in seine Jackentasche, holte einen zusammengefalteten Brief heraus und knallte ihn triumphierend auf den Küchentisch. »Erinnerst du dich an meinen Freund Bo Harlan?«

Mom dachte einen Moment lang nach, bevor sie antwortete. »Aus Vietnam?«

Dad nickte. Zu Leni sagte er: »Bo Harlan war der Crew Chief und ich der Bordschütze. Wir gaben uns gegenseitig Rückendeckung, immer. Wir waren auch zusammen, als sie unseren Hubschrauber runtergeholt haben und wir gefangen genommen wurden. Wir sind zusammen durch die Hölle gegangen.«

Bei diesen Worten fing er an zu zittern. Er hatte die Ärmel seines Hemds hochgerollt, und Leni konnte die Brandmale sehen, tiefe Furchen, die sich von den Handgelenken bis zu den Ellbogen zogen, mit runzliger, verunstalteter Haut, die nie bräunte. Leni wusste nicht, wie diese Narben entstanden waren. Ihr Vater hatte es ihr nie erklärt und sie nie danach gefragt, doch sie war zu dem Schluss gekommen, dass er sie den Männern, die ihn gefangen genommen hatten, verdankte. Auch sein Rücken war von Narben bedeckt, die Haut voller Schwielen und Knubbel.

»Sie haben mich gezwungen, dabei zuzusehen, wie er starb.«

Leni warf ihrer Mutter einen Blick zu. Darüber hatte ihr Vater bisher nie gesprochen. Es war verstörend, sich so etwas vorzustellen.

Dad begann mit dem Fuß einen Takt zu schlagen und trommelte dazu mit den Fingern auf den Tisch. Dann entfaltete er den Brief, strich ihn glatt und drehte ihn so, dass Leni und ihre Mutter den Text lesen konnten.

Sergeant Allbright,

Sie sind kein Mann, der leicht zu finden ist. Mein Name ist Earl Harlan.
In vielen Briefen, die mein Sohn Bo geschrieben hat, ging es um seine Freundschaft mit Ihnen. Für diese Freundschaft danke ich Ihnen.
In seinem letzten Brief schrieb er, falls ihm in dem Drecksloch da drüben etwas zustoßen sollte, dann sollen Sie sein Grundstück hier oben in Alaska kriegen.
Es ist nichts Großes. Ungefähr sechzehn Hektar mit einem Blockhaus, an dem einiges zu tun ist. Aber wenn man sich ins Zeug legt, kann man von dem Land da oben leben.
Telefon habe ich nicht, aber Sie können mir hier nach Kaneq postlagernd schreiben. Früher oder später kommt der Brief dann bei mir an.
Das Grundstück liegt am Ende der Straße, nach einem Metallgatter mit einem Rinderschädel und kurz vor dem verkohlten Baum an der Meile Nummer 13.
Noch einmal vielen Dank.

Earl

Mom sah auf, drehte den Kopf ruckartig wie ein Vogel und starrte Dad an. »Dieser Mann – dieser Bo hat uns ein Haus vermacht? Ein *Haus*?«

»Stell dir das vor.« Vor Begeisterung sprang er auf. »Ein Haus, das *uns* gehört. Das unser *Eigentum* ist. An einem Ort, wo wir uns selbst versorgen können. Wir bauen unser eigenes Gemüse an, leben von den Tieren, die ich jage, und wir werden frei sein. Davon haben wir seit Jahren geträumt, Cora. Ein einfaches Leben, weit weg von dem ganzen Mist hier. Wir können in Freiheit leben. Stell dir das vor.«

»Moment mal«, sagte Leni. Selbst für ihren Vater war dieser Plan ungewöhnlich. »Willst du wieder umziehen? Nach Alaska? Wir sind doch gerade erst hierhergezogen.«

Mom runzelte die Stirn. »Da oben gibt es doch gar nichts, oder? Nur Bären und Eskimos.«

Dad zog sie so schwungvoll hoch, dass sie ins Taumeln geriet und an seine Brust fiel. In den Augen ihres Vaters erkannte Leni die Verzweiflung, die seinem Überschwang innewohnte. »Ich brauche das, Cora. Ich brauche einen Ort, an dem ich wieder atmen kann. Hier ist mir, als würde man mir die Luft abdrücken. Da oben werden die Flashbacks und der ganze Mist aufhören. Das weiß ich. *Wir* brauchen das. Dann kann es für uns wieder so werden wie früher, bevor Vietnam mir das Gehirn zersetzt hat.«

Mom sah zu ihm hoch. Ihr blasses Gesicht stand in scharfem Kontrast zu seinem dunklen Haar und gebräunten Teint.

»Komm schon, Baby«, sagte er. »Stell dir doch nur vor, wie es wäre …«

Leni konnte dabei zusehen, wie ihre Mutter nachgab, wie sie ihre Bedürfnisse umformte, um sie den seinen anzupassen, wie sie ein neues Bild von sich ersann – das einer Frau, die in Alaska lebte. Vielleicht dachte sie auch, das wäre eine Art Überlebenstraining, etwas wie Yoga oder Buddhismus, das man auf seiner Suche nach sich selbst ausprobierte. Das einem Antworten geben könnte. Wie diese letztlich aussähen, wo und wann sie sie fände, interessierte ihre Mutter nicht. Für sie ging es nur um ihn.